爱情和面包

常鸣 著

中国文史出版社

图书在版编目（CIP）数据

爱情和面包 / 常鸣著 . -- 北京 ：中国文史出版社，2020.10

ISBN 978 - 7 - 5205 - 2298 - 4

Ⅰ. ①爱… Ⅱ. ①常… Ⅲ. ①长篇小说—中国—当代 Ⅳ. ①I247.5

中国版本图书馆 CIP 数据核字（2020）第 182792 号

责任编辑：程　凤

出版发行：**中国文史出版社**
社　　址：北京市海淀区西八里庄路 69 号院　　邮编：100142
电　　话：010 - 81136606　81136602　81136603（发行部）
传　　真：010 - 81136655
印　　装：北京新华印刷有限公司
经　　销：全国新华书店
开　　本：1/16
印　　张：19.5
字　　数：252 千字
版　　次：2021 年 1 月北京第 1 版
印　　次：2021 年 1 月第 1 次印刷
定　　价：59.80 元

一座小桥。桥栏杆是铁的，最简单的样式，并没有什么造型或者是拉花，不显眼，被磨得油光锃亮的扶手却是最显眼的。桥下是长年不息的河水涓涓流淌，即使在寒冬腊月，河面冰封雪压，也能听见冰下细细的水声。河边小路上，两行杨树，几株垂柳，冬日河面起雾的时候，枯枝被挂上些冰晶，也就是瘦版雾凇的感觉了。

平岚回忆起母校的时候，首先想到的就是这条河，这座桥。因为过桥下一段陡坡，就是学校的后操场。那个时候，她骑着自行车“咯噔”下了桥，脚蹬子骑不上一圈，就直接地俯冲下去。耳边呼呼的风声，让她心跳随着车速一起加快。

要是再回忆学校，她反倒有点模糊。大概那个时候的高中，都长得一样，一例的教学楼围合而成的操场，教室里也都是一排一排的课桌椅，共同对着墙上挂着的黑板。

平岚觉得奇怪，别的不说，她应该对操场上的一砖一石都了然于胸才对。那个时候，每到课间，她都跟陈美诗和楚潇在操场上散步，虽然只有十分钟的时间，三个女孩还是要肩并肩、手挽手，边走边聊，分秒必争。

高中女生们凑到一起，多半不会聊成绩，平时学习压力够大了。她们也不会聊穿衣打扮，九十年代东北小县城的一所高中里，时装美容还远之又远。她们的话题绕来绕去都逃不开——爱情。

1

对于十八岁的平岚来说，爱情还不能叫爱情，只能叫喜欢。她一手挽着陈美诗，一手挂着楚潇，忧忧郁郁地吐露心事："齐昊天刚才又砢碜我了，说我穿的衣服跟他家楼下捡破烂的一样。"

陈美诗拍拍她的手："别理他。"

平岚还是郁郁闷闷地："你们说，他知道不知道我喜欢他。"

楚潇大咧咧地："肯定知道，全班男生都知道。"

平岚问："啊？怎么可能。我只跟你们两个说过。"

楚潇不以为然地："下次你看他的时候，先拿个镜子出来照照，看看自己那眼神，木头也看出来你喜欢他了。"

平岚低下头，抽出一只手摸着自己的脸，心虚的："啊？有吗……那他还老说我干吗！"

楚潇直杠杠地："不喜欢你呗，想摆脱你。"

陈美诗埋怨道："楚潇你别那么说，我看齐昊天对平岚有感觉。"

楚潇跟她争辩："你这样只会给她虚假的幻觉，让她天天更想不开，到后面希望越大，失望越大。"

平岚好像要哭了的样子："我也知道他不喜欢我，可是我控制不了自己。"

陈美诗搂着她的肩膀："别难过了，晚上到我家住吧，我好好开导开导你。"

楚潇说："我也去。"

这么就算约定了，上课铃声响起，三个女孩回到教室继续上课。

上午还没有过去，天空就开始下起了大雪。平岚中午回家吃饭的时候，告诉了爸爸晚上到陈美诗家里住。

爸爸看看外面的大雪，跟平岚说："我送你去上学吧，雪这么大，骑自行车太滑了。"

平岚想了想："不用。"

爸爸低头吃饭："那也行，下雪有活儿，你吃完就放那，等我晚上回来再洗。"说着，把自己的碗筷捡下去，戴上棉帽子棉手套，走了。

平岚的爸爸之前是一家造纸厂的工人，妈妈在化肥厂上班，国企改革以后，两个人先后下岗。起初，爸爸用自行车拉着一大筐干豆腐，到小城周围各个乡镇上卖，每天几十里地，日晒雨淋。有一次他在下一个大下坡的时候，刹不住车直接摔出去老远，满腿鲜血淋漓、一瘸一拐地回家。从那开始，妈妈就不再让他往远了跑，两个人合计了一下，买了辆三轮车，在县城里蹬三轮。

平岚的妈妈运气好一些，办理了提前退休，每个月能领一点点的退休工资。因为实在闲得慌，就学会了打麻将，天天不差时间地组局，家里一切安排都围绕她打麻将的时间进行。比如寒暑假平岚想睡个懒觉，妈妈是不会等她醒了再吃早饭的，而是把饭热在锅里，或者买个煮玉米塞在被窝底下。如果爸爸回来晚了，妈妈也是不会等待的，而是顾自先吃了，还是把饭热在锅里。一家三口常常是各吃各的，各做各的。

平岚就这样独自吃过了中午饭，自行车也不骑，踏着雪往学校走。走过第一个大路口的时候，看见爸爸坐在三轮车的椅子上，弓着背，抄着手，寒风里孤零零地在那等活儿。大雪在他的背上积成了弧度，远远看着像座小山。

平岚心里泛上了一点酸涩，犹豫了一下，没有跟爸爸打招呼，继续走了。

她走到教室的时候刚好上课铃声响起，平岚三步两步坐回自己的位置。她的位置在第五排，正好是前后九个横排最中间的一排。

她的成绩每次都稳稳地排名三十六，全班七十一名学生，正好也是最中间。她姥姥家这边的表兄弟姐妹有九个，她是老五，最中间。就是连样貌，她也是女生里最中间的状态。一六〇的身高，身材微胖，脸也有些肉肉的，五官平平无奇——眼睛本来好看，却因为近视被一副大眼镜遮挡起来了，又因为常年戴眼镜，鼻梁也被压得有些塌陷。用句通常的话讲，就是“掉进人堆儿里找不着”。

因为这段时间近视又加深了，她看前面的黑板就有些吃力，有些遥远而朦胧的感觉，像渴望而不敢奢望的爱情。

前面一排的女生，正在借着课本的遮挡读琼瑶的小说。下午第一节课上到一半，她忽然回头问平岚：“你看不看，我这里老多了，老好看了，她们都争着看。”

平岚正在专注的溜号当中，猛然听到这么一问，脖子也没有动一下，只转了下眼珠，轻声回答：“我不看。”

由于母亲的“忙碌”和父亲繁重的体力工作，独生子女的平岚从记事儿起就天天年年一个人在家。小的时候家里没有电视，初中的时候虽然买了一台彩色电视机，她却不被允许看。因此她唯一的娱乐活动就是读书，小学期间就读完了竖排繁体版的四大名著。如今到了高中，以她对书的感觉，自然对通俗小说提不起兴致。

前排女生看平岚不为所动，不禁又回头对她说：“我觉得你就像生活在外太空。”

平岚有点窘迫，不知道如何回答，这个时候同桌又不失时机地补了一句：“是火星吧。”说完还跟前排女生对着笑。

平岚愈窘，不由得把目光投向陈美诗。

陈美诗正坐在第二排专注地听讲。她是全班同学、特别是全班男同学眼里的“三好生”——长得好、身材好、成绩好。

平岚总觉得陈美诗跟她走在一起，是带着点怜悯与同情的意味。整个高一期间，平岚在班上很少说话，对于四周有意无意的嘲讽，她也毫无还击之力，每天课间就在座位上看书，放学就自己回家。大部分时间都是沉默，脸上的表情也是千篇一律的，几乎不笑。

有一次几个男生聚在一起嘲笑平岚的时候，陈美诗走过去，几句嗔怪的话说得刚刚还挺跋扈的男生们面红耳赤，从此平岚就跟她形影不离，两个人成了无话不谈的好朋友。

平岚看到陈美诗正在认真地做笔记，而且上课时听见了也不能及时来解救，她只好对前排女生和同桌的窃笑采取一如既往的漠视态度，低头在练习本上瞎划拉，装出无暇顾及的样子。

没有一会儿，后桌却有人捅了捅她的腰，平岚回过头，一张纸条传到她手里，她展开纸条，上面写着："怎么说你的怎么顶回去。"

平岚回过头，看到楚潇一脸不忿正对着她使眼色，她转回身，把纸条揉成一团揣起来，继续扮无暇顾及状。楚潇在后面气得跺脚。

楚潇之前本来有一个要好的朋友，叫吴慧。吴慧高一没有念几天，自己觉得读书太苦且无用，远不如谈恋爱嫁人来得快，因而萌生了退学的想法，想必家里父母亲也是一样的看法，没听说有什么大阻拦就让孩子辍学回了家。这样一来，楚潇就落了单。到了高二女孩儿们早就三三两两抱团的抱团，要好的要好，楚潇更加插不进去。有一天中午她自己"下馆子"，看见平岚和陈美诗从窗前走过，她跑出来热情地邀请她们一起吃，就这样三个人熟悉起来。

下午第一节课刚下课，楚潇就从自己的椅子上拔下一根凳子撑儿，气势汹汹地走到第四排，"梆"一下敲在桌子上，质问那个女孩："你上课的时候说平岚什么了？"

平岚赶紧站起来："楚潇你干吗，没有说我什么。"

前排女生跳起来，毫不示弱地："管得着吗，不服单挑。"

楚潇又"梆"的一声："走，现在就去操场。"

陈美诗这会儿也过来了，拉着楚潇："算啦算啦。"随后对周围一迭声起哄的男生说："你们别老欺负平岚，要不谁也别想抄我作业。"

男生们听了陈美诗的话，有一半都散了，有几个却嬉笑着说："那今天作业你帮我们做了呗。"

陈美诗冲着他们：“去去去，想得美。”说着又去拉楚潇。

刚好赶上下节课的老师夹着教材进来，楚潇只能悻悻地回到她坐的倒数第一排。她把凳子撑儿上突出的一枚长钉，对着椅子上的钉眼用力一压，凳子撑儿就被安回了椅子，随后楚潇拿出书桌洞里“珍藏”的汽车杂志和足球报，跟后排男生们一起传看，全不管上课铃声已经打响。

平岚前面那个女生坐下的时候，故意把凳子往后用力一耸，平岚的桌子就被顶了起来。她还是不说话，低着头，好像自己做了亏心事一样，只是把桌子向后拉了拉。

同桌说：“你站起来一下。”

平岚不知所以，下意识地站了起来。同桌又说：“坐下吧。”

平岚向后一坐，猛地跌了个大腚墩儿，原来椅子被抽走了，她从半空直接掼到了地上，又引得周围一阵哄笑。

平岚自己把椅子放回原来的位置，扶着摔疼的腰坐回去，她还是不说什么，从书桌洞里掏出几张长条形的彩纸，一个人慢慢地开始叠幸运星，下午剩下的几节课，叠了一大把揣在兜里。

终于挨过了晚自习，平岚收拾好书包，跟陈美诗和楚潇一起走出教室。她们穿过走廊，刚刚踏出教学楼，就看到天地之间一片白茫茫。

操场上大雪积了有二尺来深，一脚下去没脚脖子，班上的男生都把书包丢在一边，正在热火朝天地握雪团打雪仗，一个个跟疯了似的，你追我赶，大呼小叫。齐昊天抓起一把雪，趁一个男生不注意，全灌进人的脖领子里去了，把那个男生冷得直跳脚。男生回身就去抓齐昊天，齐昊天机灵地躲过，飞快地跑走了。

平岚的眼神就有点挪不开了，跟着齐昊天走，一会儿跑到这儿，一会儿跑到那儿，没来由地脸红心跳。

三个女孩儿还没有多站一刻，就被男生们发现了，确切地说，是陈美诗很快被男生们发现了。男同学马上更改了目标，一块儿围着陈美诗“激战”起来。楚潇看好朋友受欺负，也把书包一扔，毫不示弱地团起雪球，向着男孩反击。

平岚起初也兴奋地奔跑、打闹，可是没跑几步，她发现自己打在男孩儿身上的雪球，就好像一片雪花落进了一汪湖水中，一点回响也没有，没有谁向着她反击，仿佛“战场”上根本就没有这个人一般。平岚不由得减了兴致，逐渐放慢脚步，她有点进退两难，只好不尴不尬地站在人群之外，不知不觉地从参与者变成了旁观者。

又过了一会儿，男孩儿们形成了包围圈，把陈美诗和楚潇围在中间，一齐大笑着向她俩进攻，有的淘小子嫌团雪球太慢，干脆直接从地上扬起雪向她们泼洒，其他人看见了，也学着样儿向两位姑娘扬雪。一时之间，这天上落下的和地上飞起的雪在夜空中碰面，越发的银光熠熠，待所有的雪冲高回落，四散飘洒的时候，片片雪花被教学楼窗口透出的灯光所浸染，又成了金色。金缕银团的雪影之中，是陈美诗和楚潇的身影，她们飞旋着窈窕的身姿，不住地躲避、笑闹。她们的眼睫毛结了轻霜，显得晶莹灵动，脸颊与嘴唇在冬夜的寒气中越发红润，而落在头上、身上、脖子上的雪花，更为自己平添了几分仙气几分美好，连嘴里呵出的哈气，都有了一种别样的缥缈的美。

正值青春年华的男孩儿女孩儿们，在这漫天大雪里尽情地追逐狂奔，煞是好看。平岚捡起自己的书包，又捡起陈美诗和楚潇的书包，一个人站在边上看着，好像被关在了青春年华的门外。

齐昊天终于被人追上扑倒在地，他打了几个滚，满身碎雪站起来又跑，经过平岚的时候，平岚鼓起勇气，轻轻地喊了一声：“齐昊天。”喊完又暗暗祈祷他没有听见。

谁知道齐昊天偏偏听见了，疑惑地站住脚看着她。平岚通红着脸，挂着三个书包笨拙地从兜里掏出一把幸运星，嗫嚅着：“这个……我想……送给你。”

齐昊天在她手里抓了一把看了看：“什么破玩意儿。”随手揣兜里，转身又疯玩儿去了。

有几颗幸运星在一递一接之间掉到地上，平岚慌慌张张地蹲下身，在雪地里扒拉着，翻找那些五颜六色的懵懂期许。

陈美诗和楚潇终于脱离了“攻击”，打打闹闹地走过来。陈美诗埋怨："我脖子里都是雪，凉死了。"

楚潇得意地："我刚才攥了好几个结结实实的雪球，全打他们身上了，肯定疼够呛，过瘾!"

两个人看见站在雪地里的平岚，陈美诗问她："你怎么不跟我们一起玩儿呀。"

平岚说："我……在这看书包。"

楚潇接过自己的书包："这有什么好看的，走吧。"

平岚等了这半天，正觉得冻脚，听这么说赶紧迈开了步。陈美诗摘下头上的绒线帽子，一边抖落雪一边背好书包赶上她们。

三个人肩并肩走过了小铁桥，走上了大马路。路上空无一人，沥青路面上一道一道的车辙印，路灯光照着沸沸扬扬的细雪，有种清冷空旷的意味。

平岚细细地说："我刚才送齐昊天幸运星，他说是破玩意儿。"

楚潇说："那你别理他了，他不值得你这样。"

平岚委屈地："我也知道，可我就是喜欢他，心里总想着他。我也不是想怎么样，只要能每天看见他，也觉得高兴。"

楚潇说："你呀，你呀，何苦折腾自己。"

平岚分辩："可能……这就是爱吧，你看书上写的，那些爱情，多美呀，直教人生死相许。"

楚潇点着她的额头："看书看多了，这个世界上没有爱情的存在，反正我是想清楚了，我也不需要爱情，我就是不能没有钱。"

平岚无比坚定地："不，我相信有真爱。"

陈美诗说："我也相信。跟你们说个秘密，我有点喜欢上刘坤了。"

楚潇难以置信的："啊?! 就是那个老在上课时间到操场上踢足球，满脸青春痘的那个。"

陈美诗点点头："嗯，我也不知道为什么，我觉得他好玩，上周他还教我踢足球呢，你们不知道，可逗了。"

楚潇还是不相信："齐昊天至少还长得挺帅，又高，画画还在全国比赛中拿过奖。"

平岚说："对呀，所以他更不可能喜欢我，我觉得就这样默默地关注他也挺满足。"

楚潇接着说："可是那个刘坤，长得也不帅，个子也不高，还老逃课，喜欢你的男孩那么多，你怎么偏偏看上这个？"

陈美诗说："爱情这东西，太奇妙了，我就对他有感觉。"

平岚若有所思地："情不知所起，一往而深。我理解你。"

三个人在空无一人的街上，说着聊着，很快到了陈美诗的家。钻进楼道，登上四楼，陈美诗掏出钥匙正想开门，就听见里边有争吵的声音。

陈美诗皱起眉头："他怎么又来了？"

楚潇问："谁呀。"

陈美诗无奈地摇摇头，也不回答，问平岚："去你家住吧。"

平岚低着头："好是好，可是……你知道，我们三个一起去，有点住不下。"

陈美诗说："挤一下，我挺想你家的热炕头。"

平岚数着："我爸爸，妈妈，我，原来只有你去，都挺挤的，楚潇去了，肯定没地方。"

楚潇看看她们两个："得了，那去我家吧。"

陈美诗收起钥匙："走。"

平岚提醒她："你不跟你妈妈说一声儿？"

陈美诗听了，皱着眉头，犹豫半天："那你们在门口等我一下。"随后她打开门，争吵声大了起来。

一个男人的声音大吼："这房子是我的，明天你就搬出去。"

一个女人歇斯底里的："这是银行分的，也有我一半。你们都给我滚。"

另外一个女人尖声尖气的："死皮赖脸地赖着，有意思吗？占着茅坑不拉屎，我刚刚生了个儿子，我们需要这房子住，你们赶紧滚，好给我们倒地方。"

苍老的颤抖的声音："都是因为你这个骚狐狸，你还……我打死你。"

一声闷响。陈美诗喊“姥爷”的声音。随后房门关闭，隐隐约约能听见一阵“乒乒乓乓”的声音，听起来是动手了。

良久，陈美诗才出来，一脸的怒色。

平岚问她：“要不各自回家睡吧。”

陈美诗摇摇头：“我们走。不知道他们要闹到什么时候，在家我也睡不好。”

三个人走下楼，陈美诗生气地：“谁让他回来的，回来还带着那个女人，一来就跟我妈和我姥爷吵，每次都闹到半夜三四点。”

平岚是知道的，陈美诗小时候家境非常的好。

两个人聊起童年，平岚的记忆是妈妈做了窝窝头，哄着她不让她告诉别人，教她：“要是有人问起咱家吃什么，你就说吃白米饭。”还有一次夏天，妈妈在当院儿洗衣服，隔壁家的淘小子站在窗台上往下扔葡萄干，妈妈就把手在身上搓搓，蹲着挪几步去捡地上的葡萄干，捡完再搓搓，把平岚叫过来吃。平岚当时很高兴，长大以后回想起来，那淘小子站那么高，明明是把这一切看在眼里的，明明是故意扔给她们的，他好看笑话侮辱人的。

陈美诗的童年记忆是电子琴。那个时候物资匮乏，平常人家刚刚到了勉强能吃饱饭的时候，她家就有电子琴、红皮鞋、白色公主裙。又因为她妈妈三十多岁才生了她，所以对她更是格外的宠，到了要月亮也想办法给她弄的地步。

长大以后，平岚家还是穷，但是父母一直都很和睦，虽然每天吵吵闹闹，却一次也没有真格的动气。随着整体生活质量的提高，她家还能吃饱饭，她还能好好上学读书。

陈美诗的家境却慢慢发生了变化，先是她爸爸在外面有了“另一个女人”，挣了钱都贴补那边去了。她妈妈年轻的时候也是银行职员，到了退休年龄以后只能待在家里，靠一点微薄的退休工资养活自己和自己的女儿。后来别人借钱，美诗爸爸出面做担保人，结果借款人跑路，所有的债务都成了她爸爸的，家里经济开始一落千丈。有了这沉重的债务，妈妈在这样的情况下也不愿意离婚，离婚不但没有财产还要背债，搁着谁也不干。家里就三天一小吵，五天一大闹。

楚潇虽然不是很清楚这些，但是就凭着刚刚吵的几句，心里也了解个七八。她什么也没说，一路把两个好朋友带到了自己家里。

2

楚潇掏出钥匙打开家门，熟悉地摸黑按下墙上的开关，屋里亮了起来。

平岚微有吃惊，因为这房间看起来非常大，时兴的落地柜靠墙摆放，一台三十四寸的彩色电视机放在落地柜上。真皮沙发显得格外气派。

楚潇脱了鞋整整齐齐地摆放在门口的鞋柜里，又拿出两双粉色的漂亮拖鞋，告诉她们："可以穿这个。"

平岚一边换鞋一边问："叔叔阿姨呢？"

楚潇一脸不在乎的："离了，我跟我爸过，他在市里开公司，一个月不回来一次。"

陈美诗有了一种同病相怜的感觉，用手拍拍楚潇的手，算是安慰。

平岚看着这么大的房间，却干干净净、整整齐齐的，不由得惊叹："全是你收拾的？"

楚潇说："对呀，不是我还能有谁？"

陈美诗也称赞："太能干了。"

楚潇扬扬眉毛："这有什么，我七八岁的时候出去下馆子，都没有人搭理我，我就把钱掏出来往桌子上一拍——'我有钱，赶紧把菜给我做上来'。"

陈美诗已经换好了鞋，坐到沙发里，脱着外套左右看着："这房子真暖和，我家那个楼房总不给气儿，可冷了。"

楚潇说："啊，这个装的地暖，热乎，还没有那么干。"

陈美诗说：“难怪一进来我就觉得脚底下热，也没看见你家暖气在哪儿。”

平岚低着头往鞋柜里放鞋，她家一直租的一个平房，天天得自己点炉子，集中供暖的暖气楼还有点遥远，地暖的话题更插不上。她想起来自己从小就学着点炉子，得先铺一层木头，然后点燃一张明子扔进去，等木头烧旺了再压少量煤，慢慢加多。说起来容易，要是加煤的时候心急了，很容易把火压灭，或者压得火着不起来。这样的话炉子里就冒出浓烟，一直灌满整个屋子，呛死个人。大冬天的也得敞开门放烟。

楚潇喊了平岚两声，她才从自己的思绪里反应过来，抬起头看着楚潇。

楚潇又问了一次：“你想住哪个房间？”

平岚说：“都行，看你们吧。”

陈美诗插话：“住在一起就为了好说话，别分开了，我们一起住你的房间。”

楚潇说：“那也行，你们想喝什么自己拿，冰箱里有。”

陈美诗从沙发上跳下来，找到冰箱打开，惊讶地：“哇，你还有啤酒。”

楚潇说：“那有什么，反正家里也没有大人。”

陈美诗搂着几罐儿啤酒出来：“就喝这个。”

平岚看着，有点不相信地：“啊？我还从来没有喝过酒呢。”

陈美诗说：“没有才试试，在家我妈管得我可严了，这下正好儿。”

平岚还想推脱，她们两个拉着她就坐下。陈美诗给一人分了一罐儿：“来，要是有点烤串儿就好了，我看他们男同学喝酒都整烤串儿。”

楚潇站起来：“我去买。”

陈美诗赶紧拉着她：“别去别去，都几点了，大半夜的别出门。”

楚潇想了想：“那我去看看冰箱里有什么。”

楚潇去了厨房，一会儿抱着一堆牛板筋和烤鱼回来。

陈美诗乐得直拍手："这个好。来，干杯。"说完自己喝了一口，刚喝完就皱着眉头捂着嘴："哎呀，这什么味儿，还有点苦，像马尿。"

楚潇哈哈大笑："你喝过马尿啊。平岚，你觉得呢？"

平岚也正皱着眉头："难喝死了。"虽然这么说，她心里还是有点紧张又有点兴奋，好像偷尝了禁果一样，忍不住又喝了几口。

楚潇扯开一袋牛板筋，一边大嚼一边说："喝惯就好了。"

三个女孩儿难得的无拘无束，你一口我一口逐渐喝得热火朝天，面红耳赤。

楚潇就跟平岚说："我跟你说啊，爱情都是糊弄你这样的小女生儿的。你看你天天把自己整得跟林黛玉一样。这样，你今天就表白，他要是喜欢你，那就谈恋爱呗，要是不喜欢，你正好就断了念头。来，现在就给他打电话。"

平岚第一次喝酒，这个时候已经有了七八分醉意，嘴里还是说："不行不行，我不敢。"手上却接过了楚潇递过来的话筒。

楚潇不知从哪里翻出了班上同学的通讯录，找到齐昊天的电话，正要拨打，平岚却忽然把话筒放回去："不行不行，我真不敢。"

陈美诗拿起话筒："有什么呀，看我的。"

她熟练地拨出了一个号码，过了一会儿，忽然用温柔的声音说："阿姨你好，请问刘坤在家吗？"

楚潇强忍着笑，平岚有点紧张地看着，不知道她到底要说什么。

应该是刘坤接了电话，陈美诗大声说："有人喊你起来嘘嘘啦。"说完"啪"地挂断了电话。

三个人一齐大笑起来，笑得前仰后合。

平岚拿起话筒，按照楚潇电话簿上的号码拨了出去，接通以后，就是齐昊天。

齐昊天直杠杠地问："谁呀。"

平岚正色道：“由于线路故障，我们需要进行电话测试，请按‘1’。”

电话里传出“嘀”的一声。

楚潇跟陈美诗笑得倒在了沙发上。

平岚又说：“感谢配合，请再按‘5’。”

电话里又传出“嘀”的一声。

平岚挂断电话，跟楚潇和陈美诗笑在一起，笑得上气不接下气的，嘴里说着：“他……他怎么这么笨，真是个大傻瓜。太好笑了，哈哈哈……”

楚潇说：“都这么晚了，我还以为只有咱们没睡。”

陈美诗说：“齐昊天肯定在那复习功课呢。”

楚潇翻翻白眼：“这种人最阴险，在学校看着一点不上心，好像心大又贪玩，背后偷偷用功。”

平岚酒意上头，脸上红通通的：“没有啊，他听课老认真了，我每次看他，他都在目不转睛地听讲。”

楚潇用手指刮着自己的脸：“羞羞，不好好上课，光在那看他。”

平岚打了个响亮的酒嗝：“那咋啦，有钱难买我乐意。”

陈美诗跟楚潇说：“得了，她看就看吧，我就不相信，你没有喜欢的人。你肯定不跟我们说。”

楚潇头一扬：“真没有，初中有个男生追我，我直接跟他说，‘就你那样也配，不拿个镜子自己照照’。”

平岚不相信地：“当面啊，就这么说的？”

楚潇说：“对呀，我听说他自尊心受了打击，到现在还恨我。”

陈美诗说：“你干吗那么打击人家。你可以让他接送你上学放学，跑得可快呢。”

楚潇摇摇头：“我不喜欢，干吗还让他接送上下学，有病啊。”

陈美诗说：“你不懂，你不懂男生。”

楚潇说：“呀，这么说你挺懂的，说来听听。”

平岚也一脸羡慕：“跟我说说呗，我不用懂别人，就想知道齐昊天是怎么想的。”

陈美诗想了想：“欲擒故纵你们知道吗？”

平岚连连点头：“知道知道，我小学就把《孙子兵法》给看了，文言文的，原版。我最赞赏‘破釜沉舟’，没有退路才能全力往前冲。”

陈美诗说：“哎呀，你说到哪儿去了，看书看傻了。我是说，你喜欢齐昊天，不能那么直接。”

平岚迷惑地：“那……”

陈美诗说：“你得装着一点也不在乎。”

平岚哭丧着脸：“可是我装不出来。”

陈美诗上上下下打量她，欲言又止，无奈地说：“得了，教不了，那你继续暗恋吧。”

平岚一仰头，又喝一口酒：“你是说我‘孺子不可教’。”说完“砰”一声醉倒在地上。

好在地上也热乎，楚潇摇摇晃晃地去卧室拿了几条被子，帮平岚盖上，又扔给陈美诗一条，自己也在旁边歪歪扭扭地睡着了。

第二天三个人集体迟到，站在后操场，远远地望着紧闭的学校大门，平岚说：“怎么办？”

楚潇不以为然地：“直接走过去，喊人开门。”

陈美诗摇头：“要是碰到教导主任就惨了，会受罚的。”

平岚拼命点头。楚潇手一扬：“跟我来。”

平岚和陈美诗虽然疑惑，也没有多说什么，跟着楚潇从陡坡上了河边小路，绕到学校背后，站在了两扇大铁门前。两扇大铁门有三米多高，用一条铁链子拴着，最上边是尖尖的铁刺，看起来也是死路一条。

平岚问：“这是什么？”

楚潇说：“学校后门啊，你们看着。”

楚潇背起书包，手脚并用，几下子就踩着门上栏杆之间的横格翻过了铁门，站在了门里。平岚看得目瞪口呆，连连摆手：“我不敢我不敢，这也太吓人了。”

楚潇说："没事儿，真没事儿。"

陈美诗学着她的样子，双手抓着栏杆，脚踩进了铁门上的格子里，慢慢地也翻了过去。

平岚还是不敢，楚潇急的："就差你了，一会儿真被老师发现了，快点。"

陈美诗也说："你慢一点，别往下看。"

平岚无奈，只能咬咬牙，双手握住了栏杆，结果刚刚碰上去，就觉得冰凉刺骨。等脚离地，站在门上的时候，两扇门由于重量不均，前前后后晃悠起来，铁链子被绞得"格郎格郎"响。平岚身体贴着门，上也不敢，下也不敢，嘴里直喊："救命，快救我。"

楚潇和陈美诗都冲着她喊："你小点声，小点声。"

陈美诗急得四处看，忽然高兴地说："你下来吧，下来，这门下边应该能钻进来。"

平岚只有颤颤巍巍地下去，贴着地面，从门与地的缝隙间一点点往里蹭，蹭了一身雪，终于挤了进去。她还没等站起来，就看见几个男生走近，后退几步，"蹭蹭蹭"地就从光滑的墙上翻出去逃学了，连门都不用爬。

平岚惊讶地直吐舌头，不禁说："天哪，飞檐走壁。"

陈美诗和楚潇一边一个把她从地上拉起来："别管别人了，赶紧走。"

这个时候正赶上下课，三个人弓腰缩背地溜回教室，竟然有惊无险。

只有齐昊天从外边走进来，经过平岚的时候说了一句："捡破烂儿的，我以为你掉进搁楞堆里，爬不出来了。"

平岚红了脸，小声儿说："没有……"

一天都平安无事，照常上课。

到了晚自习的时候，陈美诗从外面慌慌张张地跑进来，把楚潇和平岚拉到一边，告诉她们："女厕所进人了。"

楚潇说："啊？你怎么知道？"

陈美诗说："我刚才去上厕所，只有我自己，刚蹲下就看见下面黑暗里有一双眼睛，把我吓得要死。我赶紧站起来，悄悄地提上裤子，一溜烟地回来了。”

平岚吓得睁大了眼睛：“那告诉老师去吧。”

楚潇也说：“对，上次听说女生宿舍也进去人了，结果三班的一个女生被惊醒，拿起盆子就敲，把整个宿舍都敲起来，一起追那个大色狼，后来到底也没有追上。”

三个女孩赶紧把这个事情告诉了老师。

第二天班主任等自己的课下课了，就跟同学们说，冬天天短，上学或者放学最好结伴同行，女生上厕所也最好结伴。

东北上厕所还有种非常形象的说法，叫“蹲坑”。因为基本是下面挖一个大坑，用来积大便小便，大坑上面用土垒成一条一条的，有些干脆就是木板前后一搭了事，隔成一个个的小坑，人站在上面是有点随时都会踩空掉下去的感觉。特别是到了冬天，下脚的地方本来就窄且不平，沾上屎尿一冻，就变得窄、不平、滑。

平岚跟陈美诗和楚潇走近以后，上厕所一向要喊上她们，就像不知谁说过的——女生的友谊，就是从结伴上厕所开始。可是上学放学，她始终是一个人。

陈美诗和楚潇的家都在大市场附近。小县城里的大市场，就相当于大城市里的商业区，代表着繁华、治安好。平岚的家在郊区，过了桥以后就往左拐，先走一段河边小路，之后要穿过一片稻田地，随后才稀稀拉拉的有些人家。逢春夏还有些“听取蛙声一片”“小桥流水人家”的美感，到了冬天的夜晚，一路上平岚只能听见“咯吱”“咯吱”自己的脚踩在雪上的声音。

这天下了晚自习，重新走在这条路上，平岚心里忍不住的就有点发怵，总想起陈美诗说的“黑暗里一双眼睛”的话。雪已经停了，风却格外大，“呜呜嗷嗷”的让人更觉得疑心。平岚戴了羽绒服的帽子，视线不好，不由得扭着身子左右观察，留心看周围有没有危险。

谁知怕什么来什么，离开学校没有多久，身后就出现一个黑影推个自行车，她快他也快，她慢他也慢。平岚心里害怕，干脆撒开腿飞跑起来，后面的影子也就上了自行车快蹬起来。平岚越发跑得快，慌张之下一脚滑跌，摔了个嘴啃泥。

黑影跟着赶到，捏住刹车，一脚撑着地，黑暗里问她："地上有宝贝呀，你个捡破烂的趴下了就不起来。"

平岚听出来这是齐昊天的声音，心里一阵惊吓一阵惊喜一阵慌乱一阵好奇，由不得脸上又红又白，幸好天黑看不出来。

她爬起来拍身上的雪，嘟囔着："吓死我了，现在心里还狂跳。"

齐昊天翻下自行车："你怕啥，有色狼也不会跟踪你这样儿的。"

平岚又羞又急："为啥不会跟我这样儿的。"

齐昊天："也得跟长得好看的吧。咋地，你还想被跟踪怎么地。"

平岚说："不是不是。"

齐昊天说："啊，不是就不是呗，那我先走了啊。"

平岚还愣在原地不知道说什么，齐昊天已经迈开腿上了自行车，看样子就要开蹬了。

平岚有点着急，想喊着他一路走，又不好意思开口，眼睁睁地看着齐昊天上了车，往前骑，就要消失在黑暗里了。她越发着急，又恨自己抹不开脸儿，张不开嘴。正不知如何是好，齐昊天拐个弯又回来了。

齐昊天说："看你怪可怜的，上车吧。"

平岚不解："我可怜啥。"

齐昊天说："长得砢碜连色狼都不搭理你呗。"

平岚又是气又是喜，什么也没说上了车。

她坐在后座上，就像书上写的"心里小鹿乱撞"，心跳得"砰砰砰"直响，手也不敢扶齐昊天的腰，只用两根手指紧紧攥着后车座上的粗钢条。

又到了课间的时候，平岚就羞红着脸，告诉陈美诗和楚潇："昨天……齐昊天送我回家的。"

楚潇脱口而出："啊？太阳从西边出来了。"

陈美诗就笑："好啊，我之前就说他对你有感觉。"

楚潇说："只是偶然碰见平岚了吧。"

平岚摇头："我也不知道，他家原来也不在那个方向，不知道昨天他怎么走那边。"

陈美诗说："别瞎猜了，下节课我问问我同桌。"

陈美诗说到做到，又到课间的时候，她告诉平岚："我问了，齐昊天家不在县里，在下面一个镇上，他之前一直在学校附近租房住，好像这学期租的就在你家那边。"

楚潇听了大笑："那以后你们天天能一起走啦。"

平岚说："哪有啊。"说是这么说，心里还是暗暗期待暗暗盼望。

放学的时候，她就紧赶慢赶留神跟着齐昊天，看到他果然又往她家的方向走了，这次却并没有带上她一起。

平岚心里忍不住的失望，又委屈，自己对自己说："别傻了，偶然碰见一次，心里想什么呢。"刚说完，脑子里另一个声音又响起来："说不定他一会儿还能拐回来。"之前的自己马上反驳："怎么可能，这会儿肯定齐昊天都到家了，别胡思乱想，赶紧回家得了。"情感的平岚完全不顾理智平岚的话，一味地念叨，甚至开始祈祷："上天啊，让齐昊天回来吧，希望奇迹出现，他马上就在眼前。"

平岚就这样在盼望和失望中自己回到了家。爸爸妈妈已经熟睡了，爸爸在炕尾，妈妈在炕中间，平岚在炕头。

她打开炕头的小灯，把自己睡的褥子和被子卷成一团，靠在被嚯垛子上看课本。课本上的汉字全变成了齐昊天的脸，在她眼前晃过去晃过来，她摇摇脑袋，定睛继续看，习题又变成了："他喜欢我吗？"

平岚气自己不争气，马上高三了还成天想这些没用的，无论如何也应该把工夫花在学习上。这么想着又发了回狠，暗暗下决心要努力读书。结果不到三两分钟，自己把刚刚下的决心忘到九霄云外，不由得又开始想起齐昊天来了。

妈妈睡到半夜，睁开眼睛看见平岚盯着天花板出神，就说她：“你说你在干啥呢，老师都说了，你挺聪明的，要是把这些聪明都用在学习上，肯定能考上重点。你看看你现在，成绩不上不下，天天不知道在想些啥。我和你爸都没能耐，你要是考不上大学，我们可没招。”说完翻身接着睡去了。

平岚看着妈妈熟睡的脸，想起来小学时候第一次考试，拿了个双百回家，妈妈高兴的直拍手，脸上眉开眼笑，连声说：“太好了”“太好了”。中考自己差十分落选县重点高中，妈妈接连几天愁眉苦脸，最后说：“拿钱吧，只要你读，妈就供你。邻居和你大姨都说，女孩不用上学，上了也没用，你还是给妈争口气。”她想，自己好像也没有给爸妈争气。

烦恼了一会儿，一看时间，都十二点了，平岚只好把被子打开，钻被窝睡觉去。

到了周末，平岚和陈美诗约好去楚潇家。三个人凑在一起看了会儿书，又聊到喜欢谁的这个话题上。

楚潇说：“要我说你还是直接跟齐昊天表白吧，快刀斩乱麻，再这样下去要走火入魔的。”

平岚直摇头。

楚潇想了想：“那这样，我带你们去找吴慧。虽然追求美诗的多，她也只有理论，吴慧有实战经验，她都要结婚了。”

平岚没有反应过来：“吴慧，谁是吴慧？”

陈美诗用心想了一下：“就是去年退学那个女生吗，原来跟你关系挺好的。”

楚潇点头：“就是她。”

平岚大吃一惊：“啥？她才多大呀，就结婚啦？!”

楚潇说：“跟我们同岁。”

平岚觉得不可思议，婚姻离她远的像下辈子似的，她再怎么暗恋别人，也就是点小心思，就算调动所有脑细胞也想不到结婚上头。

3

楚潇带着她们两个到了家服装店。小城市里比较普遍的那种，门脸儿不大，里头挂着的衣服主要是卖给学生们穿的，都不贵，二三十块钱一件，羽绒服一百多，算店里价格高的商品了。

吴慧看楚潇来找她，跟店长打了个招呼，也不管同意不同意，顾自出来，又带着她们到了家冷饮店。

楚潇问她："你就走了能行吗，罚你款咋办。"

吴慧满不在乎地："我才不管呢，他让我把工作辞了，别出来辛苦。"

楚潇说："他叫什么名字，怎么认识的？"

平岚忍不住问了一句："你真的要结婚了？"问完觉得不妥当，又补充了一句："我是说……我们还那么小。"

吴慧说："告诉你们也没什么，他叫查易，要不说是缘分呢。我本来陪我小姐妹去一家店里找工作，他跟那个店的老板是朋友，当时正好在。他看人不注意，提醒我们他朋友有点色，经常以招工的名义骗小姑娘。我觉得他这么说，人还是挺好的。后来我姐妹没有去那家店上班，我跟他倒认识了。"

陈美诗也觉得好奇："那你们怎么走到一起的。"

吴慧笑笑："也没什么，开始就是普通朋友，他经常跟女朋友吵架，一吵架，就来跟我倾诉。"

楚潇说："等会儿，他女朋友？"

吴慧说："是啊，他认识我的时候有一个女朋友。"

平岚和陈美诗互相对看了一眼，都觉得不可思议。吴慧也不介意，沉浸在回忆里：“后来有一次他又跟女朋友吵了架，我陪他喝酒，两个人就在包间里，发生了关系。”

平岚和陈美诗异口同声惊呼：“啊?!”

一向淡定的楚潇也不淡定了：“我去，不带你们两个来好了。”

陈美诗看着她：“你看你脸红的，还说我们呢。”

楚潇双手捂着脸，惊魂未定地：“你这也太劲爆了，我本来想让你开导开导平岚，这下倒好，别把她吓着，我们连牵手都不敢想，你这直接就发生关系，太可怕了。”

平岚还在震惊当中，干瞪眼，一句话说不出来。

吴慧却一脸无所谓：“这有什么，做爱做爱，不做哪有爱。”

一句话，又把三个高中女孩儿噎得说不出话，各自拿起面前的冰淇淋，装着吃东西。

吴慧说：“那次之后我没有跟他联系，谁知道后来他来找我，说跟女朋友分手了，要跟我在一起。”

楚潇说：“哦……是这样。”

吴慧笑笑：“开始我也犹豫了一段时间，主要家里不同意，毕竟他比我大一点点。”

陈美诗说：“我听说，年龄不是距离，身高不是差距。”

平岚也点头：“对，要是我喜欢的人，我也不会在乎这个的。”

吴慧说：“我就这么跟父母说的，真正的爱情，跟年龄无关。”

楚潇问她：“他比你大多少吗?”

吴慧喝了一口面前的廉价咖啡：“只大十二岁。我爸妈老思想，不太能接受。本来我也犹豫过一段时间，可是他从表白以后，隔三岔五就到服装店来找我，一来就带着玫瑰、带着巧克力，问我‘要不要’。我要是说‘不要’，他就‘刷’地把这些扔到门外的垃圾箱里。后来我发现自己真的爱上他了，就跟我爸妈说，要是不让我嫁给他，我就终身不嫁。”

楚潇吐吐舌头：“真有你的。”

陈美诗对平岚说：“看见没，这才是爱情，哪怕全世界都不理解，也非他不可。一生能这样轰轰烈烈爱一次，多好。”

楚潇也说：“你对齐昊天有这样的勇气吗，有这样的魄力吗，有这样刻骨铭心的感觉吗？”

平岚低头沉默。楚潇总结：“所以呀，你那是小打小闹，犯不着为了小打小闹折磨自己。”

平岚还是那样委委屈屈底气不足的语气：“也许吧。”

吴慧看见平岚那样，以“过来人”的口气劝她：“学生时代哪有什么真正的爱情，毕业季就是分手季。”

楚潇说：“她是读书读多了，脑子秀逗了。”

吴慧以哀其不幸、怒其不争的口气说：“我爸从小就跟我说，女人读那么多书有什么用，长大了还不是嫁人。再说大学毕业生也没有那么吃香，小学毕业当老板的多了呢，查易就是。他小时候父亲坐牢，母亲一人养活兄弟三个，家里条件不好，十二岁就光着脚去深圳那边找事儿做，最困难的时候七天没有饭吃，光靠喝凉水充饥，现在还不是有了自己的生意。”

楚潇说：“那你嫁给他就是老板娘呢。”

吴慧笑说：“就是，人家都说女人嫁人是第二次投胎，我这一嫁，比你们少奋斗二十年。”

平岚有点听不惯这话，就说自己作业没有做完，要走。

吴慧感叹：“作业，离我好遥远啊。”

三个女孩儿出来以后，陈美诗说：“嫁人，离我们也好遥远啊。”

楚潇也说：“这吴慧变化可真大，可是她说的也有点道理，读书到最后还是为了有个更好的生活，她现在能有更好的生活，也不一定非得在校园里读书。”

平岚低着头：“读书是我唯一的出路。再说我觉得现在挺好，还没有那么着急‘投胎’。”

这次见面没有让平岚看懂爱情，却让她看清了出路。也许对别人来说，条条大路通罗马，对她来说，如果考不上大学，人生就只剩下两种可能：一种是在县城的服装店当销售员或者在小超市当收银员，另一种就是嫁人。

平岚开始逼迫自己认真听课，她自己感觉学习要好一些了，只是仍然放不下齐昊天，有时候不免还是为了这事儿溜号。每天放学以后，她总是用最快的速度冲出教室，然后若无其事地走路。这样无论如何，齐昊天总会在某个地点赶上她。有时候他会在她肩上拍一下，喊一声：“捡破烂的。”算是打了招呼，之后就自己超过去走了。有时候他也会慢下来，跟她走一程。

有一天齐昊天问她：“你怎么不骑自行车，走得跟蜗牛似的。”

平岚说：“冬天路滑，怕翻到河里。”

齐昊天说：“那河水也不深，翻进去还能咋地，能淹着你呀。”

平岚说：“这么冷，要翻下去衣服透湿，得冻死个人。”

齐昊天说：“你咋知道，试试呗。”说着故意吓唬着推了她一下。

平岚说：“我小时候掉进去过，一上来棉裤就冻梆硬，腿又刺挠又疼，老难受了。”

齐昊天问她：“你上河边干啥，下河淘金那，还是到水里去捡破烂。”

平岚说：“不是，跟我姥家几个姐妹去玩儿，一个大泡子看着都结冰了，谁知道一踩上去冰就碎了，多亏水不深。”

齐昊天说：“那可不咋地，要不你都见不着我了。”

平岚说：“你能不能别老喊我捡破烂的。”

齐昊天想了想：“行。”停顿片刻：“那我喊你猪大肠儿得了。”

平岚气的翻白眼，可是不知道怎么回嘴。

还有一次齐昊天问她：“唉，你跟陈美诗关系挺好的吧。”

平岚说：“是呀，我跟她最好了。”

齐昊天说：“她不错。”

平岚不明白，这句“她不错”到底是什么意思，自己琢磨了老半天，也没有想清楚。她跟陈美诗和楚潇在一起的时候，就把这个事情给说了。

楚潇听了，咋咋呼呼地说：“呀，不会齐昊天喜欢陈美诗吧。”

陈美诗说：“怎么可能。”

楚潇说："怎么不可能，你俩都成绩好，都长得好。"

陈美诗推了一把楚潇："瞎说八道。"

楚潇说："你们看电影里，有的男孩为了追女孩，故意先接近心上姑娘身边的朋友，说不定他为了追陈美诗才跟平岚唠嗑。"

平岚心里也怀疑，听楚潇这么说，不由得难过起来。心想要真是齐昊天喜欢陈美诗，那自己也没招，一个是最好的朋友，一个是暗恋对象，只能饮泪祝福。

楚潇还是不依不饶："要是你俩都喜欢同一个男生，那可咋整。"

陈美诗说："不可能，我俩喜欢的不是同一个类型。"

楚潇说："要是万一呢。"

陈美诗说："那我就让给平岚。"

平岚说："不不不，要真是那样，我肯定退出。"

楚潇说："要是我，就把那个男生给蹬了。"

陈美诗大笑："对呀，我们都把那个男生给甩了。"

平岚也笑，可是心里仍然觉得，如果遇到了这样的情况，她肯定是默默退出。

再往前元旦节快要到了，班上组织文艺汇演。陈美诗小时候学过架子鼓，唱歌也唱得好，报了好几个节目。楚潇报了个舞蹈。平岚五音不全，没有什么特长，照例准备当观众。

班长却找到平岚，指着一张报名单："平岚，咱班同学都出了节目，就差你，你也报一个。"

平岚红了脸："我什么也不会。"

班长说："没事儿，都是自己同学，不用多厉害，你再好好想想。"

平岚想了半天："有没有合唱，我站在里边滥竽充数行不行？"

班长看看单子："有是有，可是都这么多人了，你再想个别的吧。"

平岚哭丧着脸："我真想不出来。"

班长说："要不你明天告诉我也行。"

课间，平岚又把这个事情说了。陈美诗给她出主意：“你不是挺爱看书的吗，你朗诵吧。”

平岚摇摇头：“自己站台上，我可不敢。”

楚潇说：“要不你即兴写个作文。”

陈美诗说：“那么多同学，哪能都在那看着她写作文呀。”

平岚说：“我还是跟班长说，什么也不报吧，我就当观众，给你们鼓掌。”

陈美诗想了一会儿：“你说你自己不敢上台，那我俩陪你一起，你还敢不敢？”

平岚说：“我不会唱歌，也不会跳舞，怎么跟你们一起。”

陈美诗提议：“我们演个剧吧。”

楚潇附和：“好啊，看看演什么，平岚先把演剧这个报上去。”

平岚总算报了节目，跟班长交了差。课余时间，三个人就商量演哪个，商量来商量去，都决定演《海的女儿》。

平岚家里本来有《安徒生童话》，她带到学校，跟两个好朋友一起从头仔仔细细看。

看完了，楚潇说：“我不喜欢这个小人鱼，她为了一个男生，尊贵的地位不要了，声音不要了，鱼尾也不要了，这也太失去自我了。”

陈美诗却陷入遐想：“可能爱情就是这样，会让人迷失自己，有的时候连尊严也没有。”

平岚说：“嗯。齐昊天老说我，我觉得好没有自尊，可是心里还是喜欢。”

楚潇撇撇嘴：“我不喜欢人鱼，我要演王子。”

陈美诗说：“我要演女巫。”说着模仿女巫的声音一连串尖声的笑。

楚潇打了个抖：“哎呀，鸡皮疙瘩掉一地。”

只剩一个小人鱼，平岚也没的选。她跟陈美诗和楚潇又简单商量了一下，根据故事确定了各人的表演和该讲的台词，简简单单就算这么定下来了。

到了元旦节，班上把课桌椅调换方向，围着教室摆成一圈儿，中间的地方和讲台就算是表演的场地。

节目一个一个地演，平岚心里一直在不断地打鼓。低头看看自己穿的，觉得太朴素，上不了台面，衣服袖子有点短了，裤子也不平整。她又觉得自己的声音不好听，从小到大基本没怎么在大庭广众之下开过口，这会儿竟然要当着全班同学说话。一会儿又担心演的中间卡壳，忘词儿了可怎么办。

就这么胡思乱想着，听到班长兼任的主持人说到了自己的名字，平岚只能低着头，机械地走出座位，站在教室中间。她脑子里一片空白，幸而开口以后竟然没有忘词。

她急切地说："我不想再这样日复一日的生活，我要去更广阔的世界，要去向那个充满了无数可能的地方，去到他的身边。"

陈美诗扮演的女巫尖笑着："难道为了爱情，你就要放弃这一切，忍受行走在千万把尖刀上的疼痛。如果他没有爱上你，你将化为海上的泡沫，你觉得这所谓的爱情值得吗?"

平岚大声地："我为了爱情，可也不仅仅为了爱情。因为这份爱，把我引向了一个更加美好的所在，让我的内心变得柔软和敏感，让我感受到了不一样的世界和不一样的自己，我不渴求美满的结果，只希望痛痛快快地享受这份爱的感觉。"

陈美诗说："那好吧，喝下这杯毒酒，你就能得到想要的双腿，也将失去最美的声音。"

平岚："哦，我的声音?!"

……

表演终于结束了，掌声响起来，平岚坐回到座位，心里还是跳。她听到齐昊天在身后自言自语地："平岚表演的可真好。"

演出时的紧张加上这句话的撞击，让她的心跳得更加剧烈，好像所有的血液一齐向着头脑涌上来。等全演完了所有人大联欢的时候，她依然觉得面红耳赤，头脑"嗡嗡"响，身体有种漂浮般的梦幻感。

偏偏这个时候齐昊天走过来："喂，你的鱼尾巴呢，以后我叫你傻鱼得了。”

平岚双手握拳，猛地敲在桌上，同时大声说：“不行。”

四周正在嗑瓜子儿聊天的同学被这一声所惊扰，一齐看向她。平岚忽然意识到自己非比以往的反应，无比窘迫，干脆冲出了教室。

齐昊天也被这一下给造愣了。陈美诗赶紧推他：“追呀，快追呀。”

齐昊天还有点不情愿，楚潇指着他：“赶紧追，要不我跟你单挑。”

齐昊天无奈，只有追出去。他在内操场看了一圈儿，发现平岚一个人坐在篮球架下面，只有走过去，再看平岚，眼泪汪汪的，他也就慌了。

齐昊天说：“你看你，哭啥呀，我最怕小姑娘哭了。”

平岚眼泪哗哗地：“我知道，我……老实，可你觉得，欺负我好玩儿吗？”

齐昊天说：“我是觉得好玩儿，可我没有欺负你啊。”

平岚说：“给我起外号儿，还总埋汰我，还不叫欺负？”

齐昊天挠挠后脑勺：“我真没啥坏心眼儿，就觉得逗你挺好玩儿的。你真生气啦？你生气我以后不给你起外号不就得了吗？要不这样，你给我起。”

平岚抹抹眼泪：“我起不出来。”

齐昊天说：“那你说怎么办吗？”

平岚没有太细想，脱口而出：“以后放学一起走吧。”脸一红，赶紧低下头补了一句：“老师不是说要结伴走吗，也没有别的同学住那边。”

齐昊天说：“啊?！这也太夸张了吧，这么点事儿，至于忍受这么大的惩罚？”

平岚脸色一暗，眼泪不由自主地又流出来：“那算了，你就当我没说吧。”

齐昊天说：“这是你说的，算了哈？那没事儿了吧，没事儿我走了啊。”

齐昊天说着转过身走了几步。

平岚还坐在原地，冷风中抱着胳膊，脸冻得通红，鼻子尖因为哭泣的原因，格外红。

齐昊天唉声叹气地又回来：“真的一起走啊，你那么磨蹭，老闹心了。嗨呀，嗨呀。行吧行吧。我这是因为老师说的话啊，老师说了要结伴。哎呀，我干吗跟你结伴走啊……”

平岚眼泪还挂在脸上，忍不住又笑起来。

齐昊天看她多云转晴了，就说：“那赶紧回去吧，我都要冻死了。”

一进教室，陈美诗和楚潇就迎上来，楚潇捏着拳头，对着齐昊天：“你要再欺负她，我不饶你。”

齐昊天心烦意乱地：“谁欺负谁呀。”自己回到座位，双手烦躁地扒拉头发，把一头齐耳的半长发扒拉得跟乱蓬蓬的鸟窝一样。

平岚看见忍不住又笑。

陈美诗问她：“到底怎么样啊，说什么啦。”

平岚羞红脸：“没说什么。”

楚潇指着她：“不老实。”

平岚说：“就说以后放学一起走。”

楚潇用手指暗暗地捅了她一下：“你行啊，还有这一招。”

陈美诗说：“好，日久生情。”

平岚说：“没有，就是顺路而已。”

楚潇又捅她一下：“得了便宜还卖乖。”

平岚说：“没有。陈美诗都跟刘坤牵手了。”

楚潇吃一大惊，嘴巴张得大大的：“什么时候的事儿？”

这下轮到陈美诗羞红了脸：“哎呀，你这个死丫头，出卖我。”

还没等平岚辩解，楚潇就不依不饶地：“有了这事儿不告诉我，看我不罚你。”说着把手在嘴边哈口气，去咯吱陈美诗。

陈美诗痒得受不了，一边躲闪一边告饶：“我最怕咯吱了，快停下，哎呀，哈哈。”

楚潇有节奏地："那你还敢不敢了，还敢不敢了，看你还瞒着我。"

陈美诗说："不敢了不敢了。"

楚潇说："那你细细说说，咋回事儿。"

陈美诗说："你听平岚瞎说嘛，就是他教我打篮球的时候，扶着我的手教我投篮。"

楚潇还不相信："就这样？"

陈美诗理理刚才打闹的时候弄皱的衣服："那还怎么样？我都说过了，就是觉得跟他在一块儿好玩，真没别的。"

楚潇说："那行，先记住这一次，以后有什么，都给我老老实实交代。"

陈美诗说："你行啦，别蹬鼻子上脸。"

楚潇又把手放在嘴前哈口气："哟呵，再来？"

还没等咯吱，陈美诗就笑起来，灵巧地跑远了。

联欢会结束以后，平岚还在踯躅，齐昊天就走过来："走吧，我就说你磨蹭。"

平岚赶紧拿好书包，飞跑几步跟上出了教室的齐昊天，低着头："我还以为你得先走。"

齐昊天说："不是说了一起走吗？"

平岚说："那我寻思你肯定只是说着玩儿的。"

齐昊天撇撇嘴："大老爷们儿，一言既出驷马难追。"

平岚捂着嘴笑："胡子都没长全。"

齐昊天摸着下巴："我告诉你，别这么说哈，我最怕别人说我这个。"

平岚更乐："还有你怕的？"

齐昊天不耐烦地："行了，反正别说。"

平岚故意地："我就说。"

齐昊天停下脚步："我说你呀——得了，我不跟女人一般见识。"

平岚说："大男子主义。"

齐昊天无奈地："要我说不愿意跟你一块儿走。"

4

说是这么说，元旦以后，齐昊天还是每天都等着平岚放学一起回家。因为渐渐熟悉，平岚在齐昊天面前就没有那么紧张了。有时候他再说她，她也呛回去。两个人就在放学路上，你呛我，我呛你，一直相伴着走到了期末。

期末考试成绩出来，平岚竟然还是三十六名，她又难过又着急，整个寒假都算是胡乱过的。除了看书就是跟陈美诗和楚潇聚在一起聊天。有些风行大江南北的电视剧，人人都看了，她也没有看。

初中开始妈妈就在看电视这方面跟她斗智斗勇。那个时候家里的电视上有一根线，线连着钢圈儿挂在墙上，应该是充作天线的功效，有这个才能收到频道，没有就全是雪花点。妈妈每次去打麻将，都把这根线圈藏起来，平岚就到处找，找到以后装在电视上，还得掐着妈妈回来的时间照原样藏好。即使这样，妈妈也经常能发现，就换个地方藏。一来二去，平岚干脆就把看电视的兴趣减了，一天到晚只捧着书看。

再开学的时候，平岚早早地就到了教室里，齐昊天一进来，她就留神看。他英挺的鼻梁，大大的眼睛，五官线条分明，更帅了，而且只有个把月没见，个子又窜了一截，嘴巴上还长了密密的绒毛，应该就是胡子的前身。

这学期两个人还是每天放学一起回家，不知不觉时间就已经过了两个多月。

东北的春天来得晚，但毕竟还是缓缓慢慢地来了。这时候，冰雪消融，清澈的河水流淌得格外欢乐，河岸边小草萌发，柳树抽芽。河边小路上两行杨树都生出了杨花，一股淡淡的芬芳随风播撒。稻田里一垄一垄的绿，看着喜人。稀稀拉拉的平房外边，三棵两棵的丁香树也开满花，一嘟噜一嘟噜的，多远就能闻到甜美的香气。

平岚跟齐昊天推着自行车，并肩走过的时候，很有点浪漫的意味。

平岚有时候忍不住，要吟诵两句“一树春风千万枝，嫩于金色软于丝”。

齐昊天先说她：“酸，酸的牙疼。”过不了多久，他自己也忍不住，开口道：“东门之杨，其叶牂牂。昏以为期，明星煌煌。东门之杨，其叶肺肺。昏以为期，明星晢晢。”

平岚说：“哟哟哟，没看出来，那什么嘴里还能吐出象牙。”

齐昊天隔着自行车，伸出手杵一下平岚的脑袋：“说啥呢，你这条大眼泡的傻鱼。”

平岚说：“我才不是大眼泡呢。”

齐昊天说：“那你把眼镜摘下来我看看。”

平岚说：“不行。”

齐昊天说：“摘下来，我还从来没有看见过你不戴眼镜的样子。”

平岚说：“说了不行就是不行。”

齐昊天问她：“为啥呀?”

平岚说：“戴久了，好像脸上的遮羞布，你说遮羞布能拿下来吗?”

齐昊天“哈哈哈哈”一连串响亮的笑声：“要不说你傻呢。就是个眼镜。”

平岚甩开腿迈上车：“不行。”说着用力向前蹬。

齐昊天也上车：“我要是追上你，就让我看看。”

平岚更加卖力，把车骑得飞快，像春天里的燕子似的掠过稻田地，齐昊天在后面紧跟。

过了稻田，平岚跳下车。齐昊天问她：“你又下来干啥，消停骑车得了。”

平岚把车支在路边：“我捡点地上的丁香回去夹在书里，到了秋天干的透明，可好看呢。能保存好多年，到了后面连花瓣里的脉络都看得清清楚楚。”

齐昊天说：“哎呀，你咋这么多事儿。”看她捡了一会儿，又说：“给我也捡几朵。”

平岚笑：“你一个大老爷们儿也捡花呀。”

齐昊天说：“我捡回去送女生不行?”

平岚听了，把手里已经捡了的一把都扔在地上，气得嘟着嘴上车就往前跑。

齐昊天在后面喊她：“我说你咋的了，我也没惹你呀。”

平岚也不管，自顾自骑回家去了。

之后她又去跟陈美诗和楚潇抱屈：“齐昊天还是不喜欢我，他今天说要给哪个女孩儿送花。”

楚潇说：“你问问他是哪个。”

平岚说：“我也不好问呐。”

陈美诗想了想：“这样，我还去问我同桌。”

结果这次连陈美诗的同桌也不知道。

陈美诗就跟平岚说：“你俩现在不是挺好的吗?”

平岚委屈地：“天天一起放学，还是熟悉了，可是他也没有把我当女生啊，在他眼里，我就是个男生吧。”

楚潇想了想：“要不我帮你去问问齐昊天，你自己不好意思表白，我帮你去。”

平岚赶紧摇头：“别去别去。”

陈美诗说：“还是别去了，我们这一说，万一齐昊天没往那方面想，以后平岚跟他不好相处。”

平岚说：“就是就是。”之后补了一句：“他就是一直把我当男生看。”

平岚说完自己又生闷气，气了几天也只有不了了之。

齐昊天虽然纳闷，也没有往心里去。照旧放学跟平岚一起回家。

有一天两个人快到分路走的时候，齐昊天叫住平岚："你等一下，有件事儿我差点忘了。"

平岚站住脚，等他说。齐昊天在身上翻找了半天，掏出一个叠成心形的小纸条。

平岚一看，忍不住心又开始跳，血气上涌，脸红耳赤。齐昊天递给她："给。"

平岚磨磨蹭蹭地接过来，心里一阵一阵的狂喜，却听见齐昊天说："把这个交给陈美诗。"

平岚心里"哐当"一声，好像从万丈悬崖上面跌落下来，之后全身伤口崩裂，鲜血淋漓，心里绞着绞着痛，眼泪忍不住又漫上眼角。

齐昊天看见了，无奈地："你又咋的啦，我也没有埋汰你呀。"

平岚说："没怎么。"转身走了。

回到家，她手里拿着这个小纸条，仔仔细细地看。是信纸做的，一看就是花了大心思，选的鹅黄色信纸，横七竖八，穿过去穿过来才叠成这个桃心形，信纸上本身有的一个丘比特正好在心形的中央。丘比特手里的弓箭张开着。

平岚想，这再明显不过了，平时那么大咧咧的一个人，看来真喜欢美诗，这爱神之箭就要射出去了，可惜对着的不是我。我以后再也不理齐昊天了，永远不搭理他了。

想完她把纸条放起来，过一会儿又掏出来，对自己说："要不打开看看吧，不知道写的什么。"刚想完手像被烫了似的，一下把纸条扔多远，又在心里说："天呐，我这是怎么了，这可是齐昊天给美诗的，我也太邪恶了。"

平岚就揣着这张纸条，胡思乱想一夜，连觉也没有睡好。第二天一到学校就把纸条交给陈美诗。

她自己坐在座位上盯着，看到美诗拆开看了，看完随手扔进了书桌洞。她心里就跟猫挠的一样，想知道那上面到底写了什么。

课间三个姑娘一起聊天，美诗提也没提纸条的事儿。平岚就更毛焦火辣的，想问又不好问。

一直硬挺到了晚上，她才若无其事地问陈美诗：“早上那个纸条叠得可真好看。”

陈美诗说：“哪张？”

楚潇也说：“哪张？美诗你有事儿又没告诉我，我可是从来没有什么瞒着你俩的。”

平岚低着头：“鹅黄色桃心形那张。”

陈美诗恍然大悟：“那张啊，还不就是说喜欢我，爱上我了。”

楚潇问：“谁呀。”

陈美诗说：“建伟嘛。”

平岚猛地抬起头，瞠目结舌，同时就像刚刚翻过了一百座山似的，全身虚脱，整个人都变得有气无力。

她虚弱地：“建伟啊，他怎么不自己交给你。”

陈美诗说：“抹不开脸吧，这些男生都这样，想追女孩儿自己还不好意思。”

楚潇问美诗：“那你怎么想的。”

陈美诗说：“什么怎么想的，当不知道呗。”

楚潇说：“也得给人家回复一声。”

陈美诗说：“要是每个都回复，我天天不用干别的了。”

楚潇摇头：“是建伟啊，要是我就同意，他那么可爱。”

陈美诗“扑哧”一笑：“男生最怕女生说他们‘可爱’了。他要知道得老郁闷了。”

楚潇说：“那有什么，我真这么想的，长的也可爱，为人做事儿也挺可爱的，上次我有道题不会，他反反复复老耐心给我讲了。”

陈美诗说：“行，那我跟他说，就说你爱上他了。”

楚潇说：“去去去，你再这样我不客气了。”

两个人又打闹在一起。平岚一颗悬着的心落地，这个时候终于慢慢缓过神儿，看她们在那玩儿，她也跟着乐，在心里觉得自己也够好笑的。

平岚每天仍然是上课放学，最多就是学校开开运动会，搞个大扫除，暖气漏水全班一起往外倒腾水，或者下大雪整个学校到大马路上铲雪什么的，没什么新鲜的事情。

日复一日的校园生活，一转眼就到了高三。

一上高三，整个班上的氛围都不一样了。打打闹闹的少了，闷头看书做习题的多了。

年级三天一小考，五天一大考，过一两个月又是模拟高考。每个人心里都有沉甸甸的压力。这压力随着高考日期的临近，越发大，越发重。

平岚和陈美诗、楚潇的课间“散步”取消了。陈美诗发现了第三教学楼背后一个幽静的所在，那里种了一片小树林，还有小亭子和几块奇石。

三个人就在午休和晚自习前相约着去那里背书。没有几天，不知怎么整个班都知道了，全去那里看书。

齐昊天去楼后小树林的第一天就看见了平岚。他走过去一拍平岚的脑袋：“有不会的就问哈。”

平岚先吓了一跳，回头看见是他，撇撇嘴：“美诗比你成绩好，我问她。”

齐昊天说：“瞎说，每次考试我名次都在她前面。好心当成驴肝肺，我还为你发愁呢。”

平岚说：“愁什么？”

齐昊天说：“长那么砢碜，嫁人也嫁不出去，成绩又那么差，考不上大学咋整？”

平岚说：“考不上也不用你养活。”

齐昊天头一扬：“想得美，你想让我养也不可能，我也得养个饭量小的，不能养你这么能吃的。”

平岚气得说不出话，半天才挤出了一句：“你才能吃。”

齐昊天也不恋战，哈哈一笑走开。过了一会儿又绕过来：“你那成绩连志愿都不好填。”

平岚说：“咸吃萝卜淡操心。”

齐昊天又问她："你想报哪儿呀。"

平岚说："也不是我选学校，是学校选我。要是我自己能选，就选个离这儿最远的。"

齐昊天问："那为啥。"

平岚："好离你远点。"

齐昊天嘿嘿笑："你要这样我非得气你不可，反正我能选学校，我就选个在你旁边的学校，气死你。"

平岚说："你要是真有这个能耐，我就佩服你。"

齐昊天说："嘿，你这么说，那要是真的你咋办。"

平岚说："要是真的，我就给你洗臭袜子，洗十年。"

齐昊天说："行，你记住了。"

平岚说："那要是假的你咋办？"

齐昊天说："你爱咋办咋办。"

平岚想了想："我能咋办，我们肯定高中毕业就没有联系了，说不定到老了坐火车，我看见对面坐着一个没牙老头子，再仔细一看，原来是满脸褶儿的齐昊天啊，我肯定招呼也不打，自己写张小纸条儿放你兜里，悄悄地下车……"

齐昊天说："好，好，你这个没牙老太太。"

平岚对齐昊天的话嗤之以鼻，哪儿说哪儿了。填志愿的时候，按照自己的想法，选了离家千里之外的 C 市一所二本大学。

5

庆幸的是平岚接到了录取通知书。陈美诗不出意外地考上了东北一所重点大学，楚潇也考上了北京一所专科服装学校。

三个人暑假聚到一起的时候，心里有种不断充气的气球终于爆炸了的碎裂感。“砰”的一声巨响之后，是漫天飘飞的碎片，不太感觉得到疼痛，反而有一种肆无忌惮的释放感。

陈美诗首先提出来：“喝，我要痛痛快快地喝一次，体会一下醉的感觉。”

平岚也举起手：“我也要。”

三个人又到了楚潇的家，你一杯我一杯喝得大醉。

陈美诗醉醺醺地说：“我终于要离开这里了，太好啦。你们知道吗，我从初中开始，就下定决心，一定要走出去，离开这个乱七八糟的地方，离开这个乱七八糟的家。”

楚潇也说：“对，对，我也是。你还有个家，还有妈和姥爷，我根本就没家，只有这个空房子。我还记得……小的时候，那时候跳跳糖刚刚出来，我爸带我去买，卖糖的人看我爸其貌不扬的，就跟他说‘你别问价了，你买不起’。我爸说‘那我不问价，我直接买，买一盒’。卖糖的就给我爸拿了那么一小……盒，结果我爸说‘不，我要把你这些全买了’。当时那人的脸色，你们没看见——哈哈哈哈。从那开始，我就知道，有钱好。什么爸呀，妈呀，男人呀，全靠不住，只有钱靠得住。告诉你们个秘密，我妈……就住在……我楼下，你们猜她来看过我几次。”

陈美诗说：“不……知道。”

平岚摇摇晃晃地："每年一次吧……"

楚潇大笑："零次，一次也没……看过我。她瞧不起我爸，觉得我爸长得矮……长得不帅。我再告诉你们个秘密，我还有个弟弟——对了，陈美诗，你是不是……也有一个。"

陈美诗说："我不知道，我从来没见过。"

楚潇又笑："我可是……经常见，我妈，抱着……要不就是，背着。我初中有一年，实在没忍住，到楼下……敲门，你们再猜猜，我妈咋说的。"

陈美诗说："管咋说的，喝酒，我们离了这里，她爱咋说咋说。"

楚潇说："她塞给我两块钱，跟我说'你就当没有我这个妈，别来了'——哈哈哈哈。"

平岚眼角有点湿，摇摇晃晃地站起来，一下子扑下去，抱住楚潇："反正咱们都要走了……"

楚潇说："对，走得远远的，我要……挣钱，挣大钱。"说完就狂笑，然后又狂哭，陈美诗也跟她一起哭。

平岚坐在地上，也不管她俩听没听，接近自言自语地："我也想走，我大表姐年纪轻轻结婚，没两年又离婚，自己带着孩子。有一年她肚子疼，医生说是阑尾炎，把她拉进手术室，划开肚子，一看，不是阑尾炎，匆匆忙忙地把子宫切除了，结果现在肚子还疼。她又没钱，不想再去医院看，一直挺着呢。我姥姥，有一年胃疼，走路去的医院，那么大年纪给她做胃镜，做完立马昏迷，没有两天，就离开了。结果那家医院是我大舅单位开的，大舅怕追究医生责任，单位给他穿小鞋儿，不声不响这个事情就过去了。我二舅得了胃癌，他女儿是抱养的，十几岁就不顾他反对结婚了，女婿知道他生病，就买了高额保险，找了个人冒名顶替去做体检，体检也是找了关系的，结果我二舅一离世，他就拿着保险赔偿的钱去买了辆车。还有我……得了，我还是不说了……"

楚潇说："哎呀……说嘛，都要走了，把该说的都说了吧……反正我也没听见你说的什么。"

平岚说：“算啦算啦——没有什么好说的。”

嘴里这样说着，平岚却开始继续叨叨：“我大姨，生了三个孩子，老大都四十多快五十了，不出去工作，娶了媳妇生了孩子，一家三口都指望大姨一个人的退休工资生活，家里欠了一屁股债。老二到韩国打工，所有挣的钱也都给老大，结果他签证到期，给我大姨五千块钱，让她续签缴费，可是就这钱，都全让老大给花了，老二成了黑户，不敢回国，在那边继续偷偷摸摸地打工。老三是个女儿，只比我大半个月，结果……算了，还是不说了……”

楚潇和陈美诗本来也没有听她的，两个喝着聊着不由自主地唱了起来。

平岚捂着耳朵大喊：“吵死了。”

可她们还唱，唱着唱着又哭起来，平岚看她们两个伤心，自己也跟着哭，眼泪鼻涕的，不知道为谁而流下来。

过了好一阵子，陈美诗说：“你们到了大学，一定要给我写信。”

平岚用力点头：“好，好。我买最漂亮的信纸。”

楚潇说：“哎呀，打电话就可以。”

平岚说：“你不懂——美诗吾卿，见字如晤——浪漫吧。”

楚潇说：“打住啊，打住，你把这份浪漫留给齐昊天。”

陈美诗说：“就是，这个齐昊天，考到哪儿去了？”

平岚摇摇头：“高考以后就没见过，也没联系。”

楚潇又来了精神，再一次翻出电话号码簿，递给平岚：“打一个问问。”

平岚咬咬牙，拿起电话拨通，说了几句，放下电话。

陈美诗问她：“怎么样？”

平岚说：“接电话的说他不在那租房住了。”

楚潇说：“啊？搞半天这不是他家的电话。”

平岚抱怨：“班级通讯录哪有留房东家电话的，脑子进水了。”

陈美诗开导她：“那平时老师或者同学要是有事儿，打这儿不是能找到他吗？”

平岚郁郁闷闷地：“算了，爱考哪儿考哪儿，跟我也没关系。”

楚潇说：“哎呀，以后天南海北的，你还真寻思能发生点什么，上次吴慧说得对，毕业季就是分手季，何况你们也没有在一起。”

陈美诗打了楚潇一下：“别打击她了，本来心里就不好受。”

楚潇说：“我说的是实话，往往越是实话，越让人不好受。”

平岚勉强说：“我没事儿，本来我也没有多想。”

楚潇说：“提起吴慧，你们陪我去找她吧，我要走了，以后肯定三年两年都见不着，高一也好过一场。”

平岚摇摇头：“我不去。我有点不太喜欢她。”

楚潇说：“她人挺好的，有些思想上跟我们不一样而已，走吧。”说着给吴慧打了电话。

听口气吴慧也不太方便，楚潇却全不管，死活拉了陈美诗和平岚，直接找上了吴慧的家门。

吴慧一开门，微有吃惊，目光闪烁地：“哎呀，你们喝了多少。”

陈美诗说：“楚潇考上大学了，我们高兴，一起喝了点，我和平岚不想来，她死活非得拉我们过来。”

楚潇说：“是她俩考上大学，我考上的是大专。”之后凑到吴慧跟前：“咋地，不欢迎啊，还把着门，不让进屋吗？”

吴慧说：“没有，没有。”说着身体侧过去，让三个女孩进屋里坐。

楚潇大咧咧地问她：“你脸上咋一块儿淤青，走路撞墙啦。”

吴慧眼睛瞟一眼屋里，说：“啊。”

楚潇说：“你也太不小心了。”

三个女孩走进屋儿，才看见沙发上还坐着一个虎背熊腰大高个的男人。

吴慧说：“这是我老公，查易。”随后对查易说：“我上学时候的朋友，刚才打电话的。”

查易笑着说：“哦，好啊，欢迎欢迎。那你们聊，小慧呀，一会儿方方补习班下课，我去接他，你别忘了把饭给做好。”

吴慧点点头："嗯。"

查易起身走了。

楚潇一屁股坐到沙发上："我渴了。"

吴慧说她："那么大了，还像小孩，我给你们倒水。"

吴慧去倒了水，伸手放到茶几上的时候，手腕上露出青紫色一大块儿。

平岚先看见，失声惊叫："呀，你的手。"

吴慧站起身，拉拉衣服，勉强笑笑："没事儿，不小心碰的。"

楚潇说："你呀你，脸上撞那样，手腕还撞这样。"

陈美诗有点担心："要不去看看大夫吧？"

楚潇说："就是，你俩先回去，我陪吴慧去。"

吴慧连连摇头："不用，真不用，一点小问题，过一两天就好了。"

平岚诧异地："都紫啦！"

楚潇皱着眉头："你受伤了，查易还让你做饭。你才结婚一年多，怎么孩子都上补习班了呢？"

吴慧又勉强笑笑："方方是查易跟前妻的孩子，上小学了，暑期报的补习班。还有一个小孩在上幼儿园，这两天在她亲妈家里。"

楚潇吓一跳："啊？！"

吴慧说："他比我大嘛，结过一次婚，之前就跟我说过。"

陈美诗说："有孩子也好，小孩子可爱。只要是真爱，结过婚也没有什么，真心爱你，对你好就行。"

楚潇问："他对你好吧。"

吴慧想了想："查易总说，在他面前，我就是个小女孩儿。"

陈美诗说："那他肯定处处让着你。这样挺好，有个懂你疼你的人，你可以什么都不操心，安心做老板娘。"

吴慧说："就是呀，我是个老板娘呢——你们等我一下，厨房有我上午买的豆角，我端出来，边摘边跟你们说。"说着去厨房端了出来。

三个女孩儿就帮她一起摘豆角。平岚家庭条件虽然不太好，父母都心疼她，一点家务活不让她碰，开始她还不太会摘，只把头和尾掐了，直接扔在另一个盆里。

吴慧不说什么，把她摘过的拿出来重新又摘。楚潇告诉平岚：“这豇豆宽有筋，你像这样，掐着头顺道儿把筋一块儿撕下来。”

平岚不好意思地：“原来摘个豆角还有这些说道。”

几个人七手八脚一会儿就摘完了。吴慧说：“你们先坐，我去把豆角洗了炖上就来陪你们说话。”说着又进了厨房。

陈美诗小声地：“看她挺忙的，我们还是走吧，要不一会儿吃饭时间，人家留我们不好，不留也不好。”

平岚说：“要我说就不应该来。”

楚潇想想：“那好，我去跟她说一声，出来我们就走。”

楚潇自己站起来，进了厨房，刚进去，就一声惊叫。

平岚和陈美诗不知道发生了什么，赶紧站起来也跟过去。

楚潇正举着吴慧一条胳膊跟她撕扯，嘴里说：“我看看，让我看看，刚才我明明看见了。”

吴慧说：“楚潇你别闹，你到底要干吗?”

陈美诗上前去拉楚潇，问她：“楚潇你喝多了吧，是不是酒没醒，别这样扯着她!”

楚潇不理别人，使出蛮力一口气把吴慧袖子撸了上去，看了看，干脆两下子把吴慧的衣服也扯开给她脱下来了。

陈美诗和平岚也不由自主地惊叫起来。

只见吴慧从手腕到肩膀，从前胸到后背，青一条紫一条没有一块完好的皮肤。

楚潇大哭：“你这是摔的碰的吗？啊?!我们再傻，再不懂事，也看出来这不是。”

吴慧穿上衣服，一颗一颗地把扣子系上：“我洗菜挽个袖子还让你看见了。我的事儿不用你管，你好好读书上你的学，我就是摔的。”

楚潇推了她一把：“怎么摔能摔成这样？你自己从楼上跳下去又打了几个滚儿吗？你说，跟我说实话。”

吴慧眼睛里也泛上眼泪，自己用手背抹了抹。

平岚从来没有见过这样的事儿，不由自主地头昏眼花，傻站着不知道怎么办。

陈美诗说："那……那我跟平岚先出去，你有什么，跟楚潇说吧，你俩关系最好。"

吴慧摇摇头："不用。其实，也没有什么，就是……他打的。"

楚潇气的一脚踹在碗橱柜儿上，"稀里哗啦"碗碟一阵响。楚潇说："这个王八犊子，我替你找他去，他妈的还是人吗，是个男人吗，我……我替你找人干死他。"

说着真要往外走，陈美诗和平岚一边一个拉着。陈美诗说："你干啥，你要去干啥?"

楚潇挣扎着："我找他去。"

平岚说："你上哪儿找去呀，再说就你这身板儿，也不是个儿。"

陈美诗说："对，三个你也白给，再把你给揍一顿。"

平岚说："报警吧，我们替吴慧报警得了。"

楚潇想了想："行——吴慧，走，我们去派出所儿。"

吴慧站着不动，楚潇上前拉她，她挣脱了，站在原地捋捋头发："你们也太天真了，人家都说，夫妻打架，床头打了床尾和，老公打老婆的事儿，谁管呢?"

楚潇说："怎么不管，肯定管。"

吴慧说："那我也不去，让别人知道了笑话，真没事儿，过两天儿就好了。"

平岚说："别人笑话不笑话的有什么关系，自己的生活要紧，要我说，就应该去医院，拍照，留证，离婚。"

吴慧摇摇头："不能离。"

陈美诗不解："怎么不能离呀。"

吴慧把锅放在灶上，点燃火，倒油，把之前切好的肉下到锅里翻炒，肉七八成熟，又把刚刚洗好的豆角倒进去，一起翻炒。之后加上水，盖好锅盖小火慢炖。

陈美诗和平岚面面相觑，都不知说什么好。楚潇气得走过去走过来，中间又踹了一次碗橱柜。

吴慧把菜焖上，走出厨房。三个女孩儿只好都跟出来，又坐回沙发。

吴慧喝了口水，说：“去年春节，大年初三去我家，我爸说打麻将三缺一，让查易陪着打两圈儿，他不同意。我想着一年难得回去一次，把他叫到屋外，商量着让他打，他还是不同意。我就说了句‘你做人怎么这么差’，他伸手就扇了我两个耳光，把我踹倒在雪地里，自己开上车走了。”

楚潇说：“那你呢？”

吴慧又捋捋头发：“我？我能怎么办，自己回家呗。前天我弟弟要来，我说把车拿给我开，我带弟弟到处转转。结果昨天去车库，车没有在。我问他，他说带方方上补习班，又带他买了些东西。我就说‘你跟你儿子合起伙儿糊弄我，老子是坏根，小子是坏种，让你大儿子也跟他亲妈过去吧’，他马上又动了气，一阵拳打脚踢，我哼都没哼一声。可能也是我的话说重了。”

楚潇说：“那也不能下这么重的手！”

平岚点点头：“不管怎么样，男人都不应该打女人。”

陈美诗说：“这么说你们不相爱了，不爱了，何必还在一起？”

吴慧说：“谈恋爱和结婚过日子是两码事儿，不是像你们想得那么简单。”

平岚说：“反正，他打你，你就不应该再跟他一起生活。”

吴慧又喝了一口水：“我跟他刚结婚没两个月，就怀上了，他说有两个孩子了，不想再要，让我去医院打掉。后来一年间就打了三四胎。我就上环儿，结果引发了妇科病，又取下来，取下来又怀上。再打胎之后他让我把卵巢切除了。我现在没有生育能力，再嫁人肯定嫁不出去，要出去工作，我也不知道自己能干什么。就这样，吃穿不愁，过着吧。”

三个女孩儿听的面红耳赤又觉得不可思议。

楚潇结结巴巴地：“那……那他可以……怎么总是你……”

吴慧说："啊，他坚决不戴套，说不爽。"

平岚差点把一张脸埋到水杯里，想想这杯子说不定查易也用过，一阵反胃，赶紧把杯子放回去。

吴慧说："他外头还有别的女人，跟前妻离婚就是因为出轨被发现了。"

楚潇急的："这样吃喝嫖赌抽出轨还家暴的，你留着干吗，赶紧离开呀，你才二十岁，一辈子就真这么过吗?"

吴慧说："刚才不是说了吗，我也没有办法，要说呢，我觉得我还爱着他，有时候又恨他。比较矛盾吧，所以经常故意说些伤人的话气他。用恶毒的话折磨他，他虽然打我，拿我也没有办法。"

楚潇说："这有什么矛盾的，离呀。"

陈美诗说："吴慧你到底怎么想的，我也不能理解。"

吴慧说："你们还太小，我是说……还在校园里，除了读书学习，什么都不知道。这些事情，肯定理解不了。我只跟你们说一句话，以后找男人，一定要擦亮眼睛，别像我，找个大渣男，把自己一辈子毁了。男怕入错行，女怕嫁错郎，这是真的。"

三个人离开吴慧家好久，平岚还在震惊当中，一直说："太可怕了，太可怕了，我不知道一个男人可以这么坏，吴慧跟我们不是一个世界的人。"

陈美诗说："我对婚姻更没有信心了，再说没有结婚之前，怎么知道是好男还是渣男。以后我就一直谈恋爱，不结婚。"

楚潇沮丧地："真不该去，都是我，喝多了脑子秀逗。吴慧被打得那样，竟然还爱着他，这也太变态畸形了。我开始还心疼她、同情她，后来发现这份心疼毫无意义，这是她自己的选择，我以后不想再跟她联系。"

三个人都默不作声，毫无目的地在街上走，良久，楚潇自我开解似的："至少她吃穿不愁，是个老板娘。"

平岚瘪瘪嘴："我二表姐——大姨家的老三，嫁人的时候，她妈妈到我家很高兴地跟我妈说'送了她一套房子'，男方家还有家店，也说去了就是老板娘。结果过几年才知道，房产证上根本没有二表姐的名字，店也是以婆婆的名字开的，她忙前忙后那么多年，所有收入跟她一点关系没有。有一次吵架，她被赶出家门，连几套衣服都不让她带，孩子也不让她看。我二表姐身无分文，把手上戴的一个镯子给卖了，换了五千块钱，到最后到底还是只能回去。”

楚潇说：“你二表姐太软弱，要是我不让他们家翻天才怪。”

平岚说：“也不一定，我很小就看过一篇文章，作者的妈妈告诉她‘经济地位决定女人的家庭地位’。”

楚潇反驳她：“生孩子养孩子做家务都是女人的事儿，还得女人出去挣钱？那要男人到底有什么用。我反正以后嫁人得嫁给养得起我的，必须得有钱。”

陈美诗说：“得了，哪想得到那么远，抓紧青春的尾巴好好happy最好。”

楚潇深深吸一口气：“说得对，别想那些不愉快的，能玩尽情玩儿吧。”

这个暑假剩下的日子，三个好朋友就相约着逛街滑旱冰，县城周围爬爬山。楚潇还带她们去迪厅、游戏厅，平岚去了一两次——觉得那迪厅太吵，自己又不会蹦迪跳舞，而且零花钱有限，去游戏厅打个游戏一两关就挂了，禁不住这么花——再也不去了。陈美诗一接触，倒觉得好玩儿，隔三岔五地约上楚潇往那边跑。

三个人还约着洗了一次澡。那个时候的东北，洗澡都在公共澡堂子，一进门就蒸汽缭绕，到前台领了钥匙就去更衣室。更衣室里一排一排的储物柜，按照钥匙上的编号找到相应的柜子，站在原地把衣服脱了放在里边再锁上柜门。淋浴室蒸汽更浓，喷头总不够，往往要两三个人一个喷头，赤条条你挨着我，我挤着你。

平岚跟陈美诗、楚潇共用一个喷头，她顶着一脑袋泡沫正在洗头，楚潇捅捅她的乳房：“好像没有长出翅膀的小鸟。”

平岚偏过身子，不小心蹭上了陈美诗高耸的胸部，她赶紧挪了挪，又挤到了楚潇的屁股。

楚潇捏了她腰一把：“肉长错了地方。”

平岚说：“别闹，让我把头发冲了，我迷眼睛。”

楚潇一把抓住陈美诗的乳房，跟平岚说："你看她，是个妖精，该凸的凸，该翘的翘，难怪迷倒了那么多人。"

陈美诗毫不示弱地伸手抓回去："让我也摸摸，你的也够大。"

楚潇在光溜溜的身体中来回躲闪，陈美诗也绕来绕去地追。

平岚边冲头发边说："不分时间地点的闹，哪有你俩这样的，在澡堂子都不消停。"

冲完一抬头，两个人早不知跑哪儿去了，她只有自己洗完穿好衣服在外面等她俩。

6

疯玩疯闹的日子过起来特别快，暑假很快结束，转眼又到了开学。三个女孩儿怀揣着对大千世界的向往，踏上了各自的求学之路。

平岚长到二十岁，这是头一次离开家乡的小县城。妈妈担心她的安危，特意千里迢迢地送她去大学报到。

坐在火车的硬座上，平岚始终看着窗外，只有到了深夜，才趴着或者靠着睡一会儿。清晨她就在车厢连接处的洗手池简单洗把脸，然后跟妈妈一起泡方便面吃。

火车把一座一座的小山丘抛在身后，逐渐驶入一望无际的平原，随后连绵不尽的高山出现。火车开始在隧道之间钻进钻出，窗外的天色一会儿黑了，一会儿又亮了。

妈妈跟对面一位大妈热情地攀谈："这山洞咋这么多，多长时间能钻完那。"

对面大妈一口C市方言："还早滴很，这才刚刚开始。"

妈妈问平岚："哎呀，他们说的话你能听懂吗，我都不知道在说啥。"

平岚嗔怪："妈，都是中国话有啥听不懂的，这是秦岭山脉，她说还要老长时间呢。"

妈妈说："哦……今天天气不咋好啊。"

对面大妈说："下了半个月的雨了，这边天气就是这个样子，冬天更恼火，几个月都看不到日头。"

平岚"翻译"一遍，妈妈大惊小怪地说："哎呀妈呀，这嘎达天气这样儿啊。”

平岚觉得妈妈有点小题大做，不禁微微有些脸红，赶紧又看窗外，心里想着：“这边的房子看着跟东北也没有什么区别嘛。”刚想完，又觉得自己也少见多怪了。

妈妈看到平岚懒心无常的神气，也不管她，自顾自跟对面攀谈，常常一句话要问对方两三遍，对面的大妈倒是热情，放慢了语速有问必答。

整整坐了三十多个小时的硬座，平岚才到了C市。她跟着妈妈拖着大包小包的行李，寻找公交车。好不容易到了学校，又寻找班级，寻找宿舍，寻找交学费的地方，之后又是领被褥，办饭卡，等等。

直到把床铺给铺好了，妈妈才说：“我们再去找找超市，我给你买点洗漱用品，明天我就回家。”

平岚说：“妈，你在这儿多待两天呗，那么远来的，到处走走看看。”

妈妈说：“看啥看，有啥看的。”说着带着平岚走出校园。

出了学校的西门，对面一家小店上挂着招牌，写着“担担面”。妈妈说：“哎呀，担担面，不知道跟咱的面条有啥区别。”

平岚说：“买一碗尝尝，你看那牌子上写着价格呢。”

妈妈跟平岚过了街，走近一看，三块钱一碗。

妈妈犹豫了一下：“没啥尝的，中午不是都在食堂吃了饭嘛。”

平岚说：“那米你吃不惯，都没吃饱。”

妈妈说：“这头儿的米是挺难吃的，不像咱珍珠米好吃，走吧，刚才一个人儿说超市往那边走。”

妈妈到底没舍得三块钱，半饿着肚子跟平岚转了半天，终于找到超市，挑便宜的简单给她买了点。当晚母女俩挤在一张床上睡了一夜，第二天妈妈就走了。

平岚军训回到宿舍，在自己的柜子里和床上左翻翻右看看，一件妈妈的东西也没有，这才确定妈妈真的回家了，以后自己就是一个人面对这个陌生的城市和陌生的一群人。她不禁有点失落，看看宿舍几个人在那里聊天，心里想融入进去，却有点插不上嘴的感觉。

军训几天，同寝的一个叫赵博的女孩儿被选为班长。她收班费的时候一个男生不配合，跟她顶了嘴。平岚不知怎么，想到替寝室这个班长出头，去找那个男生理论，结果倒引起了赵博的误会。

赵博带着寝室几个姑娘把平岚围在床头，问她："你找人家说什么了？"

平岚说："没有啊，我就跟他说，让他配合你的工作。"

赵博说："这事儿跟你有什么关系，狗拿耗子多管闲事，他告诉老师，老师把我批评了一顿，你看你那样，把自己管好得了。"说着说着，委屈地哭起来。

同寝另外四个女孩有的赶紧安慰赵博，有的就摔桌子摔笔的，嘴里抱怨："怎么跟这样的人一个寝室，真是倒霉。"

另外有应和的，也说："就是，我们去跟老师说，集体换寝室得了，别跟她一起，脑壳长包的。"

平岚听了，默默无语，自己离开寝室，在学校里漫无目的地游逛，也不知道该去哪里，一直到了深夜，找了家网吧进去栖身。其实她在老家没怎么接触过电脑的，连开机都不会，手忙脚乱地好不容易打开，也不知道怎么玩怎么用，自己盯着屏幕发呆，折腾了几个小时，勉强申请了一个 QQ 号，之后又是发呆。

后半夜，外面传来打架的声音，狗吠的厉害，网吧老板干脆拉下了卷闸门，平岚心里一阵一阵的发毛，害怕。

好容易挨到了天亮，平岚赶紧往外走。清晨的路上空无一人，只有个早点摊子冒着热气，她买了一个包子，边啃边往学校走，熬夜加上心里郁闷，头脑都昏昏沉沉的。

平岚刚要到学校大门的时候，迎面走过来一个帅小伙，帅小伙迎上来，平翘舌不分地："美女，我是香港来旅游的，钱包被偷了，身上什么都没有了啦，你有没有银行卡，我让朋友把钱打到你的卡上，我再把钱取出来啦。"

平岚看他说得诚恳，又可怜，赶紧点头："有。"说着掏出银行卡。

帅小伙拿出手机，打了一通电话，之后对她说：“好啦，我把卡号跟朋友说啦，你是学生吧，这么早一个人在外面很危险滴。”

平岚说：“我就是想回学校呢。”

帅小伙说：“好啊，我陪你一起。你们学校有取款机吧，我能不能查一下钱到了没有。”

平岚点点头，把银行卡交给他，热情地把取款机的位置指给他看，还把密码告诉了帅小伙。

帅小伙说：“谢谢你呀，我去去就来，你在这里等我啊。”

平岚站在原地等，从黎明等到了太阳高照，实在等不住了就去取款机那里找人，哪里还有帅小伙的影子？

平岚赶紧拿出 IC 卡，找了个公用电话打给家里，打完就在原地等。

过了半个多小时，公用电话铃声响起，平岚接起电话，妈妈说：“没有了，我拿存折查了，上面一分钱也没有了。”

来之前是准备寒假不回家的，能省个往返路费，妈妈又说每个月寄钱的话有手续费，不合适，干脆把一年的生活费都放在卡里拿给她，一个月三百，给了她三千六百块钱。一笔巨款——对于她和她的家庭来说，都是。

平岚迷蒙蒙地回了寝室，一头栽到床上，木然不知所以。过好久，才想起跟班主任汇报，之后自己去了趟派出所，报案。

随后她生了场大病，高烧不退，身上没有钱也不敢去医院，只是硬扛着，每天躺在寝室床上昏睡，身体沉重得起不来，茶饭不进，滴水不沾。

妈妈把电话打到寝室，跟她说：“你爸上火，满嘴都烂了，他不是惦念丢了的钱，他是惦念你。我又办了张银行卡给你寄过去了，你注意收，以后还是按月打生活费吧。你们班那个，跟你关系挺好那个，陈美诗吧，电话打到家里，我把你寝室电话号码告诉她了。”

平岚说：“哦，知道了。”接完电话又躺在床上。

平岚一直躺到军训结束。其间寝室的几个女孩儿出出进进，视若无睹，好像身边根本没有这么个人。

她们有时候也议论，一个说：“你说好端端怎么钱会被别人取走。”

另一个说：“听说是被‘拍花子’，有一种迷药，往人身上一拍，被拍的人就什么都不知道，别人让干什么干什么。”

再一个说：“那要是让脱衣服也得脱吧，干完那事儿再挣一笔钱，安逸。”

几个人凑在一起暧昧地笑。

平岚缓缓地抬起一只沉重的胳膊，有气无力地摸摸自己的脸，心想：“还在呀，还以为自己透明消失了。”

等到军训结束，平岚的烧退了，可是身体仍然虚弱，走起路来脚好像踩在棉花上。

她夹着课本走到教室，找个最后一排的位置坐了，有气无力地听课。大学里本来就是有课一起上，没课的时候各干各的，她去了，一个同学不认识，别人也不认识她。平岚真好像是个透明的人一样，除了上课还是在寝室躺着。

大概上了四五天课的样子，中午平岚在食堂一个人有盐没味地吃了饭，回到寝室正想爬上床，电话铃声响起。

她拿起电话，电话里哇啦哇啦地：“捡破烂的，傻鱼，赶紧下楼，女生宿舍外头。”之后电话被挂断。

平岚又一次热血上涌，脑袋“嗡嗡”响，不相信自己听到的这个声音。她掐了自己一把，疼，不像是幻觉。

平岚想：“这个齐昊天，上了大学了，还要跟我没头没脑的恶作剧，埋汰我。不管怎么样，下去看看吧，明知道白跑一趟，刚吃完饭，就当走走路消化一下。”

平岚想着，穿过宿舍长长的走廊，经过一个又一个长得一模一样的宿舍房门，转下一层楼梯，又转下一层楼梯，从四楼下来，穿过宿舍楼围合而成的院子，出了女生寝室的大门。

女寝大门外有几棵桂花树，九月下旬正值桂花开得盛，星星点点密密丛丛的，有些树上开淡黄色小花，有些开橘黄色小花。花开得好看，香更香得浓郁，带着甜味带着蜜意的香铺天盖地。整个校园都好像桂花漫天飞，一层一层的涌进平岚的眼睛，涌进她的鼻子，涌进她的心。

桂花树中间，一个高高帅帅的背影转过身，正是齐昊天。

平岚愣在当地，迈不开腿，有种五雷轰顶的震惊感。心里电光火石、风火闪电，瞬间又“砰”的一声，爆炸成了漫天的桂花，荡悠悠的飘，荡悠悠的香。

齐昊天几个大步走过来，把一个鼓鼓囊囊的信封塞到平岚手里：“拿着。”

平岚说：“这是什么?”

齐昊天说：“三年三班全班给你的捐款，五千七百八十五块钱。”

平岚泪水涌上，好像寒冬腊月她孤单单在白茫茫大地上走，忽然遇到了穿红斗篷的故人，塞给她一个暖手炉。

她说：“我不能要……”

话音未落，齐昊天又塞给她一个袋子。

平岚说：“这又是什么?”

齐昊天说：“我军训时候穿过的臭袜子，都没洗，给你留着呢。”

果然一阵阵的臭脚味儿穿过桂花的香气袭来，平岚含着眼泪花儿笑起来：“你有病啊，这袜子给我干啥。”

齐昊天说：“你在中环路南四段，我在中环路南二段，是你说的，我考到你旁边，你就给我洗十年臭袜子。”

平岚说：“你也太损了，为了气我处心积虑的真考这边来了。”

齐昊天说：“大老爷们儿一言既出驷马难追，气的就是你，不是别人儿。”

平岚给了他一拳：“你个坏蛋。”

齐昊天伸出手拨拉她脑袋一下：“你个傻鱼。一来就惹事儿。”

平岚说：“不是我惹事儿，遇到骗子了。”

齐昊天说：“你那么笨，不骗你骗谁。”

平岚把信封揣回齐昊天手里："袜子我给你洗，钱不能要。"

齐昊天说："同学们的一点心意。"

平岚说："心意领了，真不要。"

齐昊天说："你还让我一个一个退回去呀，你没有意识到，这给我带来多大麻烦吗？"

平岚说："麻烦的就是你。"

齐昊天又跟她推让了半天，看她坚决，气得嘴歪："你呀，你……"

平岚说："我咋地啦，是你自己来找气受的。"

齐昊天说："行，你等着。袜子洗好晾干，完了叠好送到我学校去——这是我寝室电话号码，去之前打个电话。"

平岚一手抱着一堆臭袜子，一手攥着电话号码，看着齐昊天走了，心里喜滋滋的，唱着歌回到寝室。登时觉得神清气爽，身体瞬间大好了，回去没有坐一下，马上把臭袜子一只一只洗干净，悉心地用小夹子夹在晾衣架上，拿到顶楼晒。

下午只有两节课，下课以后，平岚端着小凳子到天台，坐着看书，看一会儿站起来把袜子翻个面儿晒，赶上太阳好，一下午就全晒干了。

平岚在自己的柜子里翻半天，找到一个干干净净漂亮的小袋子，把袜子叠得整整齐齐地放进去，郑重其事放在柜子的最上边。又挨了两天，才鼓起勇气给齐昊天打电话。

平岚说："袜子洗好了，我给你送过来。"

齐昊天说："啊，洗干净了吗？"

平岚说："给你洗就不错了，还挑三拣四的。"

齐昊天嘿嘿笑："这两天别来，'十月一'来。"

平岚说："咋地，大假来不打扰你约会呀。"

齐昊天说："哎呀，什么时候变聪明了，你咋知道我有约会呢，我想着你那个时候来，正好能见见我女朋友。"

平岚这几天心里积攒的一腔喜气瞬间倾泻出去，又觉得头重脚轻，浑身无力，心里又酸又痛。她呆愣愣地站了一会儿，回到寝室打开柜门，把袜子一股脑掏出来扔地上，自己狠命在上面跺了几脚，跺完了，又哭一回，少不得还得自己捡起来重新洗一遍。

接下来的几天又行尸走肉般地上课下课，终于到了国庆节，平岚想着："我去了一定要把臭袜子摔他一身，再吐一口口水到他身上，从此以后都不联系——以前也这么想过，但这次是真的了。"

平岚又给齐昊天打电话。

7

齐昊天说："你下了公交车在校门口等着，你那么笨，说了你也找不着我寝室。"

平岚说："我现在出发，大概二十分钟到。"

齐昊天不耐烦地："知道了。"

平岚去校门口坐上车，本来不远，一会儿就到了。她在校门口等，左等不来，右等不来，忍不住心头更加冒火，几次都准备走了，想到把袜子摔他一身的场景，又耐下性子继续等。

等了足足有半个小时，齐昊天才慢悠悠地从远处走过来，平岚恨的牙齿咬得"咯咯"响。他刚走到跟前，她真就掏出袜子，一股脑扔在他身上，冲着他大吼："给你的臭袜子，以后找你女朋友洗，别再拿给我，我见一次扔一次。以后别再联系，永远不联系，见一次骂你一次。"说着转身要走。

齐昊天双手一把抓住她两胳膊，让她动弹不了："等一下，等一下。"

平岚挣扎着："放开我，让我走，你这个坏蛋。"

齐昊天说："还没有见我女朋友呢。"

平岚说："你女朋友跟我有啥关系，不见。"

齐昊天嘻嘻笑着："她想见你。"

背后一个声音："谁是你女朋友，想得美。"

另一个声音："就是，再这样我跟你单挑。"

平岚愣在原地，不敢回头。

齐昊天松开手："哎呀，你劲儿咋这么大，刚才打着我，可疼了。”

楚潇说：“活该，谁让你嘴贱，说我们是你女朋友。”

齐昊天揉着胸口：“哎呀，女性朋友，不就是女朋友嘛。”

陈美诗说：“你要是这样说，子豪也不干。”

平岚猛地回过头，扑过去，跟陈美诗和楚潇抱成一团，问她俩：“你们咋来啦。”

楚潇说：“还不是因为你嘛。”

陈美诗说：“还有齐昊天，他热情邀请，说到这边吃喝玩乐他全包，我们盛情难却——还有他也想来。”

陈美诗旁边一个高高瘦瘦，面皮白净，圆眼睛，细嘴唇的男孩儿有点羞涩地：“我叫刘子豪，是美诗的男朋友。”

平岚惊喜地：“美诗，你行啊。”

齐昊天早在旁边把袜子都捡起来：“都为了给你个惊喜，你看你，一点不领情还把我揍一顿。”

楚潇说：“你那是惊喜吗，是惊吓。”

平岚想到刚才自己的失态，登时羞红了脸：“你也不说清楚，我怎么知道……”

齐昊天说：“得啦，我带你们去步行街、诸葛祠，晚上请你们吃火锅。”

平岚说：“现在就去呀。”

齐昊天说：“现在不去还等啥，人家那么远来的。”

楚潇说：“去，马上出发。”

青春靓丽的红男绿女就兴致高昂地启程，用了两三天把 C 市有名的景点都走了个遍。

经过一家眼镜店的时候，齐昊天介绍说：“我听说这家是百年老店了，当年国家领导人都在这里配过眼镜。”

楚潇听了就撺掇平岚：“把你眼镜换了吧，这个不好看，太大，遮了半边脸。”

平岚用食指把眼镜往上顶一下：“这个挺好。”

陈美诗在旁边帮腔：“换了换了，有人说吃喝玩乐全包，你客气啥。”

两个女孩一边一个把平岚架进眼镜店，选来选去最后决定给她配一副隐形眼镜。

平岚自己有点心动，算算生活费又有点不够，最后狠狠心，想着试一下无妨，就在售货员的引导下，先验光看度数，然后把合适的隐形眼镜戴进眼睛里。

戴好刚走出来，陈美诗就一声惊叫：“呀，你眼睛长得太好看了。”

楚潇凑到她脸上：“这还是你吗，眼睛这么大，睫毛这么长。”

平岚低下头：“鼻梁是塌的。”

陈美诗说：“哪有，鼻梁有一点点凹还有点像混血的姑娘，鼻子也好看。”

楚潇把一边闲逛的齐昊天拉过来：“你看看，怎么样?”

平岚下意识地转身闪躲，齐昊天看了看：“砢碜。”

刘子豪搂着陈美诗，对平岚说：“可以把发型一起换了。”

楚潇一声惊叹：“对呀，走，现在就去。”

平岚摘下眼镜，戴回自己原来的：“还是不要了。”

陈美诗还在感叹：“为啥不要啊，好看。”

平岚自己走了出来，两个好朋友赶紧跟出来，回头却没有看见齐昊天。

平岚说：“一个大男人也磨磨蹭蹭的。”几个人就在原地等。

等了一会儿，齐昊天从眼镜店出来，手里拿着个袋子，递给平岚：“你都试过了，别人谁还能戴?”

平岚还想反驳：“怎么不能，不影响的。”

齐昊天往她手里一塞：“哪儿那么多废话，拿着。”

陈美诗替她接过来，打开袋子看了一眼：“呀，洗眼镜的药水还买了两瓶。”

平岚说：“那我回去把钱打给你。”

齐昊天说：“废话那么多。”

陈美诗和楚潇就笑，两个人撺掇着把平岚拉进一家理发店，请来理发师商量给平岚做个什么发型，说到后面她们两个也跟平岚在那一起做头发。

齐昊天和刘子豪懒得等，先出去逛去了。

三个女孩儿互相挨着，陈美诗说：“怎么样，我就说齐昊天对你有感觉。”

平岚头上全是发卷儿，脖子不动，只是说：“没有吧。”

楚潇说：“这下连我也看出来了，肯定喜欢你。”

平岚脸一红：“我可没看出来。”

陈美诗说：“你行了。该出手时就出手，没听说过吗，有三件事儿如果没干过，那就是白读一回大学。”

平岚问她：“哪三件？”

楚潇抢着说：“熬通宵，逃课，谈恋爱。”

平岚笑起来：“还有这样的说法，难怪美诗一上大学就交了男朋友。”

陈美诗说：“你说刘子豪啊，他人挺好的，我报到的时候他帮我提行李，还热心地给我引路。就是人有点闷。”

楚潇说：“你得了吧，我觉得他挺好的，这一路，看你出汗就马上去给你买水，看你累了就把路边椅子擦干净，背包那些一点不用你提，你想要什么他跑得飞快。”

平岚说：“就是，连我都看出来他真的很爱你。”

陈美诗叹口气：“我就是觉得吧，爱情不应该是这样平平淡淡的。”

楚潇说：“你看吴慧，倒是轰轰烈烈，结果怎么样。”

陈美诗摇摇头：“我担心，自己还没有尝试过心动的感觉，万一以后跟刘子豪结婚了，说不定我会出轨。”

楚潇问她：“那你俩有没有……那个。”

陈美诗微微诧异：“没有。”

楚潇难以想象地：“什么？这几天你们都住一起，这么好的机会。”

陈美诗看看理发师都不在身边，只留她们几个在那烫头，压低声音说：“我怕疼，每次他想试试，我都不敢，他就只在外面蹭蹭。”

平岚正端起一杯水喝了一口，又吐回了水杯。

陈美诗说：“他说了，不会勉强我，一定会等我准备好。”

楚潇说：“我觉得他不错。”

陈美诗偏着脑袋：“怎么回事儿，明明在说平岚，又说到我头上了。”

平岚说：“我有什么好说的。”

楚潇说：“不管怎么样，齐昊天在这边挺好的，有个熟悉的人在身边，要不就你那性格……”

平岚感叹：“就是呀，得罪人的体质，我也不知道怎么回事儿。”

楚潇说：“你就是太老实，被人欺负了也不敢吱声。我开学的时候有个女孩本来跟我一个寝室，她妈妈嗲嗲的，跟我们说‘我女儿在家里娇生惯养，你们都让着她点’。我直接跟她说了一句‘我们凭啥让着她’。她妈妈马上联系老师，给换寝室了。”

平岚听天书似的：“啊，你就那样说的。”

楚潇说：“那咋啦，本来就是，开学没多久，我又跟寝室的干了一架。”

平岚惊叹：“啊？”

楚潇说：“一点小事儿，没什么大不了，干架以后她们跟我关系都挺好，不敢瞎嘚瑟。”

陈美诗听了半天，这会儿才说：“你也别太暴力，我跟寝室就都处得好。还报了好多社团，我现在是学校的播音员，女子足球队的，在乐队里打架子鼓，还在学编程，可好玩儿了。”

平岚羡慕地：“你可真行。”

几个人又你一言、我一语地交流了上大学一个月的感受，说着说着，头发也都做好了。

陈美诗一头披肩长发，皮肤白皙，小脸还没有巴掌大，削下颏，弯弯的眉毛下一双细长的眼，不大却有着勾人摄魄的魅力，嘴唇如婴儿般粉嫩而略微嘟起。如今她不过是把长发拉直，使其更加柔顺，衬托得粉面朱唇更加娇柔，从前面看温柔可人，从侧看凹凸有致，从后看一头如瀑秀发飘垂而下。

楚潇自高中起就是干练的短发，鹅蛋脸自有丰韵，脸上最醒目的是一双黛眉，时不时眉角高挑，气势飞扬，眉毛下一副杏核眼，眼睛里目光精冷，仿佛小小年纪就看透了世事，挺鼻丰唇，冷艳而不乏性感。楚潇不过是将头发洗洗吹吹，全当是陪两个好友聊天而已。

陈美诗和楚潇本来好看，做了发型也不过是锦上添花。平岚却很有些形象上的改观。她以往一副大眼镜就把脸遮了半边，脑后胡乱扎个马尾，长长短短的碎头发参差不齐地垂在额角鬓边，又显得凌乱。这次她烫了个时下流行的大波浪，遮了两边略高的颧骨，前刘海有弧度地搭在前额，一下子就让以往看起来扁平的脸多了层次感，且勾勒出了脸部轮廓，看着显得脸小。楚潇又鼓动她把眼镜摘了，马上换了隐形眼镜，把五官里最好看的部分亮了出来。陈美诗掏出随身带着的腮红口红，临时帮她化了个淡妆。这一下，平岚看起来竟然有点大变样儿的感觉。

齐昊天适时回来，要付几个女孩烫头的钱，后来刘子豪争着替陈美诗和楚潇买了单，齐昊天就只是帮平岚付了款。

平岚还是说："我回去打给你。"

陈美诗左左右右地看平岚，不住地称赞："清秀，有种小家碧玉的气质。"之后问着齐昊天："怎么样，都要不认识她了吧，赶紧下手，要不被人抢去了。"

齐昊天脸红，说："更砢碜，头发像被猫抓过。"

楚潇大笑："你这人。"

陈美诗和楚潇干脆一不做，二不休，带着平岚去商场挑选了两身衣服和搭配的鞋子，平岚换上以后，更有种脱胎换骨的感觉，不愧说"人靠衣服马靠鞍"。

在市区闲逛了之后，几个人又约着一起爬 C 市一百公里外有名的青山。

从青山后山门进去，一路上小径清幽，逶迤通向山顶，山脚下流水淙淙，只闻水声，不见水影。

平岚意兴高涨，忍不住吟诵："清晨入古寺，初日照高林。曲径通幽处，禅房花木深。山光悦鸟性，潭影空人心。万籁此都寂，但余钟磬音。"

齐昊天也念道："诗境西南好，秋深昼夜蛩。人家连水影，驿路在山峰。"

楚潇用力一推，把齐昊天推到平岚身上："可倒好，一个书呆子都够头疼了，现在有一对儿。"

平岚说："这风景多漂亮啊，你看那上面，不是都看见古寺的红墙了。"

齐昊天跟楚潇说："你头疼啥，她才应该头疼。"

平岚问："为啥呀？"

齐昊天抓一把平岚的头发："被野猫刨了脑袋。"

平岚说："你……"就要打他。

齐昊天一闪身"蹭蹭"地蹬着台阶向上跑，平岚开始追。

陈美诗立住脚，拄着腰："他们真有精神，爬一路，累死了。"

刘子豪说："歇会儿吧。"说着打开包，先掏出一瓶矿泉水递给她，又掏出一包纸巾，拿出面巾纸帮陈美诗擦脸上的汗。

楚潇在一旁酸唧唧地："哟哟哟，太肉麻，伤了我的眼睛。"

陈美诗说："咋地，嫌眼睛疼别看那。"

楚潇说："得了，你们在这儿腻歪吧，我追他们去。"

陈美诗噘起嘴："太累了，真走不动。可是你看他们，爬那么远了。"

刘子豪想了想："我背你吧。"

楚潇都往上走了几级，听见这话，回过头："哎呀妈呀，我倒要看看，这么陡的路，你是不是真让人背你。"

陈美诗说："本来不用，你这么说，我还就让人背了。"说完趴在刘子豪背上。

刘子豪背起陈美诗往上爬，楚潇跟看见世纪大奇迹了一样，问刘子豪："天呐，你不累呀，真背？"

刘子豪说："没事儿，美诗瘦，一点不沉。"

陈美诗跳下来："行了，我没那么累了。"

刘子豪还在说："没事儿，我能背动。"

陈美诗撒娇地："你扶着我就行，要不让楚潇看了笑话。"

楚潇说："这话说的，我听了都酥了，鸡皮疙瘩又掉一地。"

刘子豪笑，替陈美诗开脱："女孩儿嘛，都这样的。"

楚潇说："你别太惯着她，你这样她更得意。"

刘子豪还是笑："女孩儿就是用来疼的。"

楚潇点头："好好，你这个女人，不知道哪儿修来的福气，遇见这个刘子豪。"

陈美诗说："明明是他有福气，遇见了我，是吧？"

刘子豪自豪地："当然。"

刘子豪搂着陈美诗的腰，扶着她往上走。一行人爬了一天的山，晚上就在山里的农家乐住。

太阳西下以后，渐渐地繁星满天，四周虫鸣啾啾，几个人围坐在院子里聊天，仍然说些校园里的见闻。

十月的山里，入夜就显凉。陈美诗衣服没有带够，刘子豪把外套脱了给她穿，自己只穿件短袖 T 恤挨冻。

平岚也忍不住双手抱着胳膊，瑟瑟发抖。齐昊天说："冷啊。"

平岚点点头。齐昊天说："冷的就是你。"

楚潇指着他："你看看刘子豪，怜香惜玉懂不懂。"

齐昊天哑然失笑："那也得先是香，先是玉吧。"

平岚气得又想打他，齐昊天把外套脱了一下子掷到她的怀里："还不谢谢我，高风亮节。"

天空下起了雨，楚潇站起来："得了，明天还得爬一天，我先回去，你们聊。"

陈美诗看看天："都回去吧，下雨更冷了。"

三个女孩儿一个房间，一进门各自洗漱了就赶紧钻进被窝，被子褥子潮湿的人难受，都睡不着。

楚潇最先说："哎呀，这褥子咋这么潮，躺下更冷。"

陈美诗提议："要不我们把三张床并在一起，互相挤着睡吧。"

平岚和楚潇都没有意见，三个人就下床，把床铺推到一起，你挨着我，我挨着你，靠着体温取暖。

楚潇说："这下好点了，我搂着陈美诗，她胸大屁股大，热乎。"

陈美诗说："不害臊。"

平岚说："我还是有点冷。"

楚潇说："你去搂着齐昊天吧，准暖和。"

平岚说："不害臊。"

陈美诗笑："你心里还不是这么想的。"

平岚回身拧了陈美诗一把："什么时候你俩合伙欺负我。"

陈美诗说："没有欺负你，你敢说没这么想过？"

楚潇长叹一声："哎……"

平岚问她："你又有什么幺蛾子？"

楚潇说："我感叹你暗恋齐昊天那么长时间，都不敢表白，'我喜欢你，我爱你'有那么难出口吗，天天光跟我们做一副可怜巴巴的样儿。你要向陈美诗学，她多会撒娇啊。"

陈美诗翻过身，脸对着楚潇的脸，拿腔作势地："亲爱的，你就别整天说人家了，人家好害羞的。"

楚潇一脸嫌恶地："耶……就你会做这副狐媚子样儿，我要是个男人，都得爱上你，立时就在这儿把你扒光吃了。"

平岚悠悠叹口气："我就是喜欢齐昊天，爱他，可是他不喜欢我，天天气我。"

"噗"一声响屁，好像就在耳朵边放的一样，三个女孩儿一齐坐起来。

陈美诗警觉地问："是谁?!"

隔壁刘子豪小声说："美诗，不是我。"这么小声听起来也是一清二楚的。

原来农家乐用木板搭的二层小楼，从外边看着好看，古朴自然，可是实际上既不保温，也不隔音。放个屁都听得一清二楚，自然三个女孩儿说的话一字不落都被听了去。

楚潇一拳砸到墙上：“你们两个大男人，怎么这么长时间一声不吭，是死人吗?”

刘子豪说：“是齐昊天不让我说话，他说要听听你们说啥。”

平岚羞得跟什么似的，钻进被窝蒙着头。

陈美诗气的：“他不让说话你就不说，你是个哑巴吗?”

另外一个方向的隔壁传来陌生的男声：“我说那个叫齐昊天的兄弟，人家女孩儿爱上你了，你倒是说句话。”

接着一个陌生的女声：“人家的事儿跟你有什么关系，赶紧睡觉。”

三个女孩儿这才知道，她们的话不仅被熟悉的人听了，被陌生人也听了去了，三个人都钻进被窝，噤声不语。

齐昊天自始至终没有说话。

8

这一折腾加上潮湿的床铺，兼着房檐上的雨声和远处的山中水声，平岚一夜没有睡好。一般失眠的人习惯在床上翻来覆去，平岚怕频繁地翻身搅扰了两个朋友，只能一个姿势硬挨着，挨到凌晨好不容易迷迷糊糊地要睡着。旁边其他房间又有人起床赶路，刷牙洗脸的声音听得清清楚楚，窗外走廊上，鞋子踏着木地板的声音，就像打雷似的“轰隆轰隆”的。

平岚被吵醒，陈美诗和楚潇也醒了。楚潇抱怨着：“这么早，吵死了。”

隔壁齐昊天两个人也醒了，能听见他们刷牙洗脸尿尿的声音。

三个女孩儿赶紧洗漱完收拾好东西，走出门。

楚潇喊了一句：“我们下楼了啊。”

刘子豪也从房间里出来：“我都收拾好了，跟你们一起下去。美诗，昨天晚上的事儿你不生气了吧。”

陈美诗一跺脚：“不生气了。”

刘子豪说：“你看你明明还生气。”

陈美诗说：“你还有完没完。”自己径直下楼，刘子豪在她身后亦步亦趋跟着下去。

平岚正要走，冷不防齐昊天也从房间里出来，一打照面两个人同时脸“刷”地红了，之后都没说什么，闷头下楼吃了早饭。

从青山回去，国庆假期也到了尾声，陈美诗和楚潇要离开C市，平岚恋恋不舍。分别的日子，一直把他们送上了站台，眼睛还是挪不开。

齐昊天捅她一下："走吧，还站着干吗？"

平岚无奈，只有转过身，跟齐昊天坐同一趟公交车。车上，她说："我配了副隐形眼镜，两瓶药水，烫头发，还买了两套衣服鞋子，我都记着呢，下次来把钱拿给你。"

齐昊天说："哪儿那么多废话？"

平岚摇摇头："我们都是花家里的钱，本来就没有多少，哪还能让你那么破费。"

齐昊天不耐烦地："你第一天认识我呀，费什么费。再说我的钱都是自己挣的。"

平岚好奇地："刚上大学，你就能挣钱啦？"

齐昊天说："勤工俭学嘛，课也不是那么多。"

平岚说："那我能不能去，我一个月生活费才三百，一天只有十块钱，根本不够。"

齐昊天白了她一眼："那你还要把钱给我。"

平岚辩解着："我本来……本来想跟我妈要。"

齐昊天说："我问问。"

平岚说："行。"

平岚回到学校，每天仍然是上课下课，跟寝室关系冷冷淡淡的。

没几天齐昊天就给她打电话，问她："勤工俭学那事儿，你还想干吗？"

平岚高兴地："你帮我问啦？"

齐昊天说："废话。我本来想帮你问问家教的事儿，结果人家说要一本重点大学的学生。"

平岚有点失望地："哦……"

齐昊天说："我又帮你问了一个，就是有点辛苦，是卖牛奶，你还愿意吗？"

平岚说："愿意，愿意。"

平岚按照齐昊天说的地点，当天下午就去了。

原来是一个牛奶配送点，一个中年男人跟她交代了具体的工作——每天下班时间，他会把一个简易展柜放在小区门外，展柜上放几瓶小瓶装的牛奶，平岚拿着样品跟居民推荐，也可以供人拿走免费品尝。有意向订购的人留下电话，公司有专门去签合同和每日送奶上门的工作人员。平岚除了每月三百块钱的保底，每有一户订购，还有一点提成。

从那开始，她放学以后就去兼职，做了没有两天，齐昊天也出现了。

平岚问他："你不是给人做家教吗？"

齐昊天说："啊，我把家教都改到周末了。"

平岚说："你说改就改呀，你成了大爷吗？"

齐昊天摸摸后脑勺："不同意改的我就不干了呗。"

平岚说："哪有你这么瓜的，放着舒服还挣得多的家教不干，跑过来风吹日晒卖牛奶。"

齐昊天说："啊，我看你那么傻，自己在这儿可能干不下去。"

平岚说："你才傻。"

配送点刚好在两个大学中间，平岚和齐昊天每人买了一辆自行车，每天一起到那里报到，下班以后又去集合，完事儿就一起在附近吃晚饭。

平岚老老实实的，自带三分亲和力，一开口慢条斯理，往往让了解产品的阿姨大妈产生信任感，一来二去卖出去的就多，不知不觉囊中没有那么羞涩了。他们吃饭的时候如果某天齐昊天买了单，第二天平岚一定抢着买单，一天一天地过去，反而成了另一种AA制。

头一个月领了工资，平岚就把钱给齐昊天："给你，我说过的。"

齐昊天说："行啦，你有完没完，说了吃喝玩乐我全包，大老爷们一言既出驷马难追。"

平岚说："好好，这是你自己不要的。"

虽然如此说，平岚到底心里过意不去，抽空去商场，精心挑选了一双跟之前那些东西价格相当的品牌运动鞋，送给齐昊天。

齐昊天打开鞋盒："哎呀我天呐，丑死了，你到底有没有点审美?"

平岚好像做错了事儿："那……要是不喜欢，还可以去换。"

齐昊天说："你拿去退了吧，挺贵的，打几天工，真以为自己成富婆了。"

平岚说："退可不行，只换不退。"

齐昊天气得嘴歪："也不知你说的真的假的。"

从那以后每次平岚看见齐昊天，他都穿着这双鞋。

进入 12 月，C 市气温陡降。东北的冬天，虽然冷，是干冷干冷的，室内还有供暖。西南是湿冷，十天半个月没有太阳，冷空气湿乎乎地往骨头缝儿里钻，室内阴冷阴冷更让人罩不住。

平岚北方来的，受不了这样的气候，天天站着坐着都冷得难受。晚上抱着热水袋再压两床被子还是直打哆嗦。

最后没有办法，不上课也不打工的时候，她就去学校附近一家书店。书店大，有四层，每天好多人不买书，各自拿了书找地方坐着看，人太多，坐不上椅子的直接坐在地上看，最关键是书店里有空调。又能取暖又能看书，平岚觉得这就叫两全其美。

一个周五，她正想去书店的时候，寝室电话铃响，她接起来，又是齐昊天。

齐昊天还是哇啦哇啦地："明天到我学校来吧。"

平岚问："干吗?"

齐昊天说："我们学校有真冰场，我请你滑冰，十点钟我在校门口等你。"又把电话挂了。

平岚对他这种说话说一半的情况，也习惯了。第二天如约到了齐昊天的学校。

这次倒没有等多久，十点钟齐昊天出来了，身边还带着个女孩儿，那女孩儿身量不高，却长得娇俏可爱，细眼睛翘鼻子，很有点小鸟依人、我见犹怜的感觉。

平岚心里"咯噔"一下，齐昊天大咧咧地走过来，说："你来啦。"

平岚勉强挤点笑：“啊。”

女孩儿也跟上来，齐昊天跟平岚介绍说：“这是小琪。”然后指着平岚跟小琪说：“这是我女朋友。”

平岚又有了一种眩晕感，一方面觉得齐昊天喊人家喊那么亲，从来没有喊过自己“小岚”或者“岚岚”，另一方面又觉得“是我女朋友”这句话不好理解，到底是通常意义的“女朋友”呢，还是他之前说过的“女性朋友”。

齐昊天全不管，只说：“走吧，我们去冰场。”

平岚的大学小，走一圈儿至多半小时二十分钟，齐昊天的大学大，不仅分南区北区，还有游泳馆、真冰场，其他教学楼宿舍体育馆什么的，更不在话下，校园里边也有公交车。

平岚本来路痴，加上这个情况，不明所以懵冲冲跟着去了冰场，换上溜冰鞋。

所幸东北来的，别的不会，滑冰还是可以整几下子。她就自顾自滑起来了，看到小琪靠在冰场旁边的扶手上，跟齐昊天说话，也不知道说什么。

她滑了一圈儿滑过去，听到小琪说：“女朋友都牵手，我没有看见你们牵手。”

齐昊天滑到平岚身边，一把抓起了她的手，带着她手牵手满场飞。

平岚轻飘飘地跟着滑，真好像长了翅膀似的，四周一切都变得模糊，耳边好像听到哪里传来天籁之乐，脸上不由自主地傻乐。

小琪脸上是气愤的神色，想了想，自己换上溜冰鞋，几步到了齐昊天身边，一把抓起他另一只手，同时说：“哎呀。”身体向前倒去。

齐昊天下意识地松开了平岚的手，用双手去扶小琪，一弯腰间，小琪毫不客气地吻住了齐昊天的嘴。

平岚愣在原地，眼泪溢满眼眶，一转身滑出溜冰场，脱下鞋子跌跌撞撞地往外走，很快疾走变成了奔跑。回到学校已经是泪流满面。

寝室里有其他人在，她打开门，转了一圈儿就出去，信步走到书店，找了个僻静的角落，看一回书又独自哭一回。

正哭得伤心，面前一个人喊她：“平岚?”

9

平岚抬起头，泪眼蒙眬间看到同班同学艾慕站在面前。艾慕干净的寸头，椭圆脸，大眼睛，高鼻梁，嘴唇薄而红，抿在一起的时候轮廓分明，分开以后便露出上下两排整齐白皙的牙齿，眉眼间都透露出一股英气，身材比例恰到好处，魁伟而不显臃肿。大冬天身上也穿一件笔挺的衬衫，八块腹肌透过衬衫隐约可见。腰带上醒目的 LOGO，一看就是名牌，西裤也是笔挺，胳膊上搭着一件西装外套。不像个大一学生，像电视里的精英 CEO。

平岚抹一把眼泪，赶紧站起来："艾慕，你怎么也在这儿?"艾慕眯起眼睛看她，平岚看见大眼睛变成了细长眼，不由得想起一句话"大眼睛，勾你魂，小眼睛，迷死人。"

艾慕说："你哭了。"

平岚眨眨眼："没有。"

艾慕伸出手在她脸上擦了一下，翻过手指："喏，眼泪还在。"

平岚勉强笑笑，掩饰道："刚才看书，看到感动的地方。"

艾慕伸出手，从平岚手里拿起她看的那本书："《爱情和其他魔鬼》，有那么好看吗，我买回去看看。"

平岚说："书的作者是马尔克斯，拉丁美洲魔幻现实主义文学的代表人物，是我最喜欢的作家之一，他的另一本《百年孤独》，你肯定知道。"

艾慕点点头："那我一块儿买回去。"说着四处找。

平岚说："我记得在那排书架上。"

平岚带着艾慕走过去，一下就找了出来，交给他。

艾慕好奇地："你对这家书店挺熟悉的。"

平岚说："经常来，在这儿看书。"

艾慕看看四周的环境："在这儿看呐？买回去看多好。"

平岚脸一红："寝室有点冷。"

艾慕点点头："哦……我知道个好地方。"拉起平岚的手就走："跟我走吧。"

平岚脸更红，心里想着怎么拒绝，艾慕却直接付了书款，拉着她脚不点地地去了书店附近一家环境优雅的咖啡厅。

一进门艾慕就问："有包间吗？"

服务员说："有，但是要付包间费，一个小时八十块钱。"

艾慕说："行，开一个。"

艾慕把平岚拉到包间，又点了两杯水："你看这里多好，又安静，以后你就到这儿看吧。"

平岚觉得空气无比尴尬，连声说："不好不好，我还是回寝室去。"

艾慕说："今天周六呀，你有事儿吗？"

平岚脑子急转，想找个借口开溜，偏偏语塞想不出来。

艾慕把她按到包间里舒适柔软的沙发上："看吧，我有不明白的好问你，其实我以往喜欢看一些经济类和管理类的书籍，最近也想看看文学方面的，不知道怎么开始。其实我挺羡慕你这样有学问的人，说话都是文绉绉的。"

平岚低着头，窘迫地："我没有学问。再说咱俩一个班的，看的书都一样。"

艾慕摇摇头："两码事儿，为了考大学看的都是课本，说实话，课本我也没有怎么好好看过。"

平岚不知道该怎么接话，只好翻开书看起来，局促地双腿并拢，上身挺直。

艾慕坐在她对面，把一条腿放在沙发上，四仰八叉舒适地坐着。他看了一会儿，放下书闭上眼睛睡着了。

平岚拿眼睛偷偷瞅他，更觉得局促，想走又怕喊醒他有点打扰，坐着也觉得别扭，只好继续看下去。

艾慕睡了没多久，睁开眼睛，自己笑了：“哎呀，昨天看球赛，睡得有点晚。”

平岚好奇地：“你们寝室还有电视？”

艾慕说：“我没有住寝室，在学校旁边买了一套房。”

平岚吐了吐舌头：“你家住这里吗？”

艾慕说：“我家住在西门那边，来回走读不方便，干脆在这儿买了一套，才两千多一平方米，很便宜。”

平岚不知道怎么答话，买房对她来说有点遥不可及，想都不敢想的事儿。

沉默了一会儿，她只好接过之前的话题：“我寝室里她们没事儿就打双扣，有时候能打通宵，白天都在床上补觉。”

艾慕说：“打牌呀，我从来不打。”

平岚赶紧点头：“我也从来不打，主要是不会。”

之后又是一阵沉默，艾慕把书合起来：“送给你吧，我改天再去选几本。”

平岚说：“不用。”

艾慕推给她：“这本我以后也不会看了。”

平岚说：“你还真奇怪，这些不是比经济类的有趣多了吗？”

艾慕笑：“那不一样，经济类的实用，对以后有非常大的帮助。这样，你在这慢慢看，我先回去了。”

平岚赶紧说：“我也要走。”她站起来：“我买单。”

艾慕按了一下呼叫器：“你坐着，等他们进来。”

服务员走进包间，艾慕说：“买单。”

平岚赶紧掏钱包，边掏边说：“我来。”

艾慕说：“不行不行，哪有让女孩儿花钱的。”

等服务员进来，他不由分说付了款，平岚拿上书，跟着他一起往外走。

临出门艾慕说：“我去趟卫生间。”

平岚说：“那我先走。”

一出门平岚不由长出了一口气。她看看天色也不早了，只有往寝室的方向走，快到的时候，离老远就看见齐昊天杵在女生宿舍大门外。平岚装着看不见，迈开大步往里走。

齐昊天看她来了，喊了一声：“平岚。”

平岚虽然站住了，脸色不好看，眼睛也不看他。齐昊天走到她跟前：“我给你打电话，你们寝室人说你出去了。”

平岚没好气地：“我出去约会去了。”

齐昊天“扑哧”笑出声：“就你那样儿的，跟自己脚指头约会吧。”

平岚不甘示弱地：“我怎么不能约会?”

齐昊天说：“拉倒吧，我其实想说……嗯……我……”

艾慕从远处跑过来：“平岚，你钱包落在包间里，服务员交给我了。”

平岚接过钱包揣起来，把艾慕带到远处，客客气气地：“太不好意思了，这么远让你专门跑一趟。”

艾慕大度地笑笑：“没事儿。”说话间同班一个男生走过，拉着艾慕聊了起来。

平岚跟艾慕又道了谢，走回到齐昊天身边：“你要说什么就说吧。”

齐昊天说：“你怎么回事儿，认识不认识的就跟人家进包间，说你傻你真傻呀。”

平岚一听这话就急眼了：“你怎么回事儿，认识不认识的就跟人家接吻，你还挺精的。”

齐昊天说：“你明明看见了，我根本就没想到。”

平岚说：“对，我是看见了，你还挺享受的。”

齐昊天瞪大了眼睛：“你神经病啊。”

平岚直起脖子：“对，我神经病。”

说着就往宿舍里走，齐昊天一把拉住她：“你回来，话没有说完走什么走，寝室等着你救火去呀。”

平岚用力摔开：“拉着我干什么，你去拉着你那个什么小琪去。”

齐昊天也动了气：“这是你说的，我真去了哈。”

平岚嚷着：“去去去，用不着跟我汇报，我是你什么人呐，老同学是吧。”

齐昊天说：“行！老同学！”

平岚赌气一转身回了寝室，茫然地里外转了几圈，又走下楼。再出去留神四处看了看，哪里还有齐昊天的影子？

平岚拿着IC卡，找了个公共电话，给陈美诗打电话，把事情原原本本地说了。

陈美诗埋怨她：“你真傻呀，肯定是那个女孩喜欢齐昊天，他把你叫过去，想让那个小琪死心。你倒好，这不是推着齐昊天去找她？有你这么高风亮节的吗？”

平岚说：“哪有啊。”

陈美诗说：“怎么没有，你要知道男生的心理，这个时候他也烦心，你越闹，他看那个越顺眼。”

平岚说：“什么这个那个的，我俩还是好朋友。”

陈美诗哭笑不得：“好，好朋友，你心里是想跟他做好朋友？还是楚潇说得对，你俩都够磨叽的，真是天生一对儿，这么多年，直接捅破窗户纸处对象呗。”

平岚说：“美诗，你说我该怎么办。”

陈美诗长叹一声：“温柔一点，把你心里的想法好好说出来，男生都受不了糖衣炮弹。”

平岚为难地：“温柔啊……怎么样算温柔呢？”

陈美诗说：“我在电话里怎么跟你说。你就尽量有话好好说吧。”

平岚对着话筒点点头，挂了电话。

她心里烦烦乱乱地胡乱过完了周末，几次想给齐昊天打电话，都下不了手，又生气为什么齐昊天不给她打电话。

周一上课的时候，她照旧坐在最后一排。上课铃刚响，艾慕也走进教室，一屁股坐在她旁边。

艾慕问她："那天那个是你男朋友吧？"

平岚没有反应过来："哪个？"

艾慕说："跟你在宿舍大门外吵架那个。"

平岚说："哦……"她犹豫了半天，齐昊天到底算不算男朋友，最后说："不是。"

艾慕好奇地："我觉得像你这样儿的，应该有男朋友吧。"

平岚说："没有。"随后不解地："我什么样儿呢？"

艾慕上上下下打量了一番："温温柔柔的，长那么乖，有一种书香气质，总之吧，挺清纯的。"

平岚脸"腾"地通红，她下意识地去推鼻梁上的大眼镜，食指扑了个空，这才忽然想到，自己都换了隐形眼镜了。她想着，如果是齐昊天，说"你这样儿的"后面接的词语都是"傻""笨""砢碜"这些。平生头一次有人把温柔、乖、气质这些词语跟她连在一起，她甚至有点怀疑自己听错了。

艾慕说："我还想再去书店选几本书，你一起吧，帮我看看。"

平岚说："我这周都不去书店，我给你开张书单，你照着买就行。上次说的那本你不爱看，我也不知道这次会不会又推荐错。"

艾慕说："不会，那我先谢谢了，要不中午我请你吃饭。"

平岚说："我有饭卡。"

艾慕笑起来："我从来不在食堂吃饭，我带你去一家好吃的地方，那里的三文鱼特别新鲜，你爱吃三文鱼吗？"

平岚脸上又有点尴尬，长这么大，她还没有吃过三文鱼。她只是说："下午还有课，走远了赶不上。"

艾慕想了想："晚上也行。"

平岚说："我晚上还有事儿。"

从那以后，每次上课，艾慕都坐在平岚身边，他又有好几次邀请吃饭，平岚都拒绝了。其实她也不是有意不去，而是每天勤工俭学，她真的是"有事儿"。

再到牛奶配送点见到齐昊天的时候，平岚仔仔细细地看他的脸，然后说："哎呀，脸色不错啊，黑里透红，桃花盛开。"

齐昊天说："你眼神儿挺好啊，我最近桃花运老旺了。"

平岚说："关关雎鸠，在河之洲，窈窕淑女，君子好逑。"

齐昊天说："好你个球。"

两个人就像什么也没有发生似的，你一句我一句地抬杠，平岚心里虽然是被小琪梗到了，但是咬紧牙关不问，齐昊天也咬紧牙关不说。

平岚又给陈美诗打电话："我仔细想过了，虽然我一直都喜欢齐昊天，但我不会为了他改变自己，我就是这个样子，他如果喜欢我，就应该喜欢最真实的我，如果他不喜欢，我改变了他也不会喜欢，那我的改变就变得更加没有意义。"

陈美诗说："你不要轴，在爱情里使一点儿小手段，这是女人的天赋，是上天给女人的礼物。再说现在已经不是你们两个人之间的事儿了，是你跟另一个女人的战争。"

平岚说："如果他是一个摇摆不定，自己心里都没有数的人，那我对他的喜欢肯定变得索然无味，让自己为了个男人陷入无谓的争夺，我看不到任何意义。"

陈美诗说："这不是随便一个男人，这是你从高二开始暗恋的男生，你心里的白马王子。"

平岚说："那如果这个王子喜欢的是别的公主，我能怎么办？再说他也不是王子，长那么黑，说话还那么臭，是个马夫还差不多。"

陈美诗说："你呀，你呀，你等着。"

没有多久，楚潇把电话打过来，一开口就问她："你受什么打击啦？"

平岚说："没有啊。"

楚潇说："美诗都跟我说了，她说你说话都跟以前不一样了，一套一套的，还说齐昊天爱上别人也无所谓，这还是你吗，是不是被外星人入侵大脑了？"

平岚说："不是，不是，我是仔细想过以后得出的结论，不是他爱上别人无所谓，而是如果他不爱我，我也没有办法呀。"

楚潇说：“得了得了，我实在看不下去了，你等着。”

平岚觉得好奇，也没有多想，过了没一会儿，楚潇又给她打电话：“我问了齐昊天，他说他喜欢你。”

平岚心里泛起一阵涟漪，想了想：“这不像他说的话。”

楚潇说：“翻译过来就是这个意思。原话是‘平岚啊，她那个样儿我要是不要，肯定嫁不出去，除了我再也没有人能看上她了’。”

平岚说：“这什么话？”

楚潇说：“好话呀，他不就是不好意思直接说喜欢你，侧面承认了嘛，还有那个小琪，是追过他，都被他拒绝了。”

平岚说：“等我自己问问齐昊天。”

平岚挂了楚潇的电话，就给齐昊天打过去：“是你说的我嫁不出去，没有人能看上我吗？”

齐昊天说：“是呀，咋地啦，是我说的，这是事实，你得接受，我可怜你，把你收了吧。”

平岚说：“我不用谁可怜，你等着。”

再上课艾慕请平岚吃饭，她就同意了。席间艾慕点了红酒，还给平岚介绍酒的产地年份，等等，平岚就跟听天书一样，完全没有电视剧里灰姑娘遇到王子的惊喜和浪漫，全是家庭背景不同造成的沟通障碍和尴尬。

平岚提议：“有空我们去S大学的真冰场滑冰吧，我有个高中同学在那，我们可以约上他一起。”

艾慕说：“不去。都说那个学校好，我不觉得好在哪里，非得在那儿读书才叫高人一等。”

平岚说：“其实有条件也可以出国留学。”

艾慕说：“嗯，我喜欢欧洲。”

平岚说：“哦。”

艾慕停了一下：“你要想滑冰，我带你去东北吧——干脆还是滑雪，我知道一家滑雪场特别好，周五去，周日回来。去瑞士的话还得办签证，马上要期末考试了，还是别走那么远。”

平岚咽了一下口水："不用了，我就是东北来的。"

艾慕看了她一眼："是吗，那正好。"

平岚说："真不用，放寒假我就回家了。"

艾慕说："哦，那寒假去也行。"

平岚又咽了一下口水："我家在一个小县城，没有滑雪场。"

艾慕想了想："那我哪天去了跟你联系，你过来跟我会合。"

平岚心下郁闷，本来只是想着带艾慕去气气齐昊天的，不知不觉怎么扯到要去东北，转念一想，也许艾慕只是说说，倒是自己小题大做了。

后面的日子，她就一心复习功课，准备期末考试。寝室里有几次几个女孩儿又在一起议论。

一个说："你们听说了吗，艾慕跟咱们寝室一个女孩儿谈恋爱。"

另一个说："怎么可能，艾慕长那么帅，是全校的校草，家里开公司的，人是太子爷，怎么可能看上她？"

再一个说："是不是太子爷身边美女太多了，想换换口味，玩玩儿呗。"

又一个说："换口味也不至于换个这么重的口味。"

平岚在床上听着，郁闷了几回，到底又忍下了。

10

到了期末，临时抱佛脚的多，把各科老师在课堂上划的重点反反复复地看，仔仔细细地背，一时间平岚学校里的教室和图书馆都不够用，到哪儿，哪儿都是满满的复习功课的学生。

平岚勤工俭学结束以后，就跟着齐昊天去他们学校自习，她本来是不太能够集中注意力。

齐昊天一看她溜号就拍她一下：“想什么呢？”

平岚撇撇嘴：“你不能轻点吗？”

齐昊天说：“我看你真到九霄云外漫游去了，是不是想哪个渣男。”

平岚小声但是坚决地说：“想帅哥不行啊！”

齐昊天眼睛一眯：“你面前坐个大帅哥，还想谁？”

平岚做出要呕吐的姿势：“呕……你有点自知之明吧。”

齐昊天说：“难道你不觉得我帅呀，不喜欢？”

平岚红着脸，低下头：“臭美。”

齐昊天嘿嘿笑：“别说话，赶紧看书，都在上自习没看见吗，就你一个人在那叨叨。”

平岚气得抬起头：“明明是你先……”

齐昊天早埋头继续了，好像什么事儿都没有发生，平岚压下一腔无名火，只有认真地看起来。

有一次平岚忘了带水，就用齐昊天的杯子喝水。齐昊天说：“我听人说，两人用同一个杯子，就是间接接吻了。”

平岚说：“狗屁说法。”

复习到十点多，齐昊天送她回学校，平岚每次都说：“不用，都是宽马路，那么多人。大冬天怪冷的，来回跑什么？”

齐昊天说：“废话。”

平岚说：“好心当成驴肝肺，那你送吧，要送就送到寝室门口。”

齐昊天杵一下她脑袋：“行啦，门口就门口。”

整个期末，齐昊天每天都这么送平岚，一直到考试结束，两个人一起买了回家的车票，路上也同行。

由于是寒假，又快到春运，提前多久都买不到火车票，所有的卧铺和座位全销售一空。两个人只能买站票回家。

一上车，发现买站票的远不止他们两个，整个过道和车厢连接的地方都站满人，他们好不容易找到了容身之处，被挤得你挨着我，我贴着你。

平岚皱眉：“离我远点儿。”

齐昊天说：“我也想啊。”

平岚看看周围的情况，确实是一步也挪不开，给了齐昊天一拳：“那你别占我便宜啊。”

齐昊天乐了：“本来我没有往那方面想，你倒提醒我了，嘿嘿。”说着一把搂住平岚。

平岚整个身体都僵硬了，不由自主地踮起脚尖，想往后挪，却忘了后面已经没有空间了。

齐昊天低头看看：“咋地，这个姿势，还想接吻呐。”

平岚脸红得像熟透的番茄，双手攥起拳头在他胸前一阵疾风暴雨：“你个坏蛋，大笨蛋。”

齐昊天说：“行了行了，咱们这么站着够累了，你消停一会儿，再这么折腾我该摔倒了。”

平岚瞪起眼睛：“什么？又成了我的问题？”

齐昊天说：“本来就是你的问题。”

平岚气得又说不出话来。

一直站了三十多个小时，两个人一下车，外面都是冰天雪地的。

平岚深呼吸一口："不以下雪为目的的降温都是要流氓，这才叫冬天。"

齐昊天不知从哪儿掏出一双手套，塞给她："戴上。"

平岚一看，粉红色还有一对儿蝴蝶结，她哈哈大笑："这是哪儿来的，你的吗？你大老爷们戴这样的手套儿，哈哈哈哈。"

齐昊天说："赶紧戴上，要不冻手。"

平岚边戴边说："专门买来送我的呀。"

齐昊天说："想得美，路边捡的，反正也没人要。"

平岚摘下手套，把手套翻过来："你看，这里边还有标签。"

齐昊天摸摸后脑勺："手套标签怎么在里边儿——行了，你家电话号码是多少。"

平岚说："问这干吗？"

齐昊天说："万一你想我了好给我打电话。"

平岚笑着："谁想你呀，臭美吧你，自作多情。"说是这么说，还是找出笔给他写了个电话号码。

两个人各回各家，当天晚上，齐昊天就给平岚打了电话。

齐昊天说："我看看你到家没有。"

平岚说："你想我啦？"

齐昊天说："有来电显示吧，这是俺家号码。"

平岚说："挂断就没有了，我有点不会翻出来。"

齐昊天郁闷地："哎呀，你咋那么笨呢，赶紧去找纸笔，我给你念，你给我好好记下来。"

平岚拿起纸笔，按齐昊天说的把他家电话号码给工工整整地写下来。

齐昊天问她："写好了没？"

平岚说："我没写，谁想知道你电话，一个数儿都没写。"说完挂了，自己想着齐昊天郁闷的样儿，坐在电话旁边傻乐。

回家以后跟爸爸妈妈说大学的事儿，妈妈有点担心地："你勤工俭学别耽误学习，上大学主要还是去念书的。"

平岚说："我知道。每天只有傍晚那三个多小时，不耽误上课，至少能把放假车票挣出来，要不寒假都不敢回家。"

爸爸说："你别太累着自己，去之前先买点东西垫巴一口，要不等回学校都挺晚了，别把胃给饿坏了。"

平岚说："我知道。"

妈妈说："这次回来我看你都瘦了，还是累吧，又学习又得干这些。在家多吃点，赶紧胖回去。"

平岚笑："妈，我是瘦了，九十斤，人家现在都花钱减肥，你不懂，还让我胖回去。"

妈妈说："还是胖点好，身体好。"

平岚说："身体好坏跟胖瘦有啥关系，你就别操这心了。"

平岚跟爸爸妈妈聊了一个晚上，第二天就给陈美诗打电话。

陈美诗说："我寒假先跟刘子豪去他家里，春节他跟我一起回来，在我们这儿过年，到时候好好聊聊。"

平岚说："好啊，那回来联系。"

她又给楚潇打电话，约了见面的时间，两个人凑到一起，一边撸串儿一边聊大学里的事儿。

平岚回家以后没个三五天，就接到了艾慕的电话。

艾慕说："我在白山，你在哪儿，我喊个包车过去接你。"

平岚说："艾慕，你真来啦，我……"平岚脑子里电光火石："我叫上两个朋友一起来行不行。"

艾慕说："当然好啊，一共几个人。"

平岚说："加上我三个。"

艾慕说："没有问题，正好一辆车，明天能来吧。"

平岚想了想："我问问，马上打过来。"

平岚先给楚潇挂了电话，楚潇本来是一个人在家，放假无事，自然一说就同意。她又给齐昊天打电话。

齐昊天说："你怎么回事儿，放假才回来没有两天，又出去玩儿。"

平岚说："不是，我大学同学正好到东北来，他那么远来了，我总不可能闭门不见，他喊车接我们，也方便。”

齐昊天感叹：“这女孩儿这么远一个人跑白山，失恋了吗？”

平岚说：“不是女孩儿，是男孩儿。”

齐昊天短暂沉默，随后说：“去，有人请，不去白不去。”

平岚给艾慕回复过去，第二天就按照约定的时间地点跟齐昊天和楚潇一起上车，去了白山。

艾慕早在说好的下车点等着了，他身上穿一件羽绒服，头上戴着帽子，围着一个厚围巾，更显得跟以往不同的一种时尚和青春的英气。他身后还站着一个身穿制服的人，看样子是酒店服务生。车一停稳，服务生就礼貌地拉开车门，随后打开后备箱，把行李一件一件拿出来。

平岚说：“我们自己来吧。”

艾慕说：“没事儿，房间已经订好了，一人一间，他会直接把行李送到各个房间。”

平岚说：“你在这儿等着干吗？这么冷。”

艾慕说：“基本的礼节嘛。”

这会儿齐昊天和楚潇也下了车，站在旁边，平岚说：“我介绍一下，他是齐昊天，她叫楚潇，都是我高中好朋友。”

艾慕伸出手：“我叫艾慕，欢迎，我们进去吧。”

三个人跟着艾慕进了酒店大堂，艾慕脱下羽绒服，里面仍然是笔挺的衬衫，西装外套。

他们商量了一下，先各自回房间休整。

平岚刚进房间，就听到敲门声，打开门是楚潇。

楚潇一闪身进来，脸上带着无比夸张的神色：“平岚……你行啊！深藏不露，我简直没有想到，做梦也没有想到。”

平岚疑惑地：“我怎么啦？”

楚潇双手抓着她的胳膊，使劲摇晃：“你捡到宝啦，中奖啦。”

平岚说：“什么意思？没有啊。”

楚潇急得手直点她额头：“艾慕对你有意思。”

平岚说：“什么？”

楚潇说：“他喜欢你，你没看出来？”

平岚摇摇头：“没有。”

楚潇咂着嘴：“啧啧啧，你跟我装吧，什么时候在我面前都不老实。”

平岚说：“真没什么。”

楚潇恨铁不成钢地：“没有什么怎么会那么远到这边来，就是为了你呀。”

平岚想了想：“只是偶尔提起了。再说你看他对这边那么熟，肯定以前也经常来。”

楚潇说：“你个笨笨，他来，你怎么还把齐昊天喊着一起来，你是傻还是故意的。”

平岚说：“我没有想那么多。”

楚潇急得直跺脚：“你不该这样，艾慕得怎么想，你要把他抓稳。”

平岚疑惑：“我为什么抓他？”

楚潇用手指点着她的额头：“你呀你呀，有他别要齐昊天了，本来齐昊天也老说你。”

平岚说：“我跟艾慕只在书店见过一次，还一起吃过一顿饭，一个班都在一个教室上课，其他真没有什么。”

楚潇说：“笨蛋呐笨蛋，光是他身上那件衬衫，你知道多少钱吗？”

平岚摇摇头。

楚潇说：“九万多，全球限量的，都是量身定做，那个品牌一般人根本就不知道。还有脚上那双鞋，意大利大师纯手工定制，想买的话得至少提前两年预定。”

平岚说：“你咋知道，看错了吧？”

楚潇说：“你忘了我是什么学校了，服装设计学校，不了解最顶尖的作品，以后怎么在这个行业里混。我的个天啊，你身边有个移动小金库，你竟然完全无感。”

平岚说：“好像是听说他家里开公司的。”

楚潇站在平岚面前，理着她的头发：“嗯，这发型保持的还不错，瘦了脸型也更好看，你这身衣服……”

平岚说：“批发市场淘的，一百多块钱，我还心疼了好一会儿。”

楚潇直摇头：“这怎么行，上了大学一个比一个会打扮，你怎么没有一点长进。”

平岚郁闷地：“我也不知道。”

楚潇说：“行了，从现在开始，打起精神，把艾慕拿下。”

平岚摇摇头：“我喜欢齐昊天，你知道的。”

楚潇一下子躺在床上：“我的天呐，你不要那么轴好不好，艾慕长那么帅，跟电影明星似的，还多金，关键你看他好绅士，进酒店的时候帮我们开门，大堂里坐那么一会儿，还帮我们拉椅子，我去，简直完美。”

平岚说：“再完美，也不是我的菜，再说，我跟他没有共同语言，每次说话，总聊不到一起。”

楚潇“噌”地蹦起来：“怎么没有共同语言？钱呐，钱就是共同语言。你想想，千里迢迢在滑雪场相聚，或者在海边沙滩烛光晚餐，多么浪漫，有钱就能制造这些浪漫，这么浪漫自然就有共同语言了，明白吗？”

平岚摇头：“不明白。”

楚潇恨的直拍床：“我要是你，一脚把齐昊天蹬了。就在此时，就在此地，坚决把艾慕搞定。”

平岚哈哈大笑：“这也太搞笑了。”

楚潇说：“木头脑袋呀，木头脑袋，不开窍。”

平岚委委屈屈地：“是吗，可能是吧，我也不知道……要不，你去拿吧。”

楚潇一蹦多高：“你说真的?!”

平岚说：“反正我跟他，就是同学，普通朋友。”

楚潇仔细思考了一下：“也行，说实话，我对他真的有好感，帅气、多金，关键是那么绅士，还有点成熟，我周围那些男生儿，一个二个跟没长醒似的，幼稚得很，跟他比都秒成渣。”

平岚说：“有那么好吗?”

楚潇脸一红：“我觉得有。”

平岚说：“哎呀妈呀，你竟然脸红，这还是你吗，我看你才被外星人入侵大脑。”

11

几个人休整好了，就去滑雪场，艾慕身上的衣服，也换成了运动装，显得别有一种活力。

平岚和齐昊天都是第一次滑雪，光穿滑雪板就折腾半天。艾慕看平岚不会穿，就蹲下身悉心地帮她整理。齐昊天刚一看见艾慕，脸色就不太好，看到这样黑脸就变得更黑，手上拿着滑雪板撒气。

等终于穿好站起来，平岚连路也走不好，两只脚上又重又长的滑雪板老是“打架”，齐昊天也好不到哪里去。

艾慕关心地：“平岚，能行吗？小心别摔跤。”

楚潇说：“没事儿，头一次滑雪，摔跟头是正常的。等他们慢慢熟悉，我们先上去。”

平岚也说：“你们去滑，别管我们。”

艾慕看看：“我给你们请个滑雪教练。”

平岚连连摆手：“不用不用，真不用。”

齐昊天说：“要请的话我们自己会请。”

艾慕到底不放心，仔仔细细地跟他们讲了一下滑雪的动作要领。

临走的时候楚潇补了一句：“你俩要摔就往后摔，别往前趴，把腿撅折了。”

艾慕就跟楚潇往拖牵索道那边走，楚潇说自己好久没滑了，走不稳，艾慕绅士地伸出手扶着她，两个人乘着索道上了山顶。

平岚摇摇晃晃还没有走几步，就看见远远的艾慕S形路线潇洒地从山顶滑下，随后转个弯准确地停在她面前，问她：“你还行吗?”

平岚说:“行,行。”

艾慕说:“那我又上去了。”

艾慕等着楚潇到了,跟她一起又去坐索道。

齐昊天像个鸭子似的一摇一摆笨拙地走过来:“他看上你啦?”

平岚说:“谁说的,你不是说没人能看上我吗?”

齐昊天说:“你意思我说错了呗。”

平岚说:“你自己觉得呢?”

齐昊天说:“我觉得挺好,高富帅,谁要跟他少奋斗二十年。”

平岚生气地:“你说话怎么那么难听,跟这个跟那个的。”

齐昊天说:“我说话一直都这样儿,你今天才觉得难听?”

平岚气得解脚上的滑雪板,解完了自己抱起来气哼哼地往外走:“你要是能好好说话就好好说,要是不能,以后你永远就别跟我说话。”

齐昊天赶紧也去解滑雪板,解开了放在原地也不管,自己跑两步一把拉住平岚:“你怎么回事儿,又往哪儿走?”

平岚说:“你还好意思问我怎么回事儿,从高中就开始埋汰我,埋汰我好玩儿是吧,有趣儿是吧,少奋斗一百年又怎么样,我是什么样的人你不知道吗,我实在不想再受这份儿窝囊气,就算我白认识你,以后拉倒,永远别联系。”

平岚说完还走,齐昊天一把拉过她,捧着她的脸吻在了她的嘴唇上。

平岚怀里的两根雪橇板“哐啷”一下倒在雪地上,整个身体都像雷击了一样,酥麻了大半。

齐昊天在她耳边说:“我知道你是什么样的人,我就是怕失去你。”

平岚热泪盈眶,多少年为了他七上八下的心算是落了地,她感动得正想开口。

齐昊天推开她:“你早上到底刷牙没有,整我满嘴吐沫。”

平岚举起拳头,齐昊天跑,她就追,边追边说:“狗嘴里吐不出象牙，你给我站住。”

齐昊天一时忽然站住，平岚刹不住脚，直接撞进他怀里。齐昊天搂着她，温柔地：“做我女朋友吧？”

平岚红了脸，点点头：“嗯。”

齐昊天一脸坏笑：“给我洗十年臭袜子啊……”

平岚知道又着了他的道儿，忍不住又要打他，齐昊天转着圈儿地跑：“还有上衣，还有裤子，还有裤头儿。”

平岚气得握了一团雪，狠命往他身上扔，齐昊天说：“耶，耶，打不着。”正得意呢，平岚早又握了个雪团，看准他扔过去，“啪”的一下贴在他脸上，搞了齐昊天一个大花脸儿。

平岚高兴得哈哈大笑。

齐昊天抹干净脸上的雪，又吐出嘴里的雪渣子，指着平岚说：“你等着。”说着就追。

平岚赶紧跑，到底跑不过齐昊天，被他一下子扑倒在地上，齐昊天说：“说，你说咋罚。”

平岚大笑着：“饶命饶命，明明是你先惹我的。”

齐昊天说：“我不管，必须罚。”

平岚说：“洗袜子吧，还是洗袜子。”

齐昊天说：“不行，再亲两口。”说着又吻下去。

艾慕和楚潇滑过来，看到齐昊天和平岚正在拍打身上的雪。

平岚说：“再介绍一下，这是我男朋友，齐昊天。”

齐昊天一把搂住她：“这是我女朋友，平岚。”

楚潇惊讶地：“你们两个，行啊！”

艾慕说：“哦，恭喜。”

楚潇大咧咧地问艾慕：“你没啥吧，不介意？”

艾慕说：“平岚是个特别的女孩儿，齐昊天也很不错啊，般配。”

楚潇说：“我还以为……”

平岚嗔怪地：“楚潇。”

楚潇说：“好好好，没啥就好，那我们接着去玩儿。”

楚潇拉着艾慕又去滑雪。

平岚跟齐昊天重新尝试了一下，还是不得要领，平岚到底摔了两个跟头。他们就还了滑雪板，手拉手地去坐马拉的爬犁，还坐在一个类似轮胎的充气圈里，从另外一条雪道上滑下来，也一样玩得尽兴。

到了晚上四个人一起吃饭，平岚留神看艾慕的神色，还真是一切如常，她不免觉得自己也跟楚潇一样，有点多心了。吃到中间她起身去前台，要买单。前台告诉她酒店餐厅，挂账就可以。平岚还是执意现金结了账。

晚餐结束，艾慕熟练地跟服务员说了一声："挂在我房间。"

服务员说："已经买过单了。"

平岚说："住的也我们自己付。"

艾慕说："不用不用，赶紧把钱退给她，我不是说了，这几天都挂在我那，哪儿有让女孩儿买单的道理，不行不行。"

服务员赶紧把钱退给平岚，平岚推辞不过，只能收下。

第二天早饭，平岚跟齐昊天商量了一下，就告辞要走。

楚潇说："才来一天，怎么就走，我还没有玩够呢。"

平岚想了想："那我们先回去，你过几天自己回去能行吗?"

楚潇说："可以，我觉得这样好。"

平岚跟齐昊天就自己找车，回家去了。

楚潇跟艾慕尽兴又玩了两天，楚潇邀请他去自己家所在的小城玩。

艾慕问她："坐车要多久?"

楚潇说："大概三个小时。"

艾慕摇摇头："我出去玩，开车超过两个小时就不去，要不就坐飞机。"

楚潇感叹："那也太矫情了，得少去多少好玩的地方。"

艾慕也不恼："坐飞机能到的，也够玩的。"

楚潇想想："好吧，你赢了。"

艾慕笑："这有什么输赢，我只是在陈述事实。"

楚潇说："好嘛，那我们只有就此别过？"

艾慕又笑："难道楚美女还想再玩几天？"

楚潇点点头，肯定地："嗯。"

艾慕想了想："我知道离这里不远可以看冰灯，我们一起去看看，然后在那边分路。"

楚潇乐得拍手："太好了，太好了。"

两个又一起去看冰灯。北国夜晚，晶莹剔透，各种造型的一座座冰雕被五颜六色的灯光照耀，煞是好看。

楚潇看到冰糖葫芦，就指着说："我想要。"

艾慕马上去买来给她，她边吃边走边聊，问艾慕："慕哥哥，你的名字挺有趣儿的，'爱慕'。"

艾慕说："哦，不是，我爸爸姓艾，妈妈姓慕。"

楚潇说："那你的父亲肯定很爱你的母亲。"

艾慕不语。

楚潇说："回去了记得给我打电话。"

艾慕点头："一定。"

分别的时候楚潇依依不舍地："慕哥哥，千万记得给我打电话！"

艾慕微笑，先看着楚潇上了车，自己才往机场走。

楚潇回到家，临近过年的时候，陈美诗也回来了，给她打电话，让她出来聚一聚。

楚潇说："不行，我不能出门，你们到我家来。"

平岚跟陈美诗一起去了楚潇的家。平岚一进门就问："你怎么啦，生病了？"

陈美诗关切地用手试试她的额头："没发烧。"

楚潇说："没有生病。"

平岚问："那你怎么不能出门，你爸不让出去？"

楚潇说："不是，他还在外地没有回来。"

陈美诗说："那你这是唱的哪出戏？之前就是你最能疯，能跑出去玩儿绝不在家待着。"

楚潇低下头，脸一红：“我在等慕哥哥电话。”

陈美诗像听到了惊天大新闻一样：“什么？是谁？谁让你变成这样儿的。”

楚潇扭捏地推了她一把：“别闹，变成什么样儿嘛。”

陈美诗双手捂着脸，难以置信地：“原来是个社会我超姐，现在是……现在是没过门的小媳妇。”

楚潇指着平岚：“你问她。”

平岚茫然地：“我不知道啊，谁是慕哥哥。”

楚潇说：“艾慕。”

平岚恍然大悟：“啊！是他，怎么成了慕哥哥？”

楚潇说：“我们聊天的时候说起年纪，他比我大半年，那不就是哥哥。”

平岚想了想：“怎么不是艾哥哥？”

楚潇说：“才认识没几天，爱呀爱的，说出来不好意思。”

陈美诗在房间里走来走去：“等会儿等会儿，到底发生了什么，这个艾慕到底是谁，认识没几天就把楚潇变成这样儿？”

楚潇说：“你没回来，要不你也能见着，可帅啦，关键人可好啦。”

陈美诗说：“有那么好吗？”

楚潇说：“有，我们出去，所有的消费都是他买单，一次晚餐平岚付了，他还让服务员退回给她。吃饭的时候我刚看一眼水，他就站起来给我倒，进门他走在我前面，帮我开门……”

陈美诗听着她絮絮叨叨地说完，感叹：“太夸张了。”

楚潇说：“一点不夸张，真的这么好。”

陈美诗说：“你这个女人，口口声声说不相信爱情，只相信钱，结果呢？”

楚潇说：“对了，平岚，你知道他家是做什么的吗？”

平岚摇摇头：“不知道，听说是开公司，不知道真假。”

楚潇说：“他是一家珠宝集团的太子爷，公司注册资金上亿，是个地道的高富帅。”

平岚疑惑地："他跟你说的？"

楚潇说："不是，我上网查了一下工商登记信息，你知道，姓艾的本来就不多，在哪个城市，法人叫什么名字，一对就知道，就是他家，准没错。"

平岚直吐舌头："这你也想得到，也太……"

楚潇说："也太正常了。"

平岚想了想："也太有心眼儿了。"

陈美诗问："那你喜欢他的钱，还是他的人。"

楚潇沉默了半天："人吧，可是如果没有这样的家庭，也成不了这样的人。"

平岚问她："那他给你打电话没？"

楚潇摇摇头："我回来就天天盯着电话，没有打过，有两天我以为是电话坏了呢。你们说，他是不是有其他的事情太忙，是不是把我电话号码丢了，是不是已经把我全忘了。"

陈美诗坐在楚潇身边，搂着她，帮她分析："能在这么短时间把你给征服的，我相信是有那么优秀，可是听你那么说，他对你有杀伤力，对别的女孩儿一样有，顺其自然，别多想了。"

楚潇委屈地："我也不想，可脑子里全是他。"

平岚说："你看看，丈八的高台，照得见别人，照不见自己，当初跟我说要当机立断，轮到自己也成了这样。"

楚潇说："你这个死女人，别以为你跟齐昊天尘埃落定，就比我强在哪儿，反而教训起我来。"

平岚说："不是，当初是你说的，心里有什么想法直接打电话表白，他没有打过来，你打过去嘛。"

楚潇摇摇头："我打过去，说什么呢。"

陈美诗想了想："这样，过年的时候你给他打，就说拜年。"

楚潇一拍手："好，这个靠谱。"

陈美诗就拉起她："那你也别在家里候着了，出去吃东西，我请你俩。"

楚潇说："我请。"

陈美诗说：“必须是我，我拿了奖金。”

平岚和楚潇赶紧问她怎么回事。陈美诗告诉她们两个：“一个全国知名的企业公开征集网站设计方案，好多人投稿，结果最后我们小组的方案中了，我是主要设计人，拿了一万块钱奖金。”

楚潇无非是替她高兴，平岚也替美诗开心，可是心里还有点羡慕的味道。平岚想着，自己每天风吹日晒的打工，一个月只有几百块钱的收入，陈美诗挺轻松地就能挣一万，美诗本来长得就好看，现在还这么能干，人和人真的有差距。

楚潇问：“我记得你不是计算机专业？”

陈美诗高兴地：“我不是参加了学校一个编程社团嘛，原来里边有程序员，有动画设计，网页设计……各种都有，太好玩儿了。刘子豪本来是计算机专业，地道的技术咖，不屑于这些小打小闹，可是在我的鼓动下也加入了。”

楚潇问她：“倒是说，你跟刘子豪发展得挺快，都见家长啦。”

陈美诗摇头：“不是见家长，就是他说他家那边有好玩的景点，我顺便去玩了几天。结果他妈妈还给我塞了个八千块钱的红包，我说不要，非得给我，他也让我收着。”

楚潇说：“行，那看来今天必须是你请。”

平岚由衷地：“美诗好厉害。”

陈美诗说：“我原来不是学过画画吗，网络设计那些，掌握了电脑工具都是通的，只是 C + +，我买了书死啃，啃不透的都问刘子豪。”

平岚赞叹地：“不错，你俩才是真的般配，难得的是志同道合，他对你还那么好。听你那么说，他妈妈也挺喜欢你。”

陈美诗笑：“他妈妈喜欢不喜欢的，也无所谓，就算真走到一起，我也不是跟她生活。再说我还是觉得跟刘子豪处的少盐没味的，不像我心目中的爱情。”

楚潇掐了她一把：“你呀，就得一个厉害角色，两下把你给拿住，从心里把你征服。”

陈美诗回推一把：“哎哟，我可不知道被征服是什么样子，要不你跟我说说。”

楚潇知道陈美诗是讽刺她，恨不得把她捶个稀烂：“你等着，早晚让我抓住你的把柄，饶不了你。”

陈美诗说：“我可没有什么爱哥哥、慕哥哥的，让人拿去把柄。”说着大笑着跑开。

平岚在旁边傻笑。楚潇抓不着陈美诗，就说平岚：“你也笑话我。”

平岚说：“没有，我笑在书上看到的，都说恋爱中的女人智商是负数。”

楚潇也笑起来：“负负得正，咱俩在一块就不是负数了。”

平岚说：“还有美诗呢。”

陈美诗在远处：“别算上我，我可从来没有像你俩似的，发花痴。”

楚潇喊：“把你家刘子豪喊出来，我倒要问问他，到底有没有。”

陈美诗还是笑：“不带他，咱们那么久没有见，他在旁边不方便。”

楚潇说：“那你把他放在家里，他多闷呐。”

陈美诗说：“不闷，他来了我妈就拉着他聊，在家里他比我还受欢迎。”

楚潇说：“这就叫丈母娘相女婿，越看越欢喜。”

陈美诗说：“去你的。”

三个女孩儿嘻嘻哈哈的没有什么正经，拿各自的男朋友打趣。

到了大年三十儿，楚潇给艾慕打电话，打了整整一天都是占线。楚潇不免心烦意乱，年也没有过好。

12

终于盼到新学期开始，平岚和齐昊天一起回校。谁知开学没有几天，楚潇就出现在了平岚的面前。

平岚大为吃惊：“你怎么来啦?”

楚潇说：“我觉得你这边的火锅特别好吃，想来吃火锅。”

平岚连连点头：“你呀你，为了吃个火锅跑那么远，只有你才干得出来这样的事儿。”

楚潇说：“不远呐，坐飞机才两个多小时。”

平岚说：“那我们现在就去。”

楚潇说：“吃火锅人少了不好点菜。”

平岚想了想：“我让齐昊天也来。”

楚潇说：“对，还有艾慕。”

平岚张大嘴：“真有你的，醉翁之意不在火锅在慕哥。”

楚潇嘿嘿笑：“你到底叫还是不叫吧。”

平岚无奈：“能不叫吗，到底拿你怎么办?”

平岚给艾慕打电话，艾慕一听是她，爽快地答应。

到了火锅店，四张条凳摆在桌子的四面，艾慕一坐下就皱眉：“这火锅店的环境不太好，下次我带你们去一家。”

楚潇说：“现在也可以换过去。”

平岚歉意地：“我只知道这家，坐都坐下了，人家都把水倒上了。”

齐昊天说：“味道好就行。”

平岚赶紧点头：“这家味道好，装修的也不算差。”想了想：

“其实有时候吃点路边摊，也是生活的味道。”

艾慕笑，就着茶水涮碗筷。楚潇看见，就把他的碗筷拿到跟前，帮他洗涮干净，把水倒掉。

艾慕说：“谢谢楚美女。”

楚潇说：“慕哥哥，你别叫我楚美女，叫我潇潇就行。”

平岚没见过楚潇这个样子，觉得好笑，嘴角不由自主地上扬，看到楚潇瞪了她两眼，只有强忍着。

楚潇说：“慕哥哥，你怎么没把嫂子一起带上。”

艾慕微有吃惊：“什么嫂子？”

平岚说：“就是女朋友。”

艾慕笑：“哦，我没有女朋友，高中的时候有一个女孩儿要得好，现在她出国了，也没有联系。”

齐昊天说：“没有女朋友好，自由，别为了一棵歪脖树放弃整个森林。”

平岚给了他一拳：“你现在也拥有整个森林，你也有自由。”

齐昊天捂着被打的地方，嘿嘿笑：“我就喜欢歪脖子的疤瘌树。”

平岚说：“你才是棵疤瘌树。”

楚潇说：“你俩凑到一起又是锣鼓又是戏。”

齐昊天说：“你也找一个跟你一起唱大戏。”

楚潇忽然抬起头，大大方方地：“我要找就找慕哥哥这样的。”

平岚说：“哎哟哟，艾慕你觉得呢？”

艾慕微有吃惊，随后礼貌地：“楚美女长得漂亮，性格又好，谁跟她在一起都是福气。”

楚潇说：“我是实心眼儿，如果慕哥哥这么说，我可当真了。”

艾慕点头：“我说的是真话。”

平岚看着一碟一碟端上来的菜和沸腾的锅底，乐得直拍手：“良辰美景，赏心乐事。”

菜煮好了，四个人就开始大吃起来，齐昊天不时地帮平岚烫毛肚、烫鹅肠儿。

平岚说：“不用管我，你吃你的。”

齐昊天说：“你那么笨，我怕你烫不好，不熟吃了坏肚子，太老了咬不动。”

平岚笑：“艾慕是本地人，都没有你那么多说道，磨磨唧唧的。这火锅起源于船夫，他们长年跑船，没有时间弄饭吃，就在船上架口锅，把各种菜煮到一起，方便。再者河上湿气重，做的辣点还去湿气。本来就不是精精细细的做法和吃法，都像你那样，人家船员不用干别的了。”

齐昊天说：“行，行，我说一句你说一百句，为你好还成我的不对了。”

艾慕说：“这些说法连我这个本地人也不知道。”

齐昊天给平岚夹了一片牛肉：“快吃一口把你那嘴堵上吧。”

平岚尽兴吃起来。

吃完了饭平岚和齐昊天知趣地说还有事儿，先走了。

楚潇冲着他们的背影直抱怨：“没有良心的，我那么远来都不陪我一下，慕哥哥，你能不能带我到处走走。”

艾慕看看他们两个远去的背影，看看落单的楚潇：“好吧，你想去哪儿?”

楚潇说：“听说这里的酒吧一条街特别好玩儿，我们去那儿?”

艾慕想了想：“我不爱去酒吧，怪吵的。”

楚潇说：“我不熟，那你推荐一个地方。”

艾慕想了半天：“去哪儿都那么多人，这样，我把车取了，带你去电影院看场电影。”

楚潇高兴地点头：“好啊好啊。”

坐进艾慕的车里，楚潇双腿并拢，手放在膝盖上，像个正在认真听讲的小学生。

艾慕看看她：“看你的样子，好像有点紧张，你怎么了?”

楚潇羞红了脸，说：“没怎么。”然后赶紧别过头去，假装看窗外的风景。

车里的空气一时就有点凝固的感觉。艾慕开着车，右手伸过去打开了车上的广播，广播里正在放一首流行歌曲。

楚潇不由自主地跟着唱起来，由小声渐渐变得大声，身体也随着节奏扭动起来，唱得高兴干脆一只手握拳，放在嘴边好像话筒的感觉，另一只手指着艾慕，说："台下的观众朋友，把你的手伸出来。"

艾慕看着她笑。

楚潇一放松下来，就变得像个话痨似的，问艾慕："慕哥哥，寒假的时候你说过要给我打电话的，你怎么不打，是不是把我忘了……不知道最近在上映什么电影，我喜欢看恐怖片，僵尸呀、杀人狂魔啊，我们寝室的女孩有时候在半夜关了所有的灯光围着一台电脑看，那氛围，那感觉……"

艾慕还是笑，淡淡地问她："你都不怕呀。"

楚潇说："不怕，慕哥哥你喜欢看什么。"

艾慕想了想："都行。"

楚潇说："男生一般喜欢看功夫片或者枪战片吧。"

艾慕说："我不太喜欢那种，乒乒乓乓的，我有时候看点 BBC 的纪录片或者一些知名乐团演奏的实况转播。"

楚潇不可思议地："哇……慕哥哥你真行。"

两个人到了电影院，楚潇就说想看刚刚上映的影片《汉尼拔》，艾慕买了票，两个人等到时间进去找到位置坐好。

影片开始没有多久，楚潇就紧张地抓紧了艾慕的手，艾慕轻声问她："你不是喜欢看恐怖片吗？"

楚潇战战兢兢地说："喜欢是喜欢，看到恐怖的还是一样害怕。"

艾慕说："这个其实不是恐怖片。"

他看到楚潇没有什么反应，全神贯注地盯着荧幕，也就不再说什么，任由她抓着自己的手。

电影散场以后，已经快到午夜十二点了。

艾慕问楚潇："你订酒店了没有？"

楚潇说："我让平岚帮我订了一个，分开的时候忘了问她是哪家。”

艾慕说：“平岚订的，多半就在学校附近，学校附近的酒店，条件都不太好。”

楚潇说：“我不知道，不过这么晚，往她寝室打电话，有点不妥，她倒无所谓，同寝室的恐怕有意见。”

艾慕说：“那这样吧，我带你去一家。”

艾慕开着车，带着楚潇到了一家有名的五星级酒店，帮她订好了房间，入住手续都办好了，就对她说：“那你早点休息，我回去了。”

楚潇说：“慕哥哥，我找不到房间。”

艾慕扬起手，想请服务员来领着她上楼，半空中又放下：“那我把你送上去。”

两个人拿着房卡，按照房号找到了房间，楚潇打开门，身体倚着门框，一半在外面，一半在里边：“谢谢慕哥哥。”

艾慕说：“那行，你早点休息。”

楚潇说：“明天去哪儿?”

艾慕微有紧张地：“明天周六，平岚好像没有什么事儿。”

楚潇拉下脸：“哦……意思是让她陪我。”

艾慕盯着楚潇，好像下了决心似的，一把抱起她，把她带进房间里，关上门，将她向床上一丢。

楚潇躺在了洁白的床单上。

艾慕脱下外套：“明天你想我陪你啊。”

楚潇说：“嗯。”

艾慕解开衬衫的扣子：“好嘛。”

艾慕解开了腰带：“你是来找平岚的，还是来找我的。”

楚潇说：“你。”

艾慕把楚潇的上衣和裤子脱了，俯身下去。

楚潇“啊”的一声，皱着眉头：“疼。”

艾慕说：“我轻一点。”说是这样说，却开始动作起来。

楚潇皱着眉头，花容失色的样子。

艾慕问她：“你怎么不动？”

楚潇忍着疼：“我不知道怎么动。”

艾慕说：“你第一次吗，不可能哦。”

楚潇说：“我第一次。”

艾慕说：“好吧，我爱你，我会对你负责的。”

楚潇搂住艾慕的脖子：“我也爱你。”

完事儿以后，楚潇靠在艾慕肩膀上，在他脸上亲了一口：“我爱你。”过了一下又亲了一口。

艾慕摸摸楚潇的脸：“好，乖，我去洗个澡。”

第二天出门，楚潇就牵着艾慕的手：“我不能忍受，跟男朋友上街还各走各的。”

艾慕由她牵着，先到旁边专卖奢侈品的商场买了个包、买了两套衣服送给她，然后到附近景点简单逛了逛。

下午两个人就直接回了艾慕在学校旁边的家，楚潇一进门，看到乱七八糟的一团，就撸起袖子开始打扫。

艾慕自己看了会儿电视，又把楚潇抱到了床上。楚潇在艾慕的引导下，渐渐也体会到了意趣。

周日楚潇得回自己的学校，临出门，她冲着艾慕手一伸，艾慕疑惑地：“怎么啦？”

楚潇说：“钥匙。”

艾慕不情愿，撒了个谎：“我只有一把钥匙，等我配好了再拿给你。”

楚潇说：“那你把现在有的给我一下，我下去一趟马上回来。”

艾慕不知道她想干吗，掏出钥匙放到她手里，楚潇下了楼，过了一会儿回来，把钥匙交回给艾慕。

艾慕说：“你干吗去了？”

楚潇另一只手摊开，亮出手心里的钥匙：“不是说只有一把嘛，我配了一把。”

艾慕想去抢，楚潇手一合躲开了。

艾慕说：“你那么远，多久都不来。”

楚潇说："谁说的，我以后有空就来，到时候你去机场接我。"

艾慕说："今天赶飞机都要晚点儿了，你还乱跑。"

楚潇说："那我们现在赶紧出门。"

下楼以后，楚潇站住："去给我买一颗避孕药。"

艾慕摸摸她的头："吃那个对身体不好，副作用很大的。"

楚潇无奈，只有红着脸又坐进了艾慕的车里。

平岚事先接到了楚潇的电话，在机场等着她了，楚潇一再跟她说："艾慕是你同学，帮我看着他，有不老实马上跟我说。"

艾慕说："平岚自己忙着谈恋爱呢。"

楚潇搂着他的脖子："那你自己老实点，乖啊。"

回去的时候，平岚就顺路搭艾慕的车一起往学校走。平岚说："我读高中的时候，跟楚潇和美诗关系最好，她跟你在一起，我真为她高兴。"

艾慕看着平岚："是不是你故意介绍我跟她认识的。"

平岚连连摇手："当然不是。"

艾慕微笑："楚潇挺漂亮的，就算是也没有什么。"

平岚赶紧说："真不是，好多事情，我觉得就是缘分，缘分到了，天南海北也能走在一起。"

艾慕说："你能那么想挺好，可是要说缘分，首先我应该是跟你有缘。"

平岚说："是吗?"

艾慕笑："因为你才认识了她的嘛。"

平岚点点头："也对。"

13

楚潇从那以后就经常到C市，有时候跟平岚联系，有时候也不跟她联系，只去找艾慕。她用自己与生俱来，也可能是长期独自生活锻炼出来的一种雷厉风行的风格，把艾慕的家收拾得井井有条，还经常挽着艾慕的手，拉他一起去菜市场买菜，回来就给他做东西吃。为了让艾慕吃得更好，她买了食谱，还经常向周围的邻居不耻下问，很快除了自己会的东北菜，还能做一手好川菜。

楚潇想象中的浪漫也很快变成了现实。大一下学期结束的那个暑假，她根本就没有回东北，直接跟艾慕两个人去了希腊，在雅典停留了六天，之后坐船上了圣托里尼岛。在爱琴海边蓝白相间的小屋里住了五天以后，他们从希腊前往意大利，又从意大利开始，将南欧与西欧国家游览了一遍。

平岚跟齐昊天这个暑假也没有回家，他们继续之前打工的工作，除此以外又找了份暑期兼职，利用兼职的收入，一人买了一个手机，更方便彼此联系。

大二快开学的时候，楚潇跟平岚聚在一起，兴奋地讲述着沿途见闻，什么住在阿尔卑斯山间千年的古堡中看落日，什么酒庄品酒等等，末了说："之前以为沙滩上的烛光晚餐是这个世界上最浪漫的事儿，现在才知道，那简直不值一提，我现在相信爱情了，爱情最美的样子，就应该是我跟艾慕现在的样子，我觉得我跟他之间是完美爱情。"

平岚遥远地听着，欣羡的同时由衷地说："太好了，我真为你高兴。"

楚潇有点犹犹豫豫地："真的吗？你……会不会……有点……嗯，失落？"

平岚惊讶地问："为什么？"

楚潇说："如果……当初……是你跟艾慕在一起，这一切……都应该是你的。"

平岚哈哈大笑："你在想什么呀，我跟艾慕，真的从头到尾任何事情都没有发生，也不可能发生。我爱的是齐昊天，是这个人，不是别的人，也不会因为别的事情而改变。"

楚潇长舒一口气："那就好，我以后肯定经常都在这边，你到家里来找我玩啊。"

平岚说："好，可惜美诗不在这边，要不她肯定也为你高兴。"

楚潇说："她现在怎么样？这个死女人，有什么都跟你说，不爱告诉我。"

平岚想了想："她家里出了点事儿。"

这个暑假，陈美诗都在忙"家里的事儿"——这之前，她的爸爸杀死了"那个女人"，连同跟那个女人一起生的孩子。

陈美诗想，在这个世界上我曾经有过一个弟弟，可是还没有见面，他就不在了。她心里的感情是复杂而无比混乱的，很难说是蚀骨的痛苦，还是痛苦中也混杂着一丝快感，毕竟，那个抛弃自己和妈妈的人，终究也彻彻底底地抛弃了"她们"。

爸爸被判了死刑并且正是在这个暑假被执行了死刑。留给陈美诗的，只有两万块钱的遗产。

陈美诗想早早地回学校，她说："我不签字，不要他的钱。"

妈妈说："不要钱，你也不能走，有一些葬礼上的事情，你得出面。"

陈美诗说："我不出面，他早就跟我没有任何关系。"

妈妈没有办法，给远在湖南的刘子豪去了电话，刘子豪接到电话的当天就买了车票，辗转赶到陈美诗的身边。

陈美诗在妈妈和刘子豪的劝说下，还是参加了葬礼，但她自始至终都平静无语，像个机器人似的把程序走了一遍，表情也像个机器人似的，冷冰冰的。反而是刘子豪，代替她迎来送往，把该做到的礼仪都给做到了。

要回学校之前，美诗的妈妈把她的手和刘子豪的手搭在一起，语重心长地："子豪啊，以后美诗就拜托你了，她一个人在陌生的地方，你替我照顾她。"

刘子豪说："哎，放心吧，阿姨。"

陈美诗抽出手："我这么大，能照顾好自己。"

美诗妈妈说："你贪玩任性，有子豪在，不会做太出格的事儿。你们都二十二了，要是子豪妈妈同意，可以抽空把婚事订下来。"

刘子豪说："行，我妈妈同意，她可喜欢美诗了。"

陈美诗说："我大学还没有毕业，刚要念大二，这些八竿子打不着的事情，妈你在说什么？"

美诗妈妈说："说什么，说正经事儿，只是订个婚，毕业没毕业有什么影响，子豪是个好孩子，你不要老是给他脸色，两个人和和气气的。"

陈美诗说："好孩子多了，我都得订婚？"

美诗妈妈皱皱眉头："妈妈那么大年纪，你要相信妈妈的眼光。"

陈美诗说："你的眼光看上的，出轨杀人，现在都入了土。"说着站起来走了。

妈妈气得在原地不知道说什么，倒是刘子豪，反过来安慰美诗妈妈。

刘子豪说："阿姨，出了这样的事儿，又经过这几天的劳累，美诗肯定一时半会儿走不出来，你看她跟没事儿人似的，其实心里不好受，阿姨你放心，订婚就是个形式，不管有没有这个，我敢保证，只要美诗愿意，我这辈子非她不娶。"

美诗妈妈擦着眼泪："就怕她不愿意。你听听她说那话，也是我没有教好，这样的家庭给了她不好的影响。我放心你，可我不放心美诗，以后子豪你多担待她。"

刘子豪说："我一个男孩，肯定让着女孩，阿姨你别伤心，等她心情恢复，她自己就会来跟你道歉。”

美诗跟刘子豪还是提前回了学校，回去以后，她好像一切如常，又好像是有了翻天覆地的变化，可是这变化到底是什么，连刘子豪也说不上来。

陈美诗唯一没变的，就是有空就给平岚和楚潇打电话，煲电话粥，只是只字未提家里发生的事情。

大二一年，三个好朋友都在各自的轨迹里学习生活着，平岚和齐昊天在学习和兼职的空隙，会到平岚学校的礼堂去看电影，两块钱一场，看完了就沿着C市的一条河手牵着手散步。河边有茂盛而粗壮的银杏，到了秋天，金灿灿一片耀眼。

平岚说：“我觉得这景色真美。”

齐昊天说：“应该比不上阿尔卑斯山间古堡看到的美景。”

平岚笑：“这有什么好比的。”

齐昊天说：“我以后争取也带你去。”

平岚大笑：“我有手有脚的，干吗非得别人‘带着’，自己不能去?”

齐昊天说：“好好，那你带着我去，我就像个行李似的，贴在你身上，被你拉过去。”说着把身体都靠在她身上。

平岚说：“啥时候变得这么腻歪，原来都不是这样的。”

齐昊天站起来：“咋地，你还喜欢我埋汰你?”

平岚大笑：“行了行了，你也别埋汰我，也别这么腻，正常点不行吗?”

齐昊天嘿嘿傻笑。

平岚说：“我还是觉得这里是世界上最美的地方。”

陈美诗在夜晚的时候，会梦到小时候的父亲，然后泪流满面的醒来。可是到了第二天，她还是一如平时那样跟寝室的人笑闹，上课也认真地听讲，只是跟刘子豪在一起的时候，她常常陷入沉默之中。

楚潇跟艾慕相恋了一年以后，“完美爱情”变得似乎没有那么完美。一次，楚潇因为想念艾慕，还没有到周末就逃课买了机票去

C市。她想着这个时间艾慕应该是在学校里上课，所以事先没有联系，下了飞机径直打车去了他家。

到了以后，楚潇掏出自己早就配好的备用钥匙，直接开门进屋，刚走进房门，她就看到一地的衣服裤子，随后是内裤胸罩。地上的衣物像条指路标似的把她一直引导到了卧室，推开卧室的门，楚潇看见床上两个赤条条的人，正在进行着激烈的“运动”。楚潇在门口愣了有两三分钟，想要搞清楚眼前的一切，等她终于看清楚那是艾慕和另一个女人的时候，她随手抄起一把椅子，冲着那个女人就砸下去。

赤条条的女人跟艾慕一起滚落到地上，楚潇一步上床，举起椅子又往下砸，那姑娘也顾不得别的了，抱起衣服狼狈地窜出了门。

等楚潇追累了打累了再回到卧室，她看见艾慕已经穿好了衣服，正靠在床头看着她。

艾慕说：“是她非往我身上扑的。”

楚潇一声不吭，扔下手里的椅子，几步走到窗前，站上窗台就跳了下去。

艾慕大惊失色，慌慌张张跑下楼，叫了救护车把她送进急救室。

所幸是三楼，楼下还有个遮雨棚挡了楚潇一下，她身上除了有两处骨折和一些擦伤，并无生命危险。

楚潇躺在病床上，盯着艾慕说：“以后再让我看见，我就死给你看，我楚潇，说到做到。”

艾慕说：“你别这样。”

楚潇偏过头，泪如雨下。

大三开始学习上面没有那么紧张了，陈美诗因为计算机方面的优势，还没有毕业就已经签约了一家全国知名的高新技术企业。

楚潇的学校到了三年级基本就是外出实习，她直接让艾慕帮她开了张实习证明，随后搬进他的家开始跟他生活在了一起。

平岚劝过她，再读两年可以专升本拿个本科文凭。

楚潇笑笑：“就这样艾慕都着三不着两的，再读两年他不把我丢到九霄云外去了，还是天天一起住着好。”

到了大四，陈美诗是最“忙碌”的一个，除了泡在电脑前面，就是忙着跟各个社团的人话别，吃喝玩乐不亦乐乎。

楚潇也忙碌，但却是另一种“忙”。有一次她看到艾慕手机里的信息，颇为暧昧。她心里生气，又没有实际证据，只有趁着艾慕出门，把他西装剪成一条一条的泄愤。

还有一次凌晨有人给艾慕打电话，艾慕小声说：“我女朋友在旁边。”楚潇当晚就跟他暴吵了一架。

平岚和齐昊天之间反而是平静，平静之中愈加甜蜜，两个人用打工赚的钱，在校外租了个单间，也住到了一起。

大四开始没有多久，楚潇又出了问题，也许对她而言，不完全是问题，从某个角度来看，也可以说是一种转机——楚潇怀孕了。

发现怀孕也是在偶然之间。楚潇在跟艾慕又一次吵架的时候晕倒了，艾慕把她送到医院，医生检查之后向他们宣布了这个喜讯。

艾慕守在楚潇的病床前：“亲爱的，昨天是我不对，刚才我已经发了信息，让她以后别再烦我。”

楚潇面色苍白：“你以后也别再烦我。”

艾慕说：“你现在身体这么虚弱，不能生气，安心休养，要不打胎的时候也有危险。”

楚潇说：“打胎？谁说要打胎，我的孩子，我必须生下来。”

艾慕说：“我也想要，但是我大学还没有毕业，家里肯定不会让我们留下这个孩子。”

楚潇问他：“我肚子里的，是你的还是你家里的？我不管，无论如何我不会做出伤害自己孩子的事情。”

艾慕再劝：“我们还太年轻，各方面都没有准备好，自己都是孩子，怎么能养得了小孩儿呢？”

楚潇坚决地：“你之前说吃避孕药伤害身体，打胎就不伤害身体啦？如果要打，你先想办法把我弄死吧。”

艾慕无语，他了解楚潇的脾气，做了决定的事情很难改变。

艾慕觉得这个事情变得非常的棘手，说实话，他虽然比楚潇大半年，但还是同龄，都才二十四，他跟大多数这个年龄或者说跟大多数的男人一样，做事情的时候完全没有想过自己会有当爸爸的可能，或者即使想过，内心里也认为这是可以让女人通过手术轻易解决的问题。

艾慕头一次开始认真地思考他跟楚潇的关系，在这之前他虽然也认为楚潇是他的女朋友，关键的是他的女朋友并不只楚潇一个——喜欢他的女孩太多，这能让他有什么办法呢？艾慕甚至想到就这样一走了之，从此搬家换地址断了联系，可是转念一想，平岚跟自己是同班同学，楚潇找到他太容易，搞不好闹得拿不了毕业证。另一方面以楚潇的性格，处理不好真的会闹出人命，这个自己也承受不住。

艾慕苦思冥想了几天，只好对执拗的楚潇说："那你跟我去家里一趟吧。"

楚潇本来身体好，无非是怀孕期间动了气才晕倒，休息两天就好了。

找了个周末，楚潇就跟着艾慕去登门拜访他的父母。

这是 C 市城郊一个别墅区，车开进小区大门，只闻鸟语花香，但见亭台楼阁，开了多远才停下。

楚潇下了车，先跟着艾慕进了个青砖灰瓦，古式建筑的小院，进去又走了多远，才真正到了住宅的门前。这住宅也是飞檐斗拱的中国传统建筑样式。

艾慕站在门前，倒显得比楚潇还紧张，他整了整已经很笔挺的衬衫，干咳了两声，按响了门铃。

楚潇笑着推了他一把："你怎么比我还紧张。"

艾慕看了楚潇一眼，楚潇发现他满脸严肃，自己也就不好继续玩笑。

过了一会儿有人开门，艾慕打招呼："张婶，爸爸在家吧？"

楚潇一看这张婶，又"扑哧"笑出了声儿，原来看年纪上五十的一个大妈，身上穿着电影里才有的仆人装，白领黑色的连身长裙，腰间系着用荷叶边装饰的白色围裙，头上还戴着个女仆头巾。

楚潇想，难道艾慕的爸爸有这个嗜好，再说这样的房子，用人该穿汉服，或者至少是旗袍改的衣裳，这搞得不伦不类的，也是太逗了。艾慕看了楚潇一眼，她赶紧把笑憋了回去，低下头。

张婶说："在，艾董和林总都在。"

艾慕牵上楚潇的手，迈步走了进去。客厅的装修风格也是中式，实木的圆桌方椅，桌上雕刻着福禄寿喜的图案，墙上挂着些字画。

转过一个屏风，楚潇看见一男一女坐在两把太师椅上，每个人手边一个高脚茶几，茶几上放着紫砂杯装的茶。男的虽然额头有些皱纹，却也是星眉剑目，气宇轩昂，看不出年纪，正在喝茶。女的身量不高，穿着家常衣服，身上披个披肩，正在聚精会神地看一份文件，文件遮着她的脸，看不清长什么样子。

艾慕喊了声："爸爸，妈妈，我回来了。"

艾国华放下手里的茶杯："好，你难得回来，我让张婶做了你爱吃的菜，晚上就住在家里，别来回跑了。"

艾慕说："爸爸，我这次带了女朋友回来，她叫楚潇。"

楚潇赶紧说："叔叔好，阿姨好。"

艾国华还没有说话，旁边的女人开口了："带女朋友回来是好事儿，怎么不提前说一声，我们也好有准备，要知道的是你没有说，要不知道的以为我们不懂礼节，倒在心里笑话。"

楚潇说："阿姨，我不会那么想的。"

林亚琴放下手里的文件，又摘下看文件用的眼镜，楚潇这才看见，她薄嘴唇，丹凤眼，脸上搽了美白的护肤品，显得异样的白。

林亚琴说："我们这儿不兴称呼叔叔阿姨，都叫伯父伯母，阿姨阿姨的，我成了张婶儿了。"

艾慕解释："她是北方人，北方人称呼尊敬的长辈一般就是那样，她也是无心的。"

楚潇重新喊了一遍："伯父好，伯母好。"随后把手里拎着的两盒燕窝举高一点："头一次见面，也没有带什么，这点燕窝给伯父伯母补补身体。"

艾慕补充道："是在妈妈常买的那家买的，不是外面随便拿的。"

艾国华说："哎呀，你看你，自己还没有毕业，买什么燕窝？"

张婶不失时机地出现，把燕窝拿下去。

林亚琴戴上眼镜，毫不避讳地仔仔细细打量楚潇，问她："北方的，家里是做什么的，哪个学校哪个专业的，今年多大了？"

艾国华笑："亲爱的，你这好像查户口一样。"

林亚琴一只手放在艾国华的手上，扭捏地："哎呀，我看着姑娘喜欢，想多了解了解——孩子，你也别多心，我这性格就是心直口快。"

楚潇恭恭敬敬地回答："爸爸是开建材公司的，专门给建筑工地供应材料，我在服装学校学习服装设计，今年二十四。"

林亚琴笑呵呵地："哎哟，还有服装学校吗，没听说过。"

艾慕赶紧补充："不在C市，在北京。"

林亚琴说："哦……妈妈是做什么的呀，今年你也念大四吧。"

楚潇说："我没跟妈妈生活在一起，跟着爸爸过，今年刚毕业了。"

林亚琴说："哦……是这样。比艾慕上学早是吧。"

艾国华喝了口茶，没有言语。

楚潇看看艾慕，看看他爸爸，只有实话实说："我们只念三年。"

林亚琴摘下眼镜，身体向后靠在椅背上，揉着眼睛，好像自言自语，也好像对其他人说："念三年，那就是专科。这几年房产市场虽然好，可是建材生意不好做，爸爸妈妈又没有在一起生活，日子过得比较辛苦啊。"

楚潇说："不辛苦，我一直都过得很好。"

艾国华说："那就好，不说这些，我让张婶摆桌子，一会儿跟艾慕一起在这里吃饭。"

林亚琴说："再等等，艾林还没有回来。"

艾国华说："有客人在，就不等她了，出去玩的不管不顾的，挑些菜热在锅里。”

楚潇说：“那我去帮张婶。”

艾国华说：“哪有让客人动手的道理，你坐着，陪伯母聊聊天，当是自己家里一样啊。”

艾国华站起身离开了，艾慕看看楚潇，自己赶紧跟了过去。

林亚琴拿起之前的文件，又遮着脸接着看起来。

楚潇还站在那儿，她观察了一下，四周都没有椅子，只有艾国华坐过的那张，自己去坐显然不合适，她只有继续站着。

没有多久，就听见“哐当”一声，不知道是什么东西摔在地上，艾国华暴怒的声音传来：“大学没毕业，你就干出这种事儿，不成器的东西！”

林亚琴站起来走过去，楚潇也赶紧过去。

林亚琴扶着艾国华的胳膊：“你这是怎么了？刚才还好好的，本来身体不好，什么事儿至于生那么大气。”

艾国华指着艾慕说：“你问他。”

艾慕低着头不说话。

楚潇看艾慕不言语，自己抢先说：“伯母，我们……我们准备……结婚。”

林亚琴吃惊地问：“我理解你们恋爱中的年轻人，做事情不管不顾，可是现在大学没有毕业，哪里就到了谈婚论嫁的地步？”

楚潇推艾慕，意思让他说。

艾慕只有说：“我们有了孩子。”

艾国华坐到旁边的一张中式的沙发椅上，手按着额头，努力地平息着心里的怒气，什么话也不说。

林亚琴在他旁边坐下：“按理说，这些事儿不该我管，可是年轻人之间的交往，是不是该有个度？上大学是去学习的还是去玩的，再说玩归玩，出格就不好了。”

楚潇说：“我们不是玩，我是艾慕的正牌女朋友。”

林亚琴登时拉下脸：“正牌？小小年纪还真是会说话，连双方家长都没有见过，两个人耍了几天就真以为非你不可了。你没有妈妈在身边教规矩，这可以不怪你，但是你得为艾慕考虑。我们家来往的都是有头有脸的人物，这样的事儿被人知道了，以后艾慕怎么做人，我们还怎么做人？”

艾慕说：“那……那我们就马上结婚。”

林亚琴说：“你也太儿戏了，我们家能这么匆匆忙忙办婚礼吗？就算马上结婚，你准备在哪儿办，场地是马上就能定下来的吗？等你定下来了，新娘肚子也大了，众目睽睽之下大着肚子，你真想得出来。”

艾慕没了言语，楚潇心里翻江倒海的，想着该怎么说。一时间整个屋子安静下来，空气仿佛凝固了一般。

张婶过来，问：“林总，桌子摆好了，开饭吗？”

林亚琴朝着她摆摆手，让她先过饭厅去，随后站起来走到楚潇面前：“说吧，你想要多少钱？”

楚潇诧异地张大了嘴：“什么意思？”

林亚琴说：“你想要多少钱才能离开艾慕。”

楚潇感觉到了莫大的侮辱，她的眼泪在眼圈里打转，片刻后，她收起眼泪，冷笑着说：“伯父，伯母，你们是艾慕的爸爸妈妈，所以我才恭恭敬敬地上门拜访，你们要是同意我们在一起，我谢谢您二位，你们要是不同意，那这个事情就跟你们没有任何关系。我是喜欢钱，这个世界上没有谁不喜欢钱，可是我还没有到为了钱出卖自己，出卖自己孩子的地步，我今天可以告诉你们，我爱他，就算他一分钱没有，是个要饭花子，我一样爱他，不会离开他——我们走。”

楚潇拉着目瞪口呆的艾慕，一转身出了门。

走了半天，艾慕才反应过来，一把拉住楚潇：“天呐，你刚才干了什么事儿？”

楚潇说：“没干什么，实话实说。”

艾慕说：“有你这么说实话的吗？赶紧跟我回去，道歉，好好求求他们。”

楚潇说：“我不去。”

艾慕说："那我自己去，要不他们一生气，咱俩就得喝西北风。"

楚潇一把拉住他："喝西北风我也跟你一起喝。再说你现在去，他们更不同意，我问你，爱不爱我？"

艾慕说："嗯……爱。"

楚潇摇摇头："吞吞吐吐的，爱我你就听我一次，别回去。"

艾慕想了想："有些事情，你不明白，不过……这次闹的这样，过几天再说也好。"

楚潇说："我要这个孩子，我也想给他一个光明正大的生活，你父母不同意，我们就先把结婚证领了吧。"

艾慕犹豫地："太匆忙了……"

楚潇说："我们在一起三年了，三年的时间，匆忙吗？"

艾慕低着头："要不……还是把孩子给……"

楚潇不等艾慕说完，一口回绝："艾慕我跟你说，孩子在，我在，孩子不在，我也不活了。大着肚子结婚他们嫌丢人，大着肚子死在他们公司门前，就不怕丢人了吧。我跟你说，这个结婚证你不跟我领，我就大着肚子死在你们学校！"

艾慕苦着脸："你这一天到晚寻死觅活的，到底是何苦来。"

楚潇不依不饶地："我只问你一句话，领，还是不领？"

艾慕沉默半晌，勉勉强强地："那好吧。"

两个人当天就去领了结婚证，晚上约着平岚和齐昊天去C市最好的西餐厅吃了顿烛光晚餐，算是庆祝。

席间，平岚举着酒杯，看着楚潇说："祝贺你呀，没想到你是我们三个里最先嫁出去的。"

楚潇说："你们两个什么时候结婚，我等着喝你俩喜酒。"

齐昊天笑："你问她，我随时恭候。"

平岚说："去去去，没正经。"

艾慕说："按照道理也还早了点，你们先好好享受恋爱时光。"

楚潇说："怎么，嫌早？你自己做的事儿，难道是我死乞白赖非得逼着你结婚的？"

齐昊天赶紧说："楚潇你看你这脾气，有人要都不错了，要是我早吓跑了。"

几个人哈哈一阵笑，艾慕本来露出的一点怒色也就渐渐下去了。

平岚说："说正经的，我们可没有你们那么好的条件，还为了毕业去向犯愁呢。"

齐昊天说："要我说考研也是条路。"

平岚说："你是学霸，考个研究生跟玩儿似的，我这学渣，哪儿是说考就考上的，再说家里供我读书，够不容易的了，何必让他们再多供几年。"

艾慕说："要不毕业你到我爸爸的公司去上班。"

楚潇也连连点头："对呀，听说现在大学生毕业不好找工作，有个去向先干着也好。"

平岚说："我想想。"

几个人吃过了饭，艾慕又熟练地掏出信用卡买单，片刻后服务生拿着信用卡回来，告诉他："对不起，先生，这张卡被冻结了，能不能换一张?"

艾慕换了几张，全部被冻结，连他拿给楚潇的卡，都不能使用。

齐昊天赶紧说："我们来付吧，每次都是你，我们都不好意思。"

服务生说："一共三千八百六十七，您付三千八百六就行。"

齐昊天尴尬地掏出钱包，数数只有六百多块钱。

平岚赶紧把自己的钱包拿出来，才五百多。

四个人把身上翻了个遍，最后还是艾慕在自己的手包里找了两千多出来，凑在一起勉强付了餐费。

楚潇只有把白天发生的事情说了，碍于艾慕在，也只是说："他父母对我们两个在一起有点意见，上午有点不愉快，晚上就停卡，这速度也太快了，雷厉风行啊。"

艾慕说："还不是你，闹那么僵，我说了回去道个歉，你还不同意，这下真要成要饭花子了。”

楚潇就不言语。

后面几天艾慕和楚潇几乎到了揭不开锅的地步，把家里现金都找出来，勉强算是能吃得上饭。

艾慕迫不得已去参加了几次校园招聘会，去了光看到那个场面，就皱眉头。后来好不容易找了份工作，头一天实习之后就没再去了。

楚潇问他怎么回事，艾慕挺无奈地：“我开的车比老板的车还好很多，老板让我低调一点，换个车，我不想换，只有离开公司。”

楚潇想了想：“那我去，不就是份工作吗，有什么大不了的，我找份工作挣钱。”

艾慕说：“你看看现在的情况，哪家公司愿意请个快要生孩子的。”

楚潇说：“也是啊，但是这样下去，等我生了，我们也快饿死了，你倒是想个办法。”

艾慕无奈：“我能有什么办法?”

楚潇激他：“你一个大男人，不可能连养家糊口都做不到，何况自己家里放着那么大个企业，搞笑了！我们现在需要钱，就算我一直跟你这么紧巴巴的生活，可是有了孩子总不能让孩子喝不上奶粉吧。再说加上宝宝，现在住的就显得太小了，换套大点的房子最好。如果不行，至少要装个婴儿房出来，婴儿车那些也不能没有。”

艾慕说：“你现在说这些，当初翻脸的时候，拉都拉不住，闯了祸又来埋怨我，是谁振振有词的表态，哪怕我是要饭花子也跟着我，这还没到那个地步呢，就绷不住了。”

楚潇撇撇嘴：“谁能想到，你亲爸亲妈，真舍得你这个儿子和他们的亲孙子，够狠!”

艾慕一筹莫展，看看已经开始显怀的楚潇说：“我一直没告诉你，林亚琴不是我亲妈，不过你这么一说，倒提醒了我，只有一个办法，你还是跟我一起去。”

艾慕把楚潇带到了一个高档小区，他熟悉地停车、上楼，在一户门前掏出钥匙打开门，一进屋，艾慕就喊：“妈，我回来了。”

楚潇忽然想起来艾慕之前跟她说过的，父亲姓艾，母亲姓慕，这才明白林亚琴真不是他的亲生母亲。楚潇由不得心里又犯猜忌，这么大的事儿，艾慕直到这个时候才告诉她，那还不知道有多少事情瞒着她呢，这是明摆着对她的不信任。只是此时，也顾不得追究这些，只能把眼下的困境解决了再说。

艾慕的妈妈慕小兰应声而出，捧着儿子的脸左看右看，一偏头看见楚潇，就问：“这是……”

艾慕说：“妈，你就要抱孙子了，你说好不好？”

慕小兰高兴地一连声说好，拉着楚潇从头看到脚，看到她大着肚子，又问几个月了。

楚潇说：“五个月。”

慕小兰说：“太好了，你们小年轻事情多，生下来我过去给你们带孩子。”

楚潇微笑：“不用了，妈，我一个人能行。”

慕小兰说：“不行不行，还是老人有经验。”

艾慕赶紧岔开话题：“妈，林亚琴不同意我们在一起，现在爸爸把我的生活费都给断了。”

慕小兰脸色一变：“这个狐狸精，她就是见不得我们娘儿两个好，当初你要出国，就是她拦着，要不你跟熙彤怎么会……”

艾慕说：“妈，这是楚潇。”

慕小兰说：“哦，对，看我这脑子，我找你爸去，这个王八蛋，把我赶出家门不算，还把他亲生儿子赶出去，现在连亲孙子也不认，你看我不骂死他。”

慕小兰说着出了门。

楚潇问艾慕：“熙彤是谁。”

艾慕说：“没有谁，你别问了。”

楚潇说：“咱俩都结婚快要生宝宝了，你还这么对我？”

艾慕想了想：“以前的一个女朋友。”

楚潇拉着艾慕的手：“说说呗。”

艾慕说："老黄历了，有什么好说的？"

楚潇用力一掐，艾慕疼的"哎哟"一声："你干吗？"

楚潇说："不老实。"随后故作轻松地："算了，以前的事儿，我就不问了，现在只能属于我一个，知道吗？"

艾慕揉着被掐疼的手："不知道怎么落在你手里的？"

两个人说些闲话，到了天黑慕小兰才回来，一进屋就对艾慕说："儿子，妈替你出了气，以前你怎么花，以后还怎么花，不花被那两个小贱人都倒腾没了。"

艾慕搂着妈妈肩膀："妈，你怎么说的？"

慕小兰抚摸着艾慕的脸："我跟他说，你从小跟着我过，他的父爱都给了艾林那个死女娃子，当初没有尽到父亲的义务，现在就没有反对的权利，再说楚潇清清白白的一个处女跟了儿子，有什么看不上的。生下孩子也姓艾，也不是野猫野狗。你爸还说他要面子，我说就他对我做的事儿，有他妈鬼的面子，老子不要脸，还指望儿子争脸儿，天底下有这样的事儿……"

楚潇听得脸色红一阵白一阵的，又觉得害羞，又疑惑怎么处女不处女的艾慕都跟妈妈说。

艾慕听着这话也实在不像个样子，赶紧地制止："知道了，妈，别说了，还是你最爱我。"

慕小兰搂着那么高的儿子："就是呀，这个世界上，只有妈妈最爱你，其他女人都没有好心眼。"

楚潇听了更下不了台，推说太累了要回家。一出门就想跟艾慕发作，又看到他嘘寒问暖的样儿，只有把一腔不快给咽了。

14

第二天楚潇就约了平岚，一开口就“哇啦哇啦”停不下来：“谁知道艾慕的爸爸把两个女人都照顾着，连生的孩子都不偏不倚，一个叫艾慕，一个叫艾林，你说他到底爱的是哪一个。关键我就惨啦，人家一个婆婆都处不好，我两个婆婆，都不是善茬，他爸爸是集团董事长，那个林亚琴，是总经理，据说公司实权都在她的手上，女强人，处在她的位置，能看上艾慕和我吗？你说说我咋办，啊？还有他亲妈，说的那话，我的天啊，简直就不像正常人能说出来的，我怀疑是不是受了刺激脑子不太好。还有个没见面的小姑子，我咋办，你说我到底该咋办？”

平岚皱着眉头，听她一气说完：“原来艾慕家里还挺复杂的，你知道我一直都不太会处理人际关系，我要给你出主意，准搞砸。”

楚潇又拿出一沓信：“你看看。”

平岚疑惑地：“这是什么？”

楚潇说：“全是艾慕给他初恋写的信，我趁他不在，翻了好久才翻出来，还是那天他亲妈无意中提起，我才想到的——我都不知道艾慕是会写信的人。”

平岚把信推回给她：“乱拆别人的信不好吧。”

楚潇说：“我都跟他结婚了，他还藏这么深，你看看这封……”

楚潇打开一封，念起来：“熙彤亲爱的，知道你在欧洲一切都好，我心里又欢喜，又忧伤，欢喜的是你这么快融入了新的生活环境，忧伤的是家里阻止我出国留学，让我与你远隔重洋……”

楚潇放下信：“这些信都没有寄出去，看来他是把这些都装在了心里，难怪他对我好是好，总有种淡淡的感觉，原来是曾经沧海。”

平岚安慰她：“你别想那么多了，这都是过去的事情，说不定艾慕自己都忘了，他现在爱的肯定是你，要不怎么会跟你结婚。”

楚潇说：“难说，我把这些信都看完了。看来他们当初还是青梅竹马，只是女方出国留学，林亚琴这边阻止艾慕出去，搞得他俩分隔两地，所以……”

平岚说：“你真别想了，对两个人的关系不好，你准备怎么处理这些信。”

楚潇说：“那还用说，全烧了。”

平岚说：“要我说你还是放回去，当没有发生。”

楚潇说：“这事儿我提都不提，等他发现信不见了，他自己心里清楚。”

平岚说：“我还是觉得这样不好。”

楚潇看着她，叹口气：“哎……你别管了，这些事情，只有我自己处理，我只是跟你倾诉倾诉。说到底，艾慕不信任我，家里外面，什么事情都不告诉我，这还是发现的，没发现的，不知道还有多少。”

平岚说：“不能这么想，夫妻双方，最重要的是信任，你们在一起生活那么久了，天天还是东猜西猜的怎么行？”

楚潇苦笑：“信任，那也得看人，齐昊天当然啊，艾慕……算了吧。”

平岚拍拍她的手：“别为这些没影儿的事儿烦心——不过听你那么说，我更不敢去见齐昊天他们家里人，万一他爸妈也那样，我根本不知道怎么办。”

楚潇安慰她：“情况不一样。”

平岚说：“今年过年本来昊天让我去他家来着，可是去之前，他告诉我，千万不能说我比他大两个月。我才比他大两个月，这都是罪过吗？我一生气就没有去。”

楚潇说：“看来还是美诗最滋润，工作不愁，刘子豪对她又好，听说子豪妈妈对她也好得很……”

话音未落，平岚的电话响起，平岚看了一眼：“是美诗。”

楚潇说：“按免提，我也听听她说什么。”

陈美诗在电话里吞吞吐吐地：“平岚，我一直以为，女人一旦‘那个’了，心理会发生很大的改变，现在发现，根本没有。心理一点变化也没有。”

楚潇哈哈大笑：“天呐，美诗，你跟刘子豪四年，终于破戒啦！”

陈美诗说：“死女人，你怎么也在，平岚替我打她两下。”

平岚说：“我可打不过她，再说你是没有看见她那肚子，走路我都想扶着，哪儿敢动手？”

陈美诗说：“那这一次先存着，看我干儿子面子上，饶过你一次。”

楚潇说：“哟哟哟，等会等会，谁说这是你干儿子？”

陈美诗说：“必须的，我必须是他干妈。”

楚潇说：“好好好，万一是女儿呢？”

陈美诗说：“那就是我干女儿呀。”

楚潇说：“得了，那等你跟刘子豪有了孩子，我也得当干妈。”

陈美诗说：“说什么呢？我跟刘子豪分手啦。”

平岚和楚潇都大吃一惊，平岚赶紧问：“什么时候的事儿？”

楚潇说：“那你跟谁‘那个’啦，竟然不是刘子豪。”

陈美诗说：“上个月提的分手，上星期刘子豪的妈妈带着他家的姑妈姨妈一起到学校来劝我，让我不要这么草率。”

平岚问她：“你到底怎么说的。”

陈美诗说：“不行呗。说不爱了，继续下去我觉得是一种欺骗，欺骗子豪也在欺骗自己。”

平岚说：“刘子豪肯定伤心死了。你到底怎么回事儿？”

陈美诗沉默片刻：“是呀，今天刘子豪也还来找我，说他还爱我。可我就是觉得……爱情不应该是这么平淡，应该是轰轰烈烈、你死我活、欲罢不能的。”

楚潇冲着手机大喊：“陈美诗你脑袋长包了，这样的爱情根本就不存在。”

陈美诗说：“存在呀，我已经找到了。”

平岚问：“是谁呀。”

陈美诗说：“我去公司实习的时候认识的，我们公司有 IT、汽车、新能源三大板块，他是在汽车那个板块。”

平岚说：“哦……是研发。”

陈美诗说：“不是，汽车装配，普通的一个工人，比我小六岁。”

楚潇说：“美诗你脑袋不是进水，是进屎了，他年纪那么小就上班，肯定大学也没有读过，你觉得你俩合适吗?”

陈美诗说：“他初中毕业就出来打工，我觉得没有什么，家庭、学历、金钱，这些都不能也不应该作为衡量爱情的标准。我跟他就是纯粹的爱。”

楚潇说：“你呀……你，你个瓜女人，人家刘子豪四年没有动你，这小子一星期就把你给睡了。”

陈美诗说：“感情到了，自然而然该发生的就发生了。我一站在他面前，就忍不住心跳。昨天他说要分手，我觉得长这么大，头一次感受到了心如刀割。”

楚潇说：“人家要分手，你还觉得挺美的。”

陈美诗说：“今天他又说要娶我。之前我问他，如果有了小孩儿怎么办，他说生下来养。”

楚潇说：“拜托，大姐，他拿什么养，这种哄你的话你也信，真有了，吃苦受罪的是他吗?”

平岚说：“美诗，听你那么说，我也觉得有点不靠谱，要不……还是，分了吧。”

陈美诗说：“我也纠结过，可是我不行，想到分手就难受，痛苦。”

平岚说：“要不你换个环境再考虑一下，子豪今天不是还找过你吗，你考虑一下到底是选子豪，还是现在这个。”

陈美诗又沉默了一会儿："那我干脆来找你们得了，公司的实习结束了，学校也没有什么事儿，只等着毕业答辩，我答辩的时候赶回来就行。"

楚潇说："好，我也想你了，你来就住我家吧，还能陪我说话。"

陈美诗说："行，住酒店一两天还行，十天半个月的，我也不愿意。还是住你家里好。"

陈美诗挂了电话，就准备到 C 市找两个好朋友。楚潇跟平岚唠叨完了，自己说："管他的，兵来将挡，水来土埋，我还不相信他们家人能把我给吃了。"

平岚安慰了陈美诗，又安慰了楚潇，自己回到寝室还是头疼。那两个不管怎么样，基本上去向是明确的了。

平岚家庭条件本来不好，到了这会儿工作还没有着落，她自然是着急。

大四开始，她就四处参加招聘会，无奈到她们学校的企业，实力都不太强大，或者有好的，还没等她去，人家都招满人了。

后来她又去齐昊天的大学，滥竽充数跟着一起投简历，也都如石沉大海。她本来考虑过艾慕的建议，今天听到他家里详细的情况，自己在心里想，看来还是不去他爸爸的公司为好，别让这复杂的关系变得更多一层了吧。

跟楚潇见面的第二天，齐昊天的学校正好举办一个大型校园招聘会。

平岚起了个大早到了他们学校，齐昊天迎出来，带着她走进去。

还没有到招聘会场，就看到人山人海，一眼望不到边。齐昊天拿出一张票："班长发的，每个人一张，说本校的先参加，外校要等着本校结束了，才能进去。你拿这张票，先进去吧。"

平岚说："我进去了，一投简历也知道我不是这个学校的，你先去。"

齐昊天说："那我陪你。"

两个人都站在那等，先看着本校的手里拿着票，排起长队进了招聘会场。外边还有至少几千人在那等着，看来C市不少其他大学的学生，都闻讯赶来了。

一个小时过去，两个小时过去，三个小时过去……等着的人渐渐不耐烦，你拥着我，我挤着你往前挪，到了后来干脆一拥而上。

平岚和齐昊天被挤得动不了，不由自主地被人裹着往前。会场外边一个锁着的大铁门，有胳膊粗，被铁链子拴着，在人群的拥挤下，竟然整扇门连着围栏都被压塌了。

平岚就又被人群裹着，莫名其妙进了招聘会场。一进去，人群就开始向着各个方向散开，平岚和齐昊天被挤散，也顾不上寻找彼此，都赶紧选合适的公司投简历。

有些公司在收简历的时候也跟应聘的学生简单聊几句，算是初试。

平岚奔波了一天，晚上才拖着疲惫的腿回了寝室，幸运的是第二天就接到了复试的电话。

平岚给齐昊天打电话。齐昊天说："复试是什么时候，在哪儿，我也去，要是咱俩能在一家公司，不是挺好的？"

两个人就按照通知，一起去了复试现场，复试完了还有第三轮面试和笔试，好在过五关斩六将，最后一起被选上，同时去了这家乳业公司。

平岚和齐昊天忙着找工作，陈美诗来了也没有怎么好好地招待。

陈美诗每天就跟楚潇在一起，同吃同住，同行同止。

艾慕带着她们两个去吃西餐，到了餐厅先帮楚潇挪椅子，再走半圈帮陈美诗挪椅子，楚潇挺个大肚子费力地坐下。

陈美诗说："难怪你说好，长得帅还这么有风度。"

楚潇就笑："那是刚开始的时候，在一起久了，什么缺点都出来了。"

艾慕也笑："刚开始我不知道，她是这么个暴脾气，一言不合就敢跳楼。"

陈美诗把餐巾铺在面前：“她呀，干得出来，上高中的时候一言不合就要抄家伙跟人干架。”

楚潇说：“行了，你也好不到哪儿去——男生给她的小纸条，她全扔了，最绝情。”

陈美诗说：“最绝情的往往最深情，还是没有遇到对的那个人。”

楚潇说：“好好，艾慕，你帮她参谋参谋，现在遇到两个，她左右为难。”

艾慕说：“哦？说来听听。”

陈美诗把自己的犹豫原原本本地说了。

艾慕认真地倾听，不时点头：“哦……陈美女长得这么漂亮，遇到追求者左右为难也是正常的。要我说这两个都不是合适的选择。”

陈美诗问：“为什么？”

楚潇也来了兴趣：“你说说。”

艾慕说：“刘子豪听起来很好，可是没有感觉，一辈子那么长，要是没有感觉怎么朝夕相处，天天生活。刚认识的这个虽然陈美女说有感觉，可是他怎么能给你好的条件呢，没有面包的爱情，能维持多久？”

楚潇说：“看不出来，你还有这个见识。”

陈美诗说：“其实道理我都明白，可是想到舍弃哪个，心里都觉得难受。”

艾慕说：“以陈美女的条件，不愁找不到最合适的那个。”

陈美诗叹气：“哎……不知道我的 Mr Right 在哪里。”

楚潇安慰她：“缘分到了自然就出现，你安心在这边玩几天。”

陈美诗说：“行，我听说这边有个滑翔伞基地，特别好。”

楚潇说：“我这个样子，也没有办法陪你去。”

艾慕说：“我陪她去吧，本来我也会，你在家好好休息。”

楚潇说：“你呀，万金油，什么都会点，什么都不精。”

艾慕纠正：“那可不是，我不是‘会点’。”

陈美诗说："是吗？我潜水、蹦极、滑雪什么都尝试过，滑翔伞还是头一次，好期待。"

艾慕说："下次潜水你可以跟我说，我有潜水执照。"

陈美诗惊讶地："真的呀，我听说潜水执照全世界都没有多少，很难考的。"

艾慕哈哈大笑："哪有那么夸张，潜水组织分级和用途不一样，我考的 OPEN WATER DIVER，也就是开放水域初级潜水员。哈哈哈。"

楚潇说："要不说你是万金油呢。"

陈美诗还是有点崇拜："那也很了不起。"

第二天艾慕陪陈美诗去玩滑翔伞，两个人尽兴而回。

艾慕不在的时候，陈美诗就跟楚潇说："我觉得你眼光不错，捡到宝了。"

楚潇说："有些事情呢，外人看起来都好，其实冷暖自知。只是我以前没有谈过恋爱，也可能恋爱本来就像这样，风风雨雨、磕磕绊绊的吧。"

陈美诗住了有一个月，要走的时候，三个好朋友聚在一起。

平岚说："没想到楚潇倒留在 C 市，美诗去了江南，我和齐昊天被公司分到东南片区去了，以后天南海北的，不知道还能不能聚到一起。"

美诗说："能，有什么不能的，我想起来就找你们两个一起玩。"

楚潇说："你是找我呀，还是找她？"

平岚说："马上要工作了，不说努力奋斗，还玩呀玩儿的。"

陈美诗说："那有什么，人生短暂，开心最重要。"

楚潇说："那我们约定，每年至少聚一次。"

平岚说："行，我同意。"

陈美诗说："好，说到做到，谁耍赖是小狗。"

三个女孩儿的酒杯碰在一起，算是为这个口头约定盖下了鲜红的印章。

15

大学毕业的假期，平岚回家好好陪了陪父母，其间实在推不掉，只有去了齐昊天家里，去之前齐昊天就提醒他：“别跟我爸聊天。”

齐昊天的爸爸妈妈颇为热情，只是每次吃饭的时候，桌上只摆两个菜，平岚也没有多想，吃完了饭就去捡碗。

齐妈妈推让：“放着，放着，我来。”

齐爸爸坐在沙发上：“让她做，这是她该做的。”

平岚听着就有点不是味道，但还是每次都收拾了。

到了第三天，吃了中午饭，齐爸爸跟平岚聊天，就说：“我现在住的这套房子呢，写的就是昊天的名字，也值十几万，以后都是你们的。”

平岚一头雾水，不知道说什么，只能报以尴尬而不失礼貌的微笑。

齐爸爸接着说：“现在我们住的都挺好，不过还是准备换地暖，你们在这儿住，冬天更暖和。”

平岚更加疑惑：“我住几天就走。”

齐爸爸点头：“是嘛是嘛，以后还是要在这儿长住。”

平岚说：“没有啊，我们九月就一起去公司报到。”

齐爸爸说：“公司，什么公司？”

平岚想了想：“工作单位呀。”

齐爸爸一迭声地喊：“齐昊天，齐昊天。”

齐昊天看到他们两个聊天，就预感到了不对，自己躲起来了，听到喊声只有出来。

齐爸爸问他："平岚说你们要去单位报到，什么单位？"

齐昊天说："啊，一家乳业公司。"

齐爸爸说："在哪儿上班。"

齐昊天说："东南，具体哪个地方还不知道。"

齐爸爸一拍桌子："我家就你这么一根独苗，走那么远干什么，我和你妈死了，谁给我们送终。考大学我就不让你考那么远，你非不听，现在毕业该回来了。"

齐昊天说："哎呀，爸。"

齐爸爸说："爸爸已经托了关系，在咱们镇上税务局给你留了位置，旱涝保收。"

平岚说："叔叔，我们那么远读了大学，读完要是回来，那这个大学还读的有什么意义？"

齐昊天看了平岚一眼。齐爸爸说："那也比在外面给人打工强。你们回来，这房子也现成，吃住有我和昊天妈妈，什么都不愁。我不准你去。"

齐爸爸一拍桌子走了。齐昊天责怪平岚："我都跟你说了，别跟我爸聊天。"

平岚说："他跟我说话，我不能装听不见吧，怎么怪我？"

齐昊天说："早就告诉你，别惹他。"

平岚说："好好，是我惹着他了，我这就走，以后你也别惹我，分手。"

平岚说着收拾东西往外走，齐昊天扯着她不让。两个人高中三年，大学四年，认识七年，头一次认真地吵了一架，平岚到底走了。

平岚回到家，气得直哭，妈妈看见，问怎么回事儿？平岚原原本本说了。

妈妈就要了齐昊天家电话打过去。妈妈说："就算孩子们不远走，我们两家，一人拿一半的钱，在县里给他们买一套房吧。"

齐爸爸说："我们家有房子，还买什么？现在房子烂大街，不值钱，买了就亏。”

妈妈说：“那给两个孩子办个婚礼吧。”

齐爸爸说：“他们才刚毕业，以事业为重，不要太着急。说不好听的，昊天妈妈那个样儿的，我都没有抛弃她，你女儿不用担心我儿子不要她。”

平岚听这么说，心里更加生气。妈妈也生气，问她去齐昊天家，到底什么情况。

平岚跟妈妈说了。妈妈说：“虽然不是什么客人，头一次去，连菜都不炒几个，这么办事儿也是够呛。红包给没有。”

平岚说：“没有，给了我也不能要。”

妈妈说：“你不要是不要的，这些礼仪都不讲，办事上面太不讲究。”

平岚说：“别说红包，连衣服都没有买一件。还有说的什么话，‘以事业为重’，‘不用担心’，是我死乞白赖缠着他家齐昊天吗？分手，肯定分手。就算在一起，我也一辈子不会花他们家一分钱。”

妈妈说：“你自己的事情，自己掂量，爸爸妈妈都没文化，也帮不上什么，也不能瞎给你出主意。”

隔天齐昊天爸爸又把电话打过来，告诉平岚：“我跟齐昊天断绝父子关系了，我以后就当没有这个儿子，那么说不听，非要走，要走就让他永远别回来。气死我了，我没有儿子。”

平岚听着电话那边的抱怨，少不得还得耐着性子劝：“是我不对，叔叔你别着急，是我惹你生气。”

放下电话，平岚更加不高兴，看见齐昊天打来的电话，干脆不接。

入职培训的时候，齐昊天早早地就去报到，看见平岚终于出现，他赶紧过去：“我给你打电话，你怎么不接？”

平岚说：“我怕惹着你，你不是要留下端铁饭碗吗？”

齐昊天说：“谁说的？我爸是我爸，我是我，大学我就不想花他的钱，现在更要做自己想做的事儿。”

平岚说：“就是，好好做事，‘以事业为重’，谈恋爱的事儿以后再说。”

平岚一转身又走了，一个月的入职培训，对齐昊天都是爱答不理，培训结束以后，两个人去了东南，同一个省不同的两个县城。

平岚又一次孤身一人，到了一个完全陌生的环境。

她自己租了个单间，跟房东住在一起。房东有两个孩子，一儿一女，儿子天天抱在怀里，有什么好吃的都先给儿子留着，女儿就像抱养的，七八岁了还没有去上学，天天在家里吮着大拇指，眼馋地看着弟弟跟妈妈又搂又亲。女儿闲来生非，没事就把平岚晾的衣服拉到泥地上，要不就把不知道哪里捡的垃圾丢进她房间。

她一个人初来乍到，本就心烦意乱，再看到这样的情况，忍不住就想冒火。那个女孩却毫不示弱地叉着腰，盯着她。平岚无奈，只有告诉房东，结果房东把女儿一顿揍，平岚倒过意不去。以后熊孩子仍然那样捣蛋，她只有出门默默地锁门，把衣服也全晾在房间里。

居住上面不顺心，工作上也没有太多事情。有一次齐昊天爸爸给她打电话：“我听昊天说，你们在超市里当促销员，卖奶粉。”平岚说：“不是，叫促销督导，管理促销员，协调经销商……还有……”齐爸爸说：“读了大学回来不行，去超市站柜台倒行……”

平岚越发不快，为了齐爸爸的话，更为了自己眼下的处境。

她虽然跟齐爸爸那么说，管理这个那个的，实际上促销员卖得越多挣得越多，不用她怎么管，人家看一个刚毕业的大学生，也不怎么服她管。

经销商自己开了一个商场，还要给县城各个点配货，忙都忙不赢，她去了反而有种添乱的感觉。何况经销商那边同时代理几个奶粉品牌，另一家品牌的工作人员，一看见她就言语轻薄。平岚有一次逛超市的时候，就顺便买了把水果刀放在包里，预备有人惹到她头上的时候保护自己。

她也曾经跟着经销商的工作人员到下面村镇铺市，看到村口地头到处写着标语“溺毙女婴犯法”“生儿生女都一样”，她忍不住鸡皮疙瘩起一层，渐渐地就不想再往下面走。

各方面的不顺心，让平岚郁闷、不快，她又不想在住的地方跟一个七八岁的小女孩斗智斗勇，只能日日在外游荡，不知不觉把县城两条清代保存下来的老街走得烂熟。

这两条街上多的是木雕作坊，有一家叫“可雕”，她觉得名字起得有趣，没事儿就蹲在门口看人刻菩萨。

可雕的老板看她面善，时不时地拎条小凳让她坐，或者倒杯水给她喝，两个人从来没有什么交流。那老板闷头干自己的，也从不问平岚从哪儿来，干吗的？

有一天平岚又在那家门口看，一个须发皆白的老头走了进来，声音洪亮地喊：“白老板，忙啊。”

白老板抬起头，高兴地：“朱老师，你倒有闲。”

朱老师哈哈大笑：“无事不登三宝殿。”

白老板放上手上的活：“老规矩，先喝茶，再谈事儿。”

白老板把工作台上的一个佛首恭恭敬敬地放到一边，用手去拂锯末子。

朱老师抬手制止：“不用，木乃出于自然、天然，不碍事儿。”

白老板转到里间，不一时，掀帘子出来，把一张精致古朴的茶盘摆在工作台上：“前段时间得了一段上好的紫檀，没舍得做别的，专门雕了这个自己用。”

朱老师接过茶盘，口中赞叹不已，平岚也觉得好看，不由自主地迈步进了店，朱老师冲着她友善地一笑，继续欣赏手里的佳作。

白老板又端了个木桶，放在地上，拿根软管一头接到茶盘下面，一头放在桶里。他又进进出出端出好些东西摆在茶盘上，一样一样都那么精致，那么有味道。特别是那套木雕的茶壶茶杯，不饰雕刻，只保留着原木本身的纹理，珠圆玉润地映着外面的天光，散发出淡淡的香气。

平岚关于喝茶的仅有的记忆，就是每年春节，姥姥家的舅舅姨妈都聚在一起，拿个红的或者绿的老式暖水壶，抓点茶叶进去，预备他们打麻将的时候随时倒出来喝，茶杯用最普通的玻璃杯子，常常还有污渍在上头。

她从来没有见过这个阵仗，心里波澜壮阔，心脏紧张地狂跳，不亚于第一次坐齐昊天自行车的感觉。

白老板拿出一包茶叶，朱老师说："等等，今天喝我的。"看向平岚："你要不要也一起?"

平岚赶紧点头："嗯嗯，谢谢朱老师。"

平岚坐下，看到朱老师掏出一个茶叶包，小心翼翼地交给白老板。

白老板烧了滚水，先挨次洗了茶杯，又洗了茶叶，随后摇了摇拿给朱老师，朱老师放在鼻子下面闻了闻，递给平岚。

平岚也照着朱老师的样子闻了闻，一道清香入鼻，竟然一点没有受到周围各种木香的干扰，那么清晰地钻入了平岚的心里，钻进了她的五脏六腑，钻进了她的灵魂深处。

茶水泡好，平岚端起品了一口，惊讶地张大了嘴："好香。"

朱老师说："这茶叫蜜香，茶树在生长的过程中，被一种小虫叮咬，小虫的唾液里含有一种蛋白质，所以喝起来有果香和蜜香。"

平岚张着的嘴合不拢："天呐，太奇妙了。"

白老板说："朱老师是台湾著名的茶专家。"

朱老师说："专什么家，世代种茶的。"

平岚说："朱老师，我要跟你一起种茶。"

朱老师哈哈大笑："你要跟我去台湾当茶农啊。"

平岚斩钉截铁地："不管做什么，我就想跟朱老师学茶。"

白老板说："这小姑娘没事儿就在我门前看我做木雕，挺有趣的。"

朱老师说："那这样，我要到附近的几座茶山考察，下周一你还到这儿，跟我说说你对茶的了解。"

平岚说："嗯。"

离开可雕，平岚立马开始钻书店，钻网吧，几天的时间上网并且在书上查阅跟茶有关的资料。

周一一大早她就跑到可雕等着，一直到日头偏西，朱老师才优哉游哉地出现。

平岚说：“朱老师，我对茶了解了。”

朱老师坐下，点点头：“说来听听。”

平岚说：“茶，灌木或小乔木……”

朱老师挥挥手：“说点别的。”

平岚说：“陆羽《茶经》评茶，一之源；二之具；三之造；四之器；五之煮；六之饮；七之事；八之出；九之略；十之图——一之源头，茶者，南方之嘉木也……”

朱老师和白老板饶有兴趣地看着平岚把整部《茶经》给背出来了。

白老板说：“这小姑娘，还挺能背。”

朱老师呵呵笑着，等她背完了，问她：“我问你，福建有哪些好茶。”

平岚傻眼了。

朱老师接着问：“从茶树种植到茶叶投产，需要多久。”

平岚张张嘴，什么也没有回答出来。

朱老师说：“我在这边的事儿已经办完了，但我专门等你两天，你明天这个时候来，看看能不能把这两个问题回答上来。”

平岚拼命点头：“好的好的。”

平岚又钻网吧，熬到深更半夜才回住的地方，第二天一大早，又去可雕。

这次没有等太久，朱老师翩然而至，一坐下就开口道：“说吧。”

平岚说：“茶叶主要分为绿茶、红茶、乌龙茶、白茶、黄茶、黑茶几大类。福建的铁观音、岩茶和一部分红茶都做得比较好。各地茶树产茶的时间都不一样，福建一般茶树种植三年才能采摘茶叶，有些要五年才能采摘。”

朱老师点点头：“中国古代著名的窑口有哪些。”

平岚又傻眼了。

白老板在旁边说：“我觉得这姑娘不错，朱老师别为难人家。”

朱老师说：“昨天还背一之源；二之具；三之造；四之器呢，

哪种茶用哪种茶具最合适，哪种器型的茶壶跟哪种风格的茶室最搭配……学茶，不仅仅要熟悉茶叶，也要精通跟茶有关的方方面面——学茶，学的是中国传统文化。”

平岚说：“我懂了，朱老师，我中学就熟读了四书五经，我喜欢传统文化。”

朱老师和白老板一起被逗得笑起来。

朱老师说：“一般的茶树，从种植开始，到茶叶采摘要几年的时间，云南有些古树茶，树龄可以达到百年以上，自然万物有其生长的规律，急不得。我们茶人也是一样，在现在的社会，不能够心浮气躁，急功近利，要沉下心来，踏踏实实地做茶。”

平岚感激地说：“明白了，谢谢朱老师的教导。”

朱老师说：“你先别急着谢我，这是我的电话，我要去西南C市帮助台湾的一个老板做茶室，正需要人，如果你有兴趣，家人也同意，就到C市来找我，那今天就当是我给你上的第一课。如果你不想去，那就当是一个陌生老头子的闲谈吧。”

平岚高兴地说：“我在C市读的大学，我一定用最短的时间回去。”

16

平岚从可雕走出来，气宇轩昂地迈开大步，看天上，天上的太阳格外的明媚耀眼，看地上，地上的小草绿的喜人，看老街，街上的一块窗棂一块门板都显得生机勃勃。她高举双手大喊一声：“耶……”把路边一个买油炸小吃的大妈吓得一哆嗦。

她开心地一通暴走，走过两条老街又走到了穿城而过的一条河边。

平岚坐在河边的一块山子石上，掏出电话：“昊天，我觉得我们不能再这样下去了。”

齐昊天一头雾水：“咋地啦，你想啥呢？”

平岚说：“我一直都想离开小城市，结果现在还是在小城里生活。”

齐昊天开解：“这不是暂时的吗？以后还会升职的。”

平岚说：“我们这个职位，就算升职，最多是城市经理，还是在小县城，现在公司在全国有一千多个城市经理，可是只有二十多个大区经理，就算我们有一天能升到大区经理，至少要十几二十年生活在小城市，我不喜欢这个工作。何况公司规定，恋人不能在同一个地点，我们难道一直这么异地相处？”

齐昊天说：“我去你那里只有四个小时的车程。”

平岚说：“不，我不喜欢这样，而且我也不喜欢现在周围的这些人。”

齐昊天说：“工作不都是这样的，哪有那么多喜欢的事情给你做。”

平岚说：“我现在遇到了喜欢的事情，我要去做，我要回C市。”

平岚把遇到朱老师的事情原原本本说了，齐昊天说：“你可真行，你不怕遇到人贩子在水里下了药，把你卖到山沟里？”

平岚说：“听他讲的那些，是有真才实学的，再说好巧不巧刚好是C市，我们熟悉的地方。而且我真的喜欢茶——不，我觉得我热爱，我要做我热爱的事情。”

齐昊天说：“你决定了吗？”

平岚肯定地：“我决定了。”

齐昊天说：“好吧。”

平岚去网吧写了辞职信，投递到领导的邮箱，等回复。没有几天，领导找她谈话，看她去意已决，只能批准。平岚又交接了几天工作，买好车票又给齐昊天打电话。

平岚说：“昊天，我走了哈。”

齐昊天说：“什么时候几点的车。”

平岚说：“后天下午两点。”

齐昊天说：“好的，上了车把东西放好，钱也贴身放好，你那么笨，别让扒手盯上。”

平岚说：“你不来送我？”

齐昊天说：“送什么送？你也不是找不着哪趟火车。”

平岚有点失落：“能找着。”

齐昊天说：“行，那用不着我送。”

齐昊天把电话挂了。平岚觉得心里委屈，以后天南地北的见不着，要走了都不来送，怎么这么没心没肺的。人都说异地恋靠不住，两个人异地没几个月，怎么就成这样了？

平岚委屈一回又生气一回，还是只能自己收拾东西，到了出发的时候，她提个大大的编织袋往火车站赶，跟着人群挤上车，坐个硬座十几个小时摇到了C市。

火车停稳以后，平岚背上笨重的编织袋，跟着人群往出站口走，头发因为长时间靠在座椅上显得凌乱，脸上也风尘仆仆，因为坐车不能及时清理隐形眼镜，所以戴了高中时那个大大的镜框眼镜，她整个人看起来就跟个落魄的盲流似的，下楼梯的时候还差点摔了跟头。平岚站住脚，平复了一下心情，把编织袋扛在肩上继续走。

终于闷头随着人流出了车站，没有走几步，一双手接过编织袋：“你个傻鱼，跟霜打的茄子似的，不是说的那么有信心吗？我看也是一时心血来潮。”

平岚一抬头，看见齐昊天坏坏地又有点心疼地看着她，她给了他一拳：“你怎么在？”

齐昊天说：“怕你被人拐走了卖到大山沟里。”

平岚说：“请了几天假。”

齐昊天说：“请什么假，辞职了。”

平岚说：“你咋不告诉我，咋不跟我一起走，让我一个人遭罪，咋想的，你……”

齐昊天说：“行了行了，哪儿那么多废话，我提前回来把房子找好，你倒是不管不顾，说走就走，回来住哪儿，怎么吃饭，都不用考虑？”

平岚说：“好好，每次都是你有理。”

齐昊天说：“不敢不敢，不像你，没理也能辩出三分理。”

齐昊天牵着平岚的手，带着她坐公交车，在他大学附近下了车。齐昊天说：“这个地方熟悉些，交通方便，附近有菜市场，还有超市，生活也方便，只是住的不太好，是跟人合租的，委屈你了。”

齐昊天把她带进了一个老式的居民小区。上了楼，平岚推开房门，看到一个单间，里边只有一个老式衣柜，一张床，还有一台十四寸的小电视，墙上由于年深日久，墙皮有点斑驳，齐昊天不知从哪儿找的大红“福”字，贴满了一面墙。窗户朝向阴面，不知道房东怎么想的还用的不透光的毛玻璃，显得房间特别阴暗，衬的那些红“福”更加的亮眼。

齐昊天摸摸后脑勺，又说一遍：“委屈你了。”

平岚双手搂住齐昊天的脖子：“我觉得好，像结婚住的新房子，这是属于咱们两个独有的空间，我喜欢。”

两个人热烈地吻在一起。

齐昊天像买了新玩具的孩子，拉着平岚的手，带她看厨房，告诉她哪些是他这几天添置的，他们可以自己做饭，做汤，做想吃的一切。之后又带她看卫生间，虽然简陋，毕竟该有的功能都有。

平岚洗了个热水澡，躺在自己的床上，齐昊天也躺在她身边，两个人做了个爱，之后相拥着躺了整整一个下午和一个夜晚。

第二天平岚跟齐昊天先去了楚潇的家。

楚潇孩子已经出生，跟艾慕搬了新家，是个跃层的户型。一楼有个挑高六米的客厅和一个保姆房，二楼有一个主卧两个次卧一个健身房和一间书房，因为是顶楼，楼顶还做了个屋顶花园。

平岚和齐昊天坐在沙发上，等保姆上二楼叫楚潇，不一会儿楚潇下楼，陈美诗也下楼来。

平岚大吃一惊：“美诗，你怎么也在？”

陈美诗说：“看我儿子的干妈。”

楚潇推了她一把：“是看你干儿子的妈。”

陈美诗笑：“反正就是看你这个女人。”

楚潇说：“行了行了，不是我让你来看的，打都打不走。”

平岚说：“孩子呢，快抱出来我看看。”

保姆应声上楼把孩子抱了下来。

平岚和齐昊天赶快凑近了看，平岚不住地赞叹：“真漂亮，把你和艾慕的优点都长到一起了，怎么这么会长。”

齐昊天也说：“一看长大就是个大帅哥。”

平岚问：“多大啦？”

楚潇微笑着带着母爱地看：“马上周岁了。”

平岚说：“哇……办酒席要通知我们。”

楚潇笑：“肯定的，周岁跟着婚礼一起。”

陈美诗问：“不是说面子不好看不办婚礼了吗？”

楚潇说：“松口啦，对外都说我们在国外的教堂办了西式婚礼，这是在国内又办一次。”

平岚说：“其实婚礼不婚礼的，就是个形式，两个人相亲相爱的最好，我跟昊天都不准备办。”

陈美诗说：“那可不行，女人一辈子就这么一次，必须办，而且得办得风风光光的。”

楚潇摇摇头：“我们这个情况，还能怎么风光，不过就是请些走得近的亲戚朋友，可能有一些他爸爸公司的客户员工，我也不管，都等他们办去。”

陈美诗若有所思地：“哦……”

楚潇说：“其实我老家不在这，读书不在这儿，连我爸都不来，没有娘家人，全是他们家那边请的，我想管也管不了。”

齐昊天拍拍胸口：“我们就是你娘家人儿。”

楚潇说：“行行，到时候你们全来，一个也不能少。”

齐昊天说：“必须的。”

平岚问她：“你爸爸为什么不来，来看看女儿和外孙子也好。”

楚潇苦笑：“他不喜欢艾慕，其实当初也不同意我们在一起。孩子刚生下来的时候来过一次，看见艾慕爸爸妈妈了，好像有些不愉快，给我扔个红包没待两天就走了。”

齐昊天问：“孩子起名字没有。”

楚潇说：“艾慕说孩子叫艾楚，我没同意，谁知道以后他会不会爱上别人。”

陈美诗说：“艾美，我觉得这个好，爱美之心人皆有之。”

楚潇推了她一把：“一个男孩叫艾美，亏你想得出来。”

几个人一阵笑。

齐昊天说：“叫艾潇，我觉得这个好，潇潇洒洒。”

楚潇说：“行了，别在我名字上做文章。”

平岚说：“赫煊怎么样，‘有匪君子，赫兮煊兮’。”

楚潇说：“艾赫煊，挺好，可惜孩子爷爷给取了名字了，叫艾希。”

平岚念着：“我觉得还是这个好，充满希望，也是想孩子能爱惜现在的生活。”

楚潇说："艾慕也这么说。"

陈美诗在旁边："他还挺有学问。"

楚潇笑："得了吧，这个跟学问可沾不上边，再说也不是他起的名字，他说了几个，都土得掉渣。"

平岚问陈美诗："你在新公司怎么样？"

陈美诗说："好啊，可好玩啦。我们是一个大厂区，特别大，研发车间、生产车间还有职工住宿什么的。上班一个月，我就发现了一个商机。"

几个人都好奇地问："什么商机？"

陈美诗说："因为我们厂区太大，又在郊区，吃东西特别不方便，我想研发一个平台，所有的美食都可以挂在平台上，职工能下订单，我给他们配送。"

齐昊天想了想："你准备怎么配送。"

陈美诗说："租两个车就行。我自己也尝试了一下，给职工送过面包。"

楚潇说："你自己送啊。"

陈美诗点点头："对呀，后来我发现自己送不行，我要走很远，买回来一个只能赚两毛到五毛钱。"

平岚说："我觉得你这个想法挺好的，可是送一个两个面包这样的事情，不一定非得自己跑，时间都浪费了。"

陈美诗摇摇头："我觉得不是，有些事情要自己试了才知道。"

平岚问她："你出国啦，好玩吗？"

楚潇说："什么时候的事儿，你这个死女人又瞒着我。"

陈美诗说："哎呀……也没有走远，玩了几天就回来了，没有什么可聊的。"

齐昊天说："去哪儿了？"

陈美诗说："泰国，海边，只是去潜水而已。"

楚潇一伸手："礼物。"

陈美诗在她手掌心拍一巴掌："没有。"

楚潇扭着身体："要是没有我可不同意。"

陈美诗指着平岚：“你看人平岚，就不像你——哪有你这样上杆子要东西的？”

平岚说：“别看我，我也不跟你客气。”

陈美诗想了想：“大象便便做的本子，一人一本，臭死你们。”

楚潇大笑：“那我可不要。”

陈美诗哈哈地：“逗你们呢，做得可好了，我还自己动手做了。”

楚潇嫌弃地说：“咦——那我也不要。”

齐昊天说：“她们两个不要我要，听起来挺好玩的东西。”

陈美诗说：“行，其实我本来准备了，临出门忘拿了，给你们买了搽脸的，给齐昊天带了瓶香水，我寄到你们各自家里行了吧。”

齐昊天说：“我可不用香水，一个大男人。”

楚潇坏笑：“买都买了，别给她省。”

陈美诗拧她一把：“得了便宜还卖乖。”

楚潇饶有兴趣地看着她：“是跟刘子豪去的，还是小六岁那个小弟弟一起去的？”

陈美诗哼哼着：“没有……都不是，是……一个朋友。”

楚潇一惊一乍地：“啊？又换人啦？”

陈美诗说：“不是……想什么呢？”

平岚有点替她担心：“那你选了没有？”

陈美诗笑：“都甩了。”

楚潇说：“真有你的，不知道到底是哪一个，最后能把你给征服。”

陈美诗站起来：“我陈美诗，可不是随便一个路人甲都能看上眼儿的。”

楚潇抱着孩子，哄着：“哎哟，你得意什么，把孩子都吵醒了，你们先聊，我上楼去喂奶。”

楚潇抱着小艾希上了楼，几个人本来都是多少年的好朋友，一点不介意，互相聊得火热。平岚想到八字还没有一撇，也没有说自己准备做茶的事儿，只说想回来发展，还跟陈美诗开玩笑：“美诗，现在我和楚潇都在这边了，你也来呗，这边也有很多家好的科技公司。”

陈美诗沉吟片刻：“其实我想过，很有可能。”

齐昊天说：“你真这么想过？现在你的公司那么好，平岚说你一个月工资一万多，这才刚毕业，以后肯定越来越好，没有道理这么想呀。”

平岚用食指点齐昊天额头：“女孩说话你别插嘴，我巴不得美诗来，我们可以天天凑在一起，就像高中时候那样。”

齐昊天委屈地：“那我呢？”

平岚说：“你一边待着去，到那个时候，就没有你什么事儿了。”

陈美诗看着他俩：“好好，以前光看你欺负平岚，现在她算还回去了。”

齐昊天说：“我什么时候欺负她？没有的事儿。”

平岚说：“男子汉大丈夫，得敢做敢当。”

正开着玩笑，艾慕回来了，还是一身笔挺的西装衬衫，拎着个名牌包。

陈美诗迎上去，把他的包接过来放在一边，跟他说：“平岚和齐昊天来了，楚潇在楼上喂奶。”

艾慕看向他们两个，高兴地：“哎呀，稀客，你们什么时候回来的。”

平岚站起来：“昨天才到，先来看看你们。”

艾慕说：“行，行，你们坐，我上去看看艾希，马上就下来。”

齐昊天说：“没事儿，你忙你的，我们坐一会儿也该走了。”

陈美诗又坐回去：“艾慕去了他爸爸的集团，是一家子公司的负责人，过手都是大笔大笔的，年轻有为。”

平岚说：“厉害厉害，跟我们简直不一样。”

齐昊天笑：“这真是平台不同，起点不同。”

陈美诗说：“那也得有这个管理能力才行，要不还不是做不好。”

又说几句，艾慕抱着艾希下楼，一脸的宠爱，楚潇也跟着下来。

平岚站起来，拉着楚潇的手：“你看看你们一家，现在这么幸福，我真为你高兴。”

艾慕抬起头：“还差一点点。”

平岚问：“差什么?”

艾慕说：“还差个女儿。”

楚潇捂着嘴，笑道：“哎呀，当初是谁说不要，现在爱的跟什么似的。”

艾慕说：“要生个女儿我更爱，人都说女儿是爸爸前世的情人，赶紧生一个，啊。”

楚潇哈哈大笑，嘴里还是说：“要生你自己生。”

陈美诗咳了两声：“我后天就走了。”

艾慕说：“呀，这么快，多住两天。”

陈美诗笑：“我得回去上班。”

艾慕说：“你走了楚潇可舍不得。”

楚潇说：“我看是你有点舍不得。”

陈美诗红了脸：“我也舍不得你们。”

艾慕说：“美诗在这，不是有人陪你说话嘛。”

平岚一手仍旧拉着楚潇，一手拉起陈美诗：“我刚才还在说，要是我们三个能在一起就好了。”

齐昊天站起来，走到艾慕旁边：“这是要把咱们男士开除。”

艾慕说：“那咱俩先下手，把她们开除。”

齐昊天摸摸后脑勺：“我可不敢。”

艾慕大笑：“我喜欢你的性格，以后咱俩约，干点男人一起干的事儿，也不带她们。”

楚潇伸出头：“人齐昊天可是纯粹好男人，你别把他教坏了。”

齐昊天说：“不一定谁把谁教坏呢。”

几个人一起大笑，又一起吃了晚饭，尽兴方散。

17

平岚和美诗都走了以后，楚潇又恢复到了带孩子做家务的生活，有时候她也得跟着艾慕去别墅那边。林亚琴一如既往对她看不上眼，有一次看见艾慕西装上露出个标签，林亚琴一只手扯起标签：“你是怎么做太太的，老公买了衣服，你不知道把标签剪掉?”

还有一次一起吃饭，艾林一把将楚潇筷子上夹着的一块排骨打掉：“这是我们家花钱买的，你不许吃。”

林亚琴也去他们家，每次一进门就发脾气：“水果呢，有客人到家里，水果都不知道洗?”

楚潇说：“妈妈，水果都洗好了，我这就端出来。”

楚潇端出一盘水果，林亚琴指着说：“这就算完事儿了？苹果削皮，你到底是会还是不会?”

楚潇低着头，找来水果刀削皮。

削好了，林亚琴也并没有怎么吃，站起来四处打量，手指在桌子下面一个角落一抹，把食指伸到她眼前：“你看看，这么厚的灰，我知道这些事情有阿姨做，但是你是怎么监督阿姨工作的，你天天在家里都干些什么?”

阿姨闻声赶紧出来打扫，林亚琴又指着她问楚潇：“我拿来的那套制服怎么不穿上?”

林亚琴把之前楚潇见过的仆人装叫制服，楚潇实在是看不惯那个，只有撒谎说：“太小了，穿不上。”

林亚琴不依不饶地：“那我派人再送大一号的过来。”

楚潇经历过断炊的苦处，只能把做姑娘时的一腔暴脾气尽量藏着压着，不发生正面冲突。

也有时候她压不住还个一句两句的嘴，艾慕还得说她。

艾慕说：“现在公司大权在她的手里，你想让你老公失业，你想让儿子喝不上奶粉？”

楚潇说：“那是你爸爸的公司，也是你的呀，你就这么由着她骑在头上拉屎。”

艾慕说：“有些事情的改变，不是一天两天的，我也在想办法，但是我不能告诉你，也不能显露出来。要知道，现在她是总经理，艾林手上有五家分公司，我只是个子公司的经理，处处受制于人，爸爸身体不好，集团的事情也是三管五不管的，就算天天在，还不是听她们的？你知不知道韩信忍胯下之辱……”

楚潇打断他：“行行行，你懂得忍辱，我不懂，我看你是给自己找借口，好心安理得地看他们脸色生活。”

艾慕说：“我都这么跟你说了，你还是不相信，我能有什么办法。那你说说我们怎么办？”

楚潇不言语了，实际上她也没有更好的办法。

艾慕说：“你看看，吼的凶，天天破马长枪的，光有个暴脾气，有什么用？你要是有办法，你现在跟我说，你要是没有办法，你就给我忍着。”

楚潇一撇嘴：“天天看着别人刓酸老婆，一点不敢开口，你像个男人吗？”

这句话有点惹怒了艾慕，他站起来：“嫌我不像男人你可以去找像男人的，我们家情况就这样，要么忍，要么滚。我天天够烦的了，你还在这儿添油加醋。”

楚潇说：“这是你说的，滚蛋就滚蛋。”

艾慕说：“艾希给我留下。”

楚潇说：“凭什么？”

艾慕冷笑：“就凭你没有抚养能力。”

楚潇说：“现在这些是夫妻共同财产。”

艾慕说：“你做梦吧，连我都不知道有没有财产，买这房子，都是林亚琴安排好了，直接让我过去签字，所有的钱从她的账上过。”

楚潇说：“让你签你就签，你傻呀。”

艾慕说：“可以不签啊，我不签你住哪儿，你吃香的喝辣的从哪儿来？”

楚潇说：“我看清楚了，你们家没有一个好东西，我大不了起诉离婚。”

艾慕冷笑：“知道律师费怎么收的不，就我们家这些家产，要打官司光是律师费你挣十辈子都付不起。你也不用折腾，我说了，要么忍，要么滚，要跳楼就跳楼，这次我一点不拦着，救护车都不会喊，你自己考虑办。”

楚潇气得连夜收拾东西，去酒店住了两天，还不到三天，就想孩子，不知道这几天艾希吃的什么，出生就开始喝母乳，奶粉能喝惯吗，会不会拉肚子，自己两个乳房涨奶涨得跟梆硬的石头块儿一样。她终究耐不住煎熬自己回去了。

等到孩子周岁和婚礼的第二天，吃早饭的时候艾慕就说：“把我妈接过来一起住吧，我亲妈。”

楚潇不动声色地：“啊，可以啊，在我们小区再买一套房，现在人都说了，父母和子女要保持一碗汤的距离，就是做了一碗汤，端过去还没有凉。”

艾慕说：“我说的是接到这，这个房子里。”

楚潇手里正端着一杯牛奶，兜头给他泼了过去，艾慕一句话没说，去卫生间洗澡换衣服，早饭也没吃，当天就搬到另外的房间去睡。

两个人不冷不热的，过了大半年。

艾慕越来越多的晚归，有时候还接连几天不回家，楚潇按捺不住，有一次在客厅里等到凌晨，才看见艾慕醉醺醺地回来。

楚潇“腾”地站起来：“恭喜艾总啊，业务越来越繁忙，在公司越来越重要，到了非你不可的地步。”

艾慕把手上搭着的西装外套往沙发上一甩：“有话就说，有屁就放，大晚上阴阳怪气的。”

楚潇说：“你看看几点了，你是不是在外面有别的女人?”

艾慕说：“行行行，你说有就有。”说完自己进卫生间洗澡去了。

楚潇连吵架都没有了对手，自己坐在沙发上生闷气，流眼泪。坐了一会儿，站起来掏出艾慕的钱包，先翻钱包里有没有可疑物品，然后又掏出他的手机，翻他的短信和电话接打记录，翻半天不得要领。

艾慕洗了澡出来，又回到自己的房间，一头倒在床上。

楚潇气不过，一脚踹开房门走进去：“今天必须把话说清楚，我到底还是不是你老婆，这到底还是不是你的家，你在外面到底有没有别的女人。你给我起来，不说清楚别想睡觉……”

艾慕翻了个身，把被子蒙住头，假装听不见。楚潇干脆一把拉开被子，去扯他起来，嘴里还是连珠炮地诘问。

艾慕实在无法忍耐，又不想吵架，干脆借势一把将楚潇拉到床上：“你说你是不是我老婆，我这就告诉你……”

楚潇一边挣扎一边用力地打他，奈何力气再大，也赶不上个男人。

没有几天，楚潇发现自己又怀孕了，她看着老大，想着肚子里的老二，盘算着要是真离婚，以后到底怎么养俩孩子。她想着，自己还年轻，找工作应该不难，再说爸爸还有家建材公司呢，可是艾家无论如何也不会放弃孩子的抚养权。自己能舍得两个宝宝吗?想来想去，当妈的还是离不开孩子。只能忍。

艾慕看她又怀孕了，态度有所缓和，无事的时候告诉她：“你别怪我着急，你想想，我是最不喜欢林亚琴的，可是在这个处境下，我能怎么办，我现在才到集团多久啊，在公司里要人没人，要权没权，集团里虽然有我的股份，那能动吗?难道我愿意看脸色，听教训?像你那样直接顶回去容易，但是那样，对我们的生活有什么改变和不同，只会更让她掐住脖子。”

楚潇说：“那她一直把我当老妈子一样呼来喝去的，一点尊严都没有，你都不说一句。”

艾慕说：“我都跟你说了，先忍耐，等我在公司有了根基，有了自己的积累，到时候看我跟她母女一争高下。”

楚潇说：“可是你让我滚蛋。”

艾慕搂着楚潇：“那平常吵架，你还让我去死呢。”

楚潇说：“切，去死……”

艾慕说：“你看你看，谋杀亲夫呀，是谁更狠？”

楚潇说：“这个时候又来说好听的。”

艾慕说：“不是哦，起夜给艾希换尿不湿，带着他打预防针，我也没少干。工作忙起来的时候，晚回家几次，你看你那样儿，哪个在外面忙事业的男人，都能天天那么准时地回家？”

楚潇不以为然：“是你亲儿子，不是应该的嘛。你是晚回家几次吗？”

艾慕摇摇头：“行了，我以后注意，应酬能推的尽量推，这总行了吧。你去外面看看，现在像我这么带孩子的爸爸有多少，以后两个孩子读了幼儿园，天天我接送，让你睡懒觉，行了吧。”

楚潇撇撇嘴：“我可真是信你的话哟。”

艾慕笑：“你要是不信，我也没有办法。”过了一会儿又说：“你也别不知足，你看看自己住的、用的、吃的、穿的，还有什么不能忍的。”

楚潇想了想：“那好吧，要以我的脾气，可不是这么处事。”

艾慕又黏上来：“好，知道你委屈……”说着开始脱她的衣服。

楚潇按住艾慕的手：“干吗呀，怀着呢。”

艾慕意兴索然地：“怀老大你就这么说。”

楚潇说：“本来就是，为了孩子好。”

艾慕说：“你问问医生，怀孕也可以做这事儿。”

楚潇想了想：“那反正你轻点。”

艾慕反而松了手：“算了，改天吧。”

楚潇在家里，一边带大的，一边定期产检、保护小的，一晃老二出生，是个女儿，不知不觉从上次三个好朋友聚在一起都过了一年多。

这一年多里陈美诗空了就到C市看望楚潇，告诉她自己工作上的“新闻”，有时候平岚听说她到了，也去聚聚。

陈美诗那个外卖配送平台的想法，没有坚持多久就放弃了。她又组织了两次公司员工市区一日游，包车、请司机、联系景点的忙，一天下来算了账，发现才挣了一百多。她不觉得辛苦，只是觉得“好玩”，跟两个好朋友说起来也是眉飞色舞的。

平岚听了就劝她：“这些事情旅行社不是能做吗，你应该把时间放在工作上面，或者放在你真正感兴趣的上面。”

陈美诗肯定地：“这个我就感兴趣。”可是到了下次见面她自己说：“我没有尝试包车了，我现在组织人买车。”

平岚问她怎么回事儿，她说：“我们公司也生产汽车，我在网上组织想买车的人，去4S店里参观，搞一些活动，每次都能有两三个成交的，我赚点提成。”

平岚和楚潇就不答话。等到又见面，果然陈美诗又有了新的想法，这想法换来换去，最后她告诉她们两个：“我想好了，我要做一个网站，各种功能都有，有跳蚤市场、老乡会、二手商品交易、同城相亲，还可以卖东西，总之现在年轻人需要的，都能在上面找到。”

平岚问她：“如果有人在你的网站买了东西，你怎么送呢？”

陈美诗说：“我想好了，现在还只是针对厂区，有人要我自己送，以后我准备推广到各个商圈儿、居民区，到时候我就组织居民区退休的大爷大妈，送一件根据商品价值提成。”

平岚说：“我觉得这想法好，可是做法有点不妥，具体哪里不妥，我说不上来。”

陈美诗说：“没有啊，用户反馈的信息，都觉得这个网站好，我现在要做的就是完善各个功能模块，同时增加用户数。”

楚潇问她：“现在有多少啦？”

陈美诗说：“两千多。”

平岚说：“我不懂，但是不管你做什么我都支持你，我相信只要坚持下去，一定会有成果。”

楚潇问她：“有没有意中人，以你这招蜂引蝶的体质，肯定追求的人不会少，选好了没有。”

陈美诗笑推她：“什么体质，又不是我勾引他们的，我做我的事儿，他们自己要往别处想，我有什么办法？”

平岚说：“那你到底有男朋友没？”

陈美诗沉吟片刻：“也算有，也算没有。”

平岚诧异：“这算什么话？”

陈美诗说：“得了，咱们不说这个话题。”

楚潇看着她坏笑：“肯定有事儿瞒着我们，老实交代，要不我就……”

楚潇作势要咯吱美诗，美诗咯咯笑着：“没有，真没有，快饶了我吧……”

如此问了几次，陈美诗都神神秘秘的样子，更引起了楚潇和平岚的好奇。

18

这一年多楚潇相夫教子，陈美诗在“有了新的想法”和“换了新的想法”之间不断尝试。

平岚还是沿着自己选择的路，一条道儿地下去。

她先跟朱老师取得了联系，随后按照朱老师说的时间地点约定见面。

平岚忐忑不安地走进一家茶楼，发现朱老师和另外一位中年男子已经先到了。

朱老师介绍道：“徐总，这位是我跟你提到的平岚，以后准备她来负责我们茶室的筹办和运营。”

徐总说：“朱老师看的人不会差，这些具体的事情你自己决定就好，我只需要知道茶室开业的日期。”

朱老师说：“这姑娘有股子韧劲，又纯净，只是对茶的了解太少，还需要我再教一段时间。”

徐总说：“要多久呢？”

朱老师问平岚：“你觉得呢？”

平岚想了想：“一年。”

徐总摇了摇头。平岚气怯，心虚地：“要不……半年？”

徐总说：“三个月以后茶室开业吧，可以边做边学。这样，全国的茶叶产地，只要你想去都可以去，所有的茶艺学校，你想去听课还是想去进修，都行，费用跟公司财务联系报账。”

平岚大喜过望，忙不迭地点头，连声道谢。

从这天开始，她上午就在C市大街小巷奔波，找茶室的场地，下午就专心地跟朱老师学习茶文化。

朱老师心里看重这个学生，把毕生所学倾囊相授，从茶叶的种植开始，告诉她："好的茶园是不用那些化肥、农药的，我家在阿里山脉的茶园，茶树间立着一种纸板，上面涂抹了能吸引虫子的颜色或者味道，虫子飞过来，就被粘在上面。除草用的这样一种形状的铁丝，在土里划过，就把杂草全部切断了，切下来的草可以拿到专门的地方沤肥，也可以留在那，烂了仍然是好的肥料。"

平岚听的连连点头，问他："有这么好的方法，那为什么现在还有那么多茶园要打药。"

朱老师说："这很简单呐，我家有一片茶园，你家也有，我们挨着的，你打了药，我没有打，那害虫就全跑我家来了，所以都打药，也是一种无奈。"

朱老师又详详细细地跟平岚讲茶树生长的土壤、气候、环境，给她打比方："比如台湾的金萱茶，好多人把它当高山茶卖，说它是青心或者其他品种，实际上这种茶只能在海拔1300米以下种植，不能在高海拔生长，或者即使种出来了，茶的质量也不好。你听过'橘生淮南则为橘，橘生淮北则为枳'吧？"

平岚点头："知道。"

朱老师说："茶叶种植也是一样，同样的一种茶，只有在最适宜的土壤里才生长的最好。"

平岚听了连连点头，默默地都记在心里。

朱老师又变着花样地给她喝茶，告诉她不同茶的种类、口感、含有的有机物，等等。

最开始平岚喝着都是一个味儿，分不出来其中的差别，她就随时带着茶叶，跟人谈场地的时候喝，跟楚潇和美诗聚会的时候喝，回家喝，出行的路上也喝。

朱老师又教她泡茶，坐姿什么样，手势什么样儿，为什么要摇香，喝完了还要引导茶客闻杯底香，告诉她："好茶也像红酒一样，是会挂杯的，喝完了杯底留香，回味无穷。"

平岚自己买了一套茶具，天天下班回家就泡茶，自己喝也让齐昊天喝。

齐昊天开始还挺高兴的，喝了几回，就埋怨她："你昨天给我喝的，愣是让我到凌晨四点睡不着觉。"

平岚想了想："昨天喝的绿茶，绿茶中含有咖啡碱，确实是提神的。今天喝红茶，红茶暖胃，也不会影响睡眠。"

齐昊天说："你自己慢慢喝吧，我还得看书。"

齐昊天回C市以后，一直没有找到工作，他就报名考试，做两手准备，一边在网上投简历，一边看书准备考公务员。

平岚说："你跟我一起喝吧，看我这茶艺进步了没有。"

齐昊天盘腿坐在床上："你泡吧。"

平岚坐在特别买的一张凳子上，身体端端正正的，双腿并拢，双手搭放在腿上："你就这么看，好意思吗？"

齐昊天讪讪地下来坐到平岚对面："我好好坐着行了吧，那么多事儿。"

平岚就按照朱老师教的开始泡茶，一次一次地泡，齐昊天一杯一杯地喝。

到了第二天，齐昊天乌黑着眼圈在厕所门口看见平岚，跟她嘟囔："昨天虽然没有失眠，可是起来五六趟尿尿，你以后能不能不要三更半夜地给我泡茶。"

平岚哈哈大笑："白天忙，晚上才抓紧时间练练。"

齐昊天说："白天看的喝的学的做的都是茶，晚上你不能歇歇吗？"

平岚手里拿着刷牙杯子，接满水："那不然晚上时间干吗，只争朝夕，你没听说过？"

齐昊天胳膊支在卫生间的门框上："你不能像正常人似的，晚上看看电视，要不楼下散散步？"

平岚"嗤"一笑："咱们那个小电视，不知道什么年代的，只能收到一个台，要看你自己看。"

齐昊天说："要不咱买台电视吧。"

平岚说："不行。"

齐昊天跟她撒娇：“哎呀，老婆……我天天在家里，没什么事儿干，你就赏我一台电视吧，现在电视也便宜。”

平岚想了想：“买台电脑好了，我查资料，你投简历，都方便，也能在线看电影。”

齐昊天跳起来，过去搂着平岚：“老婆……还是你最好。现在我也没有收入，天天光靠你……”

平岚一嘴牙膏沫子，用胳膊碰他：“起来，起来，我刷牙呢。”

齐昊天说：“我不，我就想抱着你。”

平岚漱了口，拿毛巾擦干净嘴，回身亲了他一口：“行了吧。”

齐昊天恋恋不舍地松开手，煮了碗面条给她吃，看她出了门，自己也开始埋头复习。

平岚这个时候已经谈好了一个场地，联系了装修公司要进场装修了。

一天，她照例先去了趟办公室，一进门看见除了朱老师之外，还坐着个戴黑框眼镜、文质彬彬的青年。

朱老师给她介绍：“平岚呐，这个是谢佑安，年轻有为的设计师，我请他来，一是给我们设计产品包装，再一个也给整个茶室的装修把把关，你多跟他学啊。”

平岚恭恭敬敬地喊：“谢老师。”

谢佑安说：“叫我佑安就行。”

平岚除了跟朱老师学茶，空了就看佑安画设计图。

佑安问她：“‘云从龙，风从虎’，你听说过吗？”

平岚点点头：“这是《易经·乾卦》里的一句话。”

佑安本来低着头在画图，忽然抬起头：“这你知道？”

平岚有点不好意思：“看过几回《易经》，可那本来是本卦书，现在打卦的方式失传了，这解卦的书，我就不大看得懂。”

佑安说：“我理解设计的最高境界，就是化繁为简，与天地自然合而为一。风云看似无形，实际却包罗万象，瞬息万变。所谓‘大象无形，大音希声’。”

平岚连连点头：“哦……好大学问。”

佑安笑："这次的包装，我准备采用龙纹纸。"

平岚不解："什么是龙纹纸?"

佑安说："纸上有龙，龙身周围云气浮动，海水纹在底衬托，这种纸在国内已经失传了，日本还保留的有。"

平岚点头，心里还是不解。可是，等到包装做出来了，她算是大开眼界了一回。

看着是一张寻常的纸，佑安七手八脚那么一叠，就成了立体的方盒，也有长方的，也有正方的，也有扁扁的。打开的方式，也有抽屉式的，也有推拉式的，不同式样装不同系列的茶。更奇妙的是，看似互相没有联系的形状，拼在一起却是惟妙惟肖的一条龙形。方盒下面的波浪纹，粗看就是这龙身下的波浪，凑近了细看，却也是一条一条精致的小龙。

平岚拿起这个看看，拿起那个看看，连在一起看，又分开仔仔细细地看，连连称赞："太好看了，太神奇了，开始我还疑惑，用纸做包装能怎么做，没想到，真是没想到。我更明白朱老师的话了。"

佑安被赞得羞涩地笑："朱老师说的什么?"

平岚说："他说，做茶就是做中国传统文化。"

佑安说："做中国的设计师也得精通中国的传统文化，在民族文化里吸取营养，这样走进世界，也一样有自己独特的艺术个性和艺术语言。"

平岚认真地听他讲，觉得心服口服。

平岚跟朱老师和佑安学了不少，之后就开始到全国各地的茶山走访，徐总也是说到做到，在对她的培养上，始终没有吝惜过。

她也去专门的茶类学校听过课，校园里讲的全是概念性的理论，未免空泛不实，终究不像日日和茶叶打交道的那些人，说的虽然朴实，却是最实用和有见解的知识。

一年多以后朱老师拿出两个看起来一模一样的茶饼，让她泡。平岚大大方方地拿了一个茶饼泡好了，先端给朱老师一杯，自己也倒上一杯，两个人边喝茶边说些茶的典故。有三四泡以后，她换上另一个，喝完了说："前面的是版纳的二水茶，后面这个是三十年的老班章。"

之后说："生普的话喝起来有点苦涩，时间久的还会有种药香，熟普茶汤红浓，喝起来也更香浓一些。"

朱老师又拿出两种茶，平岚喝了以后吟诵："'院外风荷西子笑，明前龙井女儿红。'前面的是灵隐下的香林茶，后面的是宝云山上的宝云茶。"

朱老师捻着胡须微笑："一年多的时间，能到这样儿，也是难得，你是用了心的。"

平岚听了又高兴又有点不好意思。

朱老师叹口气："现在苦甘茶室一切都走上正轨了，这些时候辛苦你，连着招人、培训，开业以后更是忙前忙后的，有些茶客晚上待得久，你也得一直盯着，我跟徐总说了，再给你涨些工资。以后这间茶室全交给你了。"

平岚说："我能做的一定尽全力做，可是有不懂的或者重要的事儿，终究还是得朱老师出面。"

朱老师哈哈大笑："我只是过来建立茶室的，现在一切都理顺了，我也得回去了。"

平岚大吃一惊："朱老师要回台湾吗？"

朱老师点点头："你知道我为什么给茶室取名'苦甘'吗？"

平岚说："取陆羽'啜苦咽甘，茶也'。"

朱老师说："对。可也有另外一层意思，啜苦咽甘，甘苦相伴，生活也是如此，品茶，也是品位生活。'茶香宁静却可以致远，茶人淡泊却可以明志'，以后人生中遇到苦事，也要以品茶的心态，泰然处之，遇变不惊，必可以苦尽甘来。"

平岚眼圈微红："老师，我不想你走。"

朱老师微笑："这算是我走之前给你上的最后一课，以后有什么不会的，随时打电话问我。"

平岚心里不舍，无奈只能替朱老师打点东西，自己专门跑遍整个C市，选了一副竹编的观音像做礼物。

这竹编通体银白色，全部是用比头发丝还细的竹丝编成，远远地看着只觉得银光一片，灿然斐然，走近了才看见衣袂飘飘的一尊观音立于云中，而且正面看是一种神态，背面仍然是观音立于云中，脸上却是另一种神态。珍贵之处在于，这样的竹编技艺已经濒于失传。

朱老师自然知道这礼物的好，手里拿着端详了半晌，末了轻轻叹了口气，珍珍重重地把礼物放好。

很快就到了朱老师离开的那一天，平岚一直给朱老师换了登机牌，把他送到机场的安检口，才依依不舍地回来。

回去的路上她心情不好，想到一直忙于工作，有几个月没去看看楚潇，不如趁着这天得空儿去一趟。这么想着，她就让出租车司机改道，直接拐到楚潇家。

19

一进门，美诗却又在。

平岚微有吃惊："美诗，你什么时候来的，都没有给我打电话。"

美诗说："知道你忙，想着过两天打给你。"

平岚惊讶地说："你这三天两头的请假，公司里没有意见吗？"

美诗说："我辞职了。"

平岚惊讶："为什么，你们公司规模那么大，发展前景又好，待遇也好，怎么辞职了？"

美诗说："我上次不是说做网站嘛，我觉得在公司上班，没有办法全力投入。"

平岚想了想："下班以后，周末，也有很多时间。"

美诗连连摇头："我觉得下班时间就是用来休息，用来玩的，无论如何，我坚决不会加班。"

平岚倒被她逗笑了，同时也有点忧虑："一天的时间只有那么多，有些起点高的人，还夜以继日地工作，我们小县城出来的，本来起点就不高，要是每天只工作八个小时，肯定很快就会落后。"

美诗不赞同："任何事情都不值得我牺牲休息的时间，我反正每天九点准时睡觉，不会晚一分钟。"

平岚说："这个世界和这个时代都在飞速向前，即使我们没有退步，可是没有大的进步几年后一样会被甩在后面。"

美诗说："反正我得睡够，吃好，玩好。"

平岚还在劝她："有些事情是不冲突的，你工作和做网站，本来就不是非此即彼，做了这个就不能做那个的事儿。再说你就算想辞职，也得等有一定的积累，或者网站比较成熟的时候，要不生活上怎么办?”

美诗有点不耐烦：“你现在怎么跟我妈似的，唠唠叨叨的。”

平岚分辩：“不是……”

过了一会儿，她只有说：“我想好了，以后我一直做茶，五年后希望有我自己的茶室，到时候我就只做没有农药和化肥的有机茶。”

美诗说：“五年，十年，时间也太长了……”

平岚问：“楚潇呢?”

美诗说：“老二还没有断奶，晚上喂夜奶，现在补觉呢。”

平岚想了想：“那我过几天再来，到时候我们三个一起出去吃个饭，好久没有聚在一起了。今天我们爸妈要来，这会儿可能快到了，我得赶紧回去。”

美诗问她：“是你的爸爸妈妈，还是齐昊天的?”

平岚笑：“昊天和我的爸妈一起来。”

其实这个时候离大学毕业，已经有两年上下，齐昊天到底如愿考上了公务员，在检察院上班，平岚的工作也稍有起色，两个人重新在苦甘茶室附近租了间套二的房子，方便平岚上下班。工作生活都走上了正轨，两个人就商量着把父母接过来玩几天，一是老人们一辈子没怎么走出过小县城，二是让他们看看两个人的情况，让他们放心的意思。

平岚刚进家门，没一会儿，齐昊天就带着四位老人到了。因为之前就说好晚上吃火锅，所以平岚不用准备饭菜。她把行李接过来放好，就赶紧去厨房洗水果、切水果。

她在忙活着，听到齐爸爸在外面说：“这城市啊，还是不好，太密了，这房子太挤了，你们看看，在这站着，都能看见对面的窗户。”

平岚爸爸老实，不太听得出来别人的话外之音，只管说：“我觉得好啊，这过来的一路，哎呀，这可真大呀，马路上汽车也太多了。”

齐爸爸踱步到厨房，站在门口，好像无意似的跟平岚说：“在路上呢，你妈妈又说起我们一人拿一半首付，让你们在这边贷款买房的事儿，我觉得她太着急了，还是以工作为重。”

平岚心里就把一团喜气给稀释了，把水果端出去之后，就只问妈妈一些路上的事儿。

齐爸爸看到净是火龙果、芒果这些北方不常见的热带水果，觉得肯定价格有点高，心疼地嗔怪齐昊天：“买这些干什么？都没有人爱吃。”

齐昊天说：“哎呀，特意买的你们不常吃的，爱吃不爱吃先尝尝吧。”

平岚只当没有听见，谁知道聊着聊着，齐爸爸又提起那话：“我们那套房子，写的昊天的名字，以后都是你们的。”

平岚妈妈终于忍不住：“那房子就算给他们，有什么用？他们也不能住。”

齐爸爸拉下脸，质问她：“怎么不能住?!”

平岚帮着妈妈说：“难道我们还能回去吗?”

平岚妈妈也生气起来：“以后再说以后的，先把眼前的问题解决了，两个孩子在一起多久了，现在也都二十六眼看二十七了，难道一直这么拖下去，他们不考虑我们长辈还不为孩子考虑考虑?”

齐爸爸摆摆手：“以工作为重，我们昊天不会不要平岚的。”

平岚听了更加生气，齐昊天也有点着急：“爸，你在说些什么?”

齐爸爸一听儿子也不帮自己，把一腔火都发在齐昊天身上，冲着他吼：“我说的什么，说我该说的，翅膀没有长硬倒来教训起爹，你眼里还有没有我这个爸?”

齐昊天低头沉默不语，平岚妈妈也不好再说什么。

平岚爸爸只好打圆场：“得了得了，这些事儿以后再说，先去吃饭吧。”

齐爸爸说：“这是我第一次跟平岚爸爸妈妈见面，也没有买东西，今天晚饭我请。”

一大家子人逶迤出了门，也不远走，直接进了楼下一家火锅店，席间只说些路上的见闻，彼此询问过得好不好。

火锅吃得差不多，齐爸爸起身，平岚以为他要去买单，正想阻拦，看见他在旁边桌子上拎起一壶茶水，给自己倒了杯茶，又坐下了。

一直到吃完又聊了半天，平岚捅捅齐昊天，齐昊天站起来把账结了。

当晚平岚爸爸妈妈睡在客厅的沙发和地板上，好在夏天一点不冷，齐昊天爸爸妈妈睡在主卧室，平岚和齐昊天住的次卧。

第二天早上起来，平岚妈妈悄悄地跟她说：“齐爸爸早上起来上厕所，厕所的门都不关，我躺在沙发上，正对着卫生间，真是，怎么好像只有他一个人住一样。”

又说：“我们老年人起得早，已经到楼下吃了早饭了。我跟你说，结账的时候齐爸爸掏了五块钱，我也拿出来五块钱，结果服务员收了他的，我就把钱放在桌子上。齐爸爸捡起来就揣在兜里了。”

平岚心烦意乱地：“哎呀，妈，我只问你一句话，你想我跟齐昊天分手不？”

平岚妈妈愣住，片刻后不说话了。

平岚说：“要是不想我们分手，就别跟我说这些鸡毛蒜皮，三块五块的。”

平岚妈妈说：“过日子不就是过的鸡毛蒜皮吗？你和齐昊天又不是什么领袖人物，哪儿有那么多大事处理，你现在不在乎，以后还是要柴米油盐。”

平岚说：“以后再说以后，这几天和和气气地过吧，大老远来一趟，何必斤斤计较。”

平岚妈妈被女儿抢白了一阵，只好撇撇嘴不言语。

这天赶上周末，苦甘茶室格外忙碌，平岚跟长辈打了招呼就匆匆忙忙去上班，由齐昊天陪伴老人四处逛去。

上午过了没多久，一个同事称呼张幺妹儿的姑娘就找平岚哭诉，张幺妹儿说：“平岚，我不干了，我要辞职。”

平岚问：“为什么呀，做得好好的？”

张幺妹儿说：“刚才宋先生说‘妹妹你的手好好看哦’。”

平岚就笑：“这不是夸你吗？”

张幺妹儿说：“不是，那口气就是让人不舒服。再说我不想天天低三下四地泡茶。”

平岚说：“你不要觉得这是为别人服务，你在泡茶的时候也要给别人讲，这是什么茶，产地在哪儿，特点是什么，茶背后的故事。泡茶人跟喝茶人本来就是平等的，别人来喝茶，也想了解茶文化，你也可以讲解茶文化，我在培训的时候不是讲过吗？”

张幺妹儿想了想：“那……那我再想想。”

张幺妹儿抹抹眼泪走了，这平常的一幕恰好被徐总看见，徐总走过来问平岚：“怎么回事儿？”

平岚回过身，看见徐总来了，笑着带他坐了，一边给他泡茶喝一边解释：“没有什么，平时我在安排人的时候，都会注意到这些问题，什么性格的客人适合什么性格的茶艺师，有些爱开玩笑的客人，我都请开朗的姑娘帮他泡茶，就怕脸皮薄的，说不上两句面子上挂不住。这个张幺妹儿来了没有多久，培训刚结束，今天周末，人手安排不过来，才让她去一下，也想让她锻炼锻炼，以后我会注意的。”

徐总点点头：“看起来喝茶的人还是多啊，怎么利润上不去？”

平岚说：“之前朱老师说过，做茶不能着急，茶室也是，需要养，其实这一年多，苦甘在C市业内的知名度已经打开了，我们也有了自己的老客户，经常来，在这里买茶，还介绍朋友来。”

徐总点点头：“我不知道投资茶室，挣钱这么慢。”

平岚说：“现在各方面都是好的势头，相信以后会越来越好的。”

徐总说：“我准备把茶室分一半的空间，做台湾手摇茶。”

平岚说：“当时苦甘的装修，都是按照茶室的空间和风格做的，一桌一椅都有讲究，如果手摇茶进来，就把这全破坏了。再说喝茶的客人喜欢的是清净，手摇茶的客人以时尚的年轻人居多，两个杂在一起，都做不好。”

徐总说：“这样，再给你半年的时间，看看情况，不行我就得上手摇茶。”

平岚本来心情不好，遇到这样的情况，工作上的压力无形中加大了。

谁知道当天将下班的时候，一位经常喝茶的客人叫吴哥的，不知道听谁说的平岚的父母来了，非要跟着她去“拜访”。

平岚说：“谢谢吴哥，不用，我爸妈跟我男朋友爸妈一起来的，家里人多，闹吵吵的。”

吴哥说：“那有什么，伯父伯母远道来了，我带点小礼物，看望看望，不是很正常吗？”

因为这吴哥素日对平岚表现出的“意思”，平岚就对他有点排斥，态度也不大好，只是碍于工作上的接触，不好完全翻脸，直接赶走。

平岚只有耐着性子：“谢谢吴哥了，真不用。”

吴哥说：“我坐一下就离开，不打扰二老休息。”

平岚就不理他，自己拿上包往家里走，吴哥还一直跟着。

平岚回到家没有多久，听到敲门声，她正在洗手。齐昊天就去把门打开，吴哥一闪身进来，先看了看齐昊天，直接问：“平岚爸爸妈妈在吗？”

齐昊天说：“你谁呀？”

吴哥说：“我是平岚的朋友，找伯父伯母有点事儿。”

平岚妈妈站起来：“是哪位？”

吴哥直接走到平岚妈妈身边，掏出一张银行卡，往茶几上一放：“伯母，这卡里有三百万，我孝敬您和伯父的。我喜欢平岚，想娶她，不知道您的意见怎么样？我们结婚以后，我在市中心给她买套房，再送她一辆车。”

平岚的爸爸妈妈没有经过这样的事情，目瞪口呆，不知道怎么回答，齐昊天的爸爸在旁边脸色阴得跟十级大风暴要来了似的。

平岚从洗手间冲出来，把卡还到吴哥手里，拉过齐昊天：“这是我男朋友，我有男朋友了。”

吴哥说：“我知道，我等着你。”

平岚把他推出去：“不可能的，我拜托你别再做蠢事儿。”

吴哥在房门外还在喊：“我会等着你的。”

这边齐爸爸站起来就开始收拾东西：“齐昊天，我跟你妈明天就走。”

齐昊天赶紧去拦着：“刚来一天，走什么走？”

齐爸爸说：“我待不下去了，这不是明摆着赶我们走吗？大周末的也不在家，三更半夜回来，还带个男人。”

齐昊天说：“爸，你说什么呢？”

平岚说：“叔叔，我们周末要上班。”

齐爸爸说：“上什么班上班，就是躲着我们，一个女孩儿家家的，抛头露面招惹什么不三不四的人。”

平岚听了这话，实在是不好听，忍不住哭起来。

平岚爸爸还劝齐爸爸，平岚妈妈看不下去，嗔怪平岚爸爸：“劝什么劝，什么叫招惹男人，这话说得不是个人话，我就不相信，昊天在单位就没有一个女同事。我们平岚差在哪儿，有人喜欢是她的错吗？”

齐爸爸说：“谁喜欢谁娶，齐昊天，我不准你再和平岚处对象，趁早分手。”

齐昊天也生了气：“我的事儿用不着你管。”

齐爸爸更加生气，拿手指着他脑袋，戳过去戳过来地：“难怪都说娶了媳妇忘了爹妈，这还没有娶呢，你就跟我犟嘴。自从遇到她，没有一句话听我们的。你这样，就永远别认我这个爸，我没有你这么个儿子。”

齐爸爸收了东西就往外走，齐妈妈向来是唯他是从，对齐爸爸的话从来不说半个“不”字儿的，跟着他也往外走，齐昊天拦着这个，拦不住那个，拉拉扯扯地出门去了。

平岚妈妈也气得流眼泪：“平岚呐，算了，我看刚才那个小伙子挺好，咱不看他的钱，看他对你好呀，你看看这个齐昊天，他爸爸那么说你，他怎么一句话不替你说。”

平岚说：“妈，你说什么呢？刚来那个离过婚的，没离过婚我也不喜欢他。再说那是齐昊天的亲爸，他能怎么说？”

平岚妈妈擦着眼泪：“你呀，就是太老实了，跟我和你爸一样，在这个社会，太老实要受欺负。”

平岚说：“那更要擦亮眼睛，昊天我们这么多年了，知根知底，外面好多男人看着好，其实什么样儿谁知道？”

平岚妈妈说：“我每次说你，你总有你的理儿。你这么大了，我也管不了你，我是觉得有这样的公公，以后的日子不好过，反正你自己考虑好。”

平岚说：“我自己的事儿我知道。”

平岚妈妈说：“闹得这样儿，我跟你爸也待不下去，我俩豁出来机票钱，坐飞机走，免得碰上他们家的人。”

平岚说：“妈你多待几天吧。”

平岚妈妈执意不肯：“你事儿也忙，别为了我们影响工作，齐昊天回来你看着怎么跟他说吧，我的意思就是，他们家要是不同意，咱们也别坚持，分就分，就你还怕找不着男朋友？何苦来受人家的挖苦。”

平岚说：“妈，你就别添乱了。”

平岚妈妈跟她爸爸也开始收拾东西，其实短住，也没有带什么，两下就整理好了。两个老人不顾平岚的挽留，一径下楼打车，坐上车走了。

平岚一个人站在马路边儿上，看着父母远去的身影，眼泪哗啦啦地流下来，站了半天，干脆一屁股坐到马路牙子上，捂着脸大哭。平岚想着刚刚的争吵，也想着工作两年，不但没有让辛辛苦苦把自己养大的父母享什么福，还让他们千里迢迢到这边来受气。

平岚想，难怪在哪儿看见过，“爱情是两个人的事儿，婚姻却是两个家庭的事儿”，如果爱情和婚姻再面临生活里的磕磕绊绊，就更变得五味杂陈。

她哭累了，自己站起来回了家。家里空荡荡的，齐昊天还没有回来，她看到茶几上的水果，自己的爸爸妈妈到底没舍得吃一口，齐爸爸虽然责怪她，还是把那些水果吃的不剩什么了。

到了后半夜，门锁响动，齐昊天也回来了。他蔫头蔫脑的，一句话没说就躺在床上睡了。

平岚把事情的前因后果仔细想了一遍，心里责怪他："难道闹成这样儿，反倒成了我的不对？我妈说得没有错，他爸爸那么说我，他一句话不帮我说。"转念一想："要是有个女孩儿找上门非得嫁给他，恐怕我心里也不好受。"

这么想着，她也躺在床上，一只手放在齐昊天肩膀上，齐昊天没有翻身，却把一只手搭在她的手上："我相信你。"过了一会儿哽咽着说："我爸我妈非要走，我说不听。你说我是不是太没用了，老婆照顾不好，爸妈也照顾不好。"

平岚挨近点搂着他，齐昊天翻过身，也搂着平岚，两个人对着哭起来。

20

因为徐总说了手摇茶的事儿，平岚顾不上更多的伤春悲秋、家庭琐碎，全力投到茶室的经营上。

除了日常的管理和运营，她还常常亲自上阵，给一些重要的客人泡茶。

没有几天，陈美诗给她打了个电话，跟她说："平岚，我想……跟你借点钱吧。"

平岚说："行，多少。"

陈美诗说："不用多少，五千。"

平岚二话不说，把钱转给她了，转完问她："你借钱干吗？"

陈美诗说："想还刘子豪，不过也看情况，我现在手上不宽裕。"

平岚诧异："你跟刘子豪联系啦？"

陈美诗说："我们分手以后还一直是好朋友。"

平岚问她："他现在怎么样？"

陈美诗说："做计算机研发方面的，工资挺高的，就是感情上不太顺，谈了两个女朋友都分手了。"

平岚问她："你干吗跟他借钱？"

陈美诗说："还贷款。"

平岚更加诧异："什么贷款？"

陈美诗说："我上班时候没有存下钱，出来做网站需要资金，生活上也需要。看见小广告上写的专门针对创业者的一种贷款，就贷了。我记得当时说的是三年还完，本金以外再多还两千就行了。"

平岚恨铁不成钢地：“你稍微动动脑子，哪有这样便宜的贷款？”

陈美诗说：“当时也没有多了解，贷了才知道，是每个月还两千多。”

平岚问她：“你借了多少。”

陈美诗说：“没有多少，两万。”

平岚说：“那连本带利就是六万多啦？”

陈美诗沉默半晌：“啊。”

平岚快速地计算了一下自己加上齐昊天的存款，差不多刚刚好有六万，她马上说：“我给你打六万，你赶紧还了去，别再借什么高利贷了。”

陈美诗又沉默半天：“你跟齐昊天也不容易，我问问楚潇家里吧。”

平岚说：“你别问楚潇了，我听说她也不好过，她自己怎么花是自己的事情，要是借给你，被她婆婆知道又有的说。我这边虽然少，我能自己支配，她家虽然多，她不好拿给你。”

陈美诗肯定地说：“我知道，你别管，要是打给我，我也退回去。”之后又说了一遍：“我知道。”

平岚想着再深问下去，恐怕陈美诗面子上过不去，她只有搁过不提，很快也把这件事情忘到了脑后。

又忙碌了大半年，按照事先说过的期限，徐总如期而至。

平岚说：“徐总，这是这半年茶室的财务报表，实现利润三十八万九千七百二十块钱，这还只是刚刚起步，按照每个月的收入，能看出利润是逐月增长的，我相信以后做到一年百万不成问题。”

徐总认认真真地看完了报表，放在桌上：“平岚呀，你想想我前期的投入和日常运营的成本——场地租金，装修，人员工资，各种家具茶具耗损，各种税费，等等，半年三十多万，这收入还是太慢了呀。”

平岚分辩：“通常的茶室，半年将近四十万，一年能做到八十万，是很好的情况了。”

徐总说：“是呀，像你说的，一年做到八十万算好的了。可是我这笔资金，要是投到房产，或者投其他的，投入产出比这个要高得多，也快得多。”

平岚说：“这每一个品类的茶，都是朱老师和我反复对比选择的，这些茶具，一杯一碗都是我们精心挑选的，每一个细节都是佑安反复跟装修那边沟通的，徐总你随便到 C 市任何一家茶室看看，我敢保证这家是最好的。”

徐总说：“我知道，我也相信，可是你得理解我，我投资就是为了挣钱。再说手摇茶也不影响茶室。”

平岚说：“肯定影响啊，我不同意上。”

徐总笑了：“你别担心，你的工资不会受到影响，我还可以再给你涨。”

平岚说：“我不是担心工资，我是为了茶室痛心。”

徐总说：“我理解你，但是我也没有办法，你得站在我的角度考虑考虑，我希望你也理解我。如果不理解，我只能说遗憾，我必须这么做。”

平岚心里觉得苦闷，但是也没有办法，毕竟决定权不在她的手上。换一个角度想想，徐总能听她的意见，算好的了。如果一声不响直接那么做，她也是无话可说。

徐总也不再说什么，直接从台湾派了一个叫刘夏的来张罗手摇茶的事儿。

刘夏到了以后，不管三七二十一，先是把设备一件件地堆进来，随后从自己的角度调了一批之前的茶艺师过去，马上培训她们转行。

这之后平岚再去苦甘的时候，一时看见精心选的镂空雕刻的木椅子被磕破了角，一时又看见佑安设计的、又像杯中飞旋的茶水又像龙的 LOGO 被扯烂了。她心里就像自己的孩子受了伤害似的，又心疼，又心伤，又心碎。

再过了段时间，不知道刘夏从哪儿认识的朋友，隔三岔五地吆到茶室，抽烟打麻将，乌烟瘴气不说，中午还常常点了外卖搞一桌子油汤滴水的。

平岚去找刘夏谈，刘夏说："茶室就是喝茶的，我找了客户来喝茶，你应该感谢我，人家又不是不给钱。"

平岚有种鸡同鸭讲的隔膜感，也有一种面对现实的无力感。

一日，她自己坐在跟朱老师喝过茶的桌子前，恭恭敬敬地把一个台湾柴烧陶杯放到对面，自己也放了一个。点了一支沉香放到香炉里，坐正了身姿，开始慢慢地烧水。

她用热水烫了陶壶又洗了杯子，仿佛听到朱老师说："这叫淋霖瓯杯。"

她右手拿起茶斗，把蜜香装进去，左手拿起茶匙，把茶拨入了配套的瓯中，好像又听见朱老师说："这叫观音入宫。"

她慢条斯理地按照步骤一步一步地把茶泡好，先倒了一杯在对面的杯中，自己也倒上。

平岚拿起茶，品了一口，放下杯子，向着对面问："朱老师，我怎么只品到苦，没有甘?"

她又喝了一口："做茶我想慢慢地来，可是别人都想着快，我该怎么办?"

平岚眼泪流下来："我想跟你聊聊，听听你心里的答案。"

对面杯中茶汤微波不兴。

其实朱老师已经于一个月前离世，这世间踏踏实实一辈子的茶人又少了一位，能够真心爱护指点平岚的，又少了一位。

平岚没有听到答案，她喝了茶，把茶具一样一样地整理干净，归位，自己站起来，找到徐总："我辞职。"

平岚的心里充满着苦涩，好像自己一直悉心呵护着的稚嫩生命被践踏毁坏的感觉，痛苦而又无力，不甘而又无奈。她暗暗下决心，以后一定要建立自己的茶室。

其实有了做苦甘的这些经验，建茶室对平岚来说是轻车熟路，可是做茶室需要的资金，却是现实摆在她面前的一座大山，难以逾越。

平岚整理了私人物品，无非依然是些茶具茶叶，还有几本跟茶有关的书籍。

走出苦甘，平岚先回了趟家，把东西放了，齐昊天上班还没有回来。她自己坐在家里泡了茶，边喝边看了会儿书，到底还是心思混乱，静不下来。

平岚想了想，不如出去走走，上次说过去看楚潇的，这一忙起来有多少个月没联系，不如还是去她家里。

平岚就下楼打了个车，到了楚潇家。

一开门，平岚意外地看见陈美诗又在。楚潇手里拿张纸正跟美诗说着什么，一看见她到了，急急忙忙拉她坐下："你来得正好，我正想找你呢。"

平岚说："什么事儿这么急脚疯似的。"

楚潇递给她手里那张纸："我刚才还拿给美诗看。"

平岚接过来，看到是张银行的转款凭条，疑惑地看向楚潇。

楚潇说："这是艾慕的银行账号，我昨天看他钱包旧了，想给他换一个新的，在里边发现了这个。你看看金额。"

平岚仔细看了一下，二十万。

楚潇说："不知道给哪个死女人转的，看日期有几个月了，这肯定是他转完了忘在钱包里了。你让齐昊天帮我查查，户主叫什么名字，电话是多少，住在哪儿？"

平岚被逗笑了："昊天是检察院，又不是公安局，再说就算是公安局，哪能这么轻易地查到别人的信息。"

楚潇说："都是一个系统，肯定有那边的朋友，拜托你啦，这关系到我下半辈子的幸福，我求你还不行。你知道我，是从来不求人的。"

平岚开解她："要我说你直接问问他，说不定工作上的往来，是你多心了。"

楚潇说："我最了解他，从处对象开始就没有老实过，我直接问他肯定不会说实话。工作上的往来走公账就得了，这明明是他私人打出去的。"

陈美诗也说："别查了，他总有他的用处。"

楚潇还不甘心：“你们都不帮我，我也能想出办法，明天我拿着他身份证去银行看看，我看也能查到收款方信息。”这么说着，还给她俩一人掐了一把：“两个女人，现在都不跟我一条心。”

平岚说：“哪有啊，不想你把事情搞得太僵，对自己的老公还这么防着戒备着，那这个世界上还有谁能够信任呢？老话说‘夫妻同心，其利断金’，我觉得还是有道理。”

楚潇说：“你不懂，艾慕跟齐昊天不一样，我防着戒备着都挡不住他惹一身骚，要像你那么心大，还不知道在外面成什么样儿呢。”

平岚说：“看你那话说的。”

陈美诗说：“对了，平岚，我想去你那茶室坐坐。”

平岚说：“哎呀，不巧，今天可去不成，以后也别去了。”她就把自己工作上遭遇的变故给说了。

楚潇说：“辞职更好，再用心也终究是别人的，存点钱你开自己的茶室，想怎么做怎么做。再说你那地方，又是古琴又是箫的，慢慢悠悠听得我着急，去了说话都不好意思大声。”

美诗说：“你这个人，没有情调。”

楚潇笑：“总之既然离开，就别多想。”

平岚苦着个脸：“还是舍不得。”

三个朋友都想着自己的事儿，心不在焉地闲聊几句。陈美诗说：“我好久没有看电影了，平岚陪我去看场电影吧。”

平岚想了想：“好啊。”

楚潇说：“我也去，天天在家带孩子，要憋疯了。”

平岚问她：“大的不是送进幼儿园了吗？”

楚潇说：“上了幼儿园每天还不是一样事情多，等你们自己有孩子就知道了。”

陈美诗说：“不带你去。”

楚潇打她一下：“没良心的，住我的吃我的，出去玩不带我，什么意思你？”

陈美诗说：“心疼你。”顿了一顿：“你不是说今天要接艾希放学吗，还要带老二艾雅做儿保？”

楚潇仔细一想：“改天一样，我给艾慕打电话，让他早点走，去幼儿园接孩子，难得平岚来，我陪陪你们。”

陈美诗说：“那也不带你，我要跟她说悄悄话。”

楚潇说：“那我更得跟着听听。”

陈美诗说：“你上楼换衣服去。”

楚潇就上楼换出门的衣服，等换好下楼，哪儿还有两个朋友的影子？

这边陈美诗强推着平岚出了门，平岚一脸诧异，不知道她葫芦里卖的什么药。

楚潇气得给陈美诗打电话：“人呢。”

陈美诗说：“走了，真有事儿，下次再一起。”就把电话给挂了。

出门走了一会儿，平岚说：“打个车吧？好像两条街外有个电影院。”

陈美诗说：“我不看电影，咱俩找个咖啡厅。”

平岚说：“我不爱喝咖啡，我知道那边有家不错的茶室，还是去喝茶。”

陈美诗说：“都行，我就想坐坐。”

两个人就去了茶室，平岚本来认识茶室老板，打了招呼以后就自便了。她轻车熟路地找了位置坐下，包里随身带的有好茶，也不用茶室的茶叶，自己拿起茶具开始泡起来。

陈美诗喝了七八杯，只是不开口，平岚就知道她真有什么为难事儿。要放在平时，美诗早就说话了。

平岚一边拿壶重新接了一壶水烧上，一边问她：“是上次说的借高利贷那事儿吗？还上了没有。”

陈美诗说：“还上了。”

平岚问她：“那还有什么为难的，咱们高中三年，大学四年，毕业到现在瞎忙瞎忙地一晃过了三年，这十年友谊，我第一次看见你这个样子。”

陈美诗说："其实……其实……"

陈美诗拿起茶杯，发现空了，又放在桌上："其实艾慕的钱……是打给我的。"

平岚吃了一惊："你上次说跟楚潇家借钱，没有跟她说，跟艾慕说了？"

陈美诗低着头："嗯。"

电烧水壶发出"噗噗"的响声，平岚赶紧端起来开始泡茶。

平岚说："跟艾慕借钱，应该也没有什么，还是把实话告诉楚潇，就算你不是找艾慕，找她，再难她也会想办法打给你的，这次绕过了她，应该没有什么。"

陈美诗说："还有……还有……"下了决心似的："我之前说的男朋友，就是艾慕。"

平岚手里端着个白瓷的公道杯，正要给她添茶，公道杯"啪"地掉了下去，茶汤洒得到处都是，把一个白瓷盖碗也砸翻了。

平岚赶紧拿起旁边放着的帕子，蘸干茶水，擦拭茶盘，一声不吭。

陈美诗说："我不想破坏楚潇的家庭，可是我真的非常爱艾慕，我无数次地跟艾慕说分手，可是到头来，每次我都忍受不了这样的煎熬。"

平岚把盖碗扶正，里边茶叶洒出来，也不能用了。她干脆把茶底倒掉，重新烫了以后，又加了茶叶。平岚说："你看这盖碗，又叫三才碗，杯盖象征天，杯托象征地，中间的杯身，象征人，寓意着天地人和……"

陈美诗一拍桌子站起来："我跟艾慕睡了，从大学毕业我跟他一起去潜水开始，到现在三年了，你还在说什么茶，你傻了吗？"

平岚也一拍桌子站起来："你想听什么，我还能说什么？!"

静静的茶室，这声音就显得格外大。

平岚收拾东西气冲冲地走出去，陈美诗跟上，一把拉住她："我不是故意的，我真不是故意的。你知道感情这东西，我真的控制不了。"

平岚说："你知道我们是什么，我们是人，人除了情感，还有一种东西叫理智。楚潇是怎么对你的，你呢？你怎么对她的，我今天才认识你陈美诗，也可能我始终都不认识你陈美诗。"

陈美诗哭起来："我也知道这样不对，可你不知道，艾慕他真的很好，要不是我走投无路，我不会要他的钱，我不是看上他的钱，我是真的爱上他了，我放不下这份爱情。"

平岚说："你有没有想过，你的爱对楚潇造成的伤害?!"

陈美诗说："我想过，你根本不知道我心里面临什么样的煎熬，每次看见她的时候，我都恨不得扇死自己。可是看见她和艾慕在一起，我又羡慕嫉妒恨，我眼馋他们能光明正大地说说笑笑，又痛苦他们全不顾忌我的感受。"

平岚说："那你想过楚潇的感受吗？十年闺密跟自己的老公上了床?!"

陈美诗说："我知道，我知道以她的性格，要是发现了会出人命的，你说我怎么办？明天要是她去银行查收款人，说不定会查到是我，我怎么说？要不我就说跟艾慕借了钱，不谈别的?"

平岚摇晃着她的肩膀："你不想怎么跟她认错，怎么跟艾慕一刀两断，你到现在还在想着怎么欺骗楚潇，欺骗你最好的朋友，你到底想怎么样?"

陈美诗说："我不知道，我不知道自己怎么想的。"

陈美诗蹲在街边，"呜呜"地哭起来。

平岚看到她那个样子，又生气又无奈，等她哭得差不多了，一把将她从地上拖起来："走，去跟楚潇坦白。"

陈美诗抽出手，站在地上不动。

平岚说："走啊。"

陈美诗说："就算坦白，也不能这么直杠杠地说，她上学的时候，从三楼跳下去过一次，你也知道。现在住的二十楼，跃层的，楼上应该算二十一楼。你让我想想，我再想想……"

平岚说："你现在应该想的不是她有什么反应，而是你到底做的什么事儿？你别在她那住了，想好了再回去，今天去我那住。"

陈美诗想了想：“我一个人静一静，我去酒店。”

陈美诗给楚潇发了信息，说晚上在外面住，之后找了家酒店。平岚在房间里陪她，两个人都不说话，一直到深夜平岚才回去。

21

平岚进了家门，才想起来还没有吃晚饭。齐昊天正在卫生间洗澡，她到厨房翻翻冰箱，想看看有什么吃的，等看到冰箱里的一些青菜火腿，又觉得没有胃口。她关上冰箱的门，自己呆坐在餐桌前面，愣愣地不知道想些什么。

齐昊天在卫生间听到平岚回来了，他洗完澡出来，只有腰间系个大围巾，走到平岚面前，把手机音乐点开，潇洒地往餐桌上一放，自己随着音乐笨拙地扭动起来，音乐高潮的部分，“咵”一下把浴巾扯下来，光屁股对着平岚摇摆。

齐昊天问她：“怎么样，见过这么地道的脱衣舞吗？”

平岚说：“今天怎么了？快把衣服穿上。”

齐昊天潇洒地把浴巾又围上，拿出杯子倒上果汁递给平岚：“我看见你拿回来个大箱子，辞职了吧。”

平岚点点头。

齐昊天说：“小事儿一桩，此处不留爷，自有留爷处，想找工作咱再找一个，不想找我养你。”

平岚说：“我不是发愁找不到工作，在苦甘的时候就好多有公司的客人挖我，我是心疼一腔心血付之东流。”

齐昊天说：“以后咱自己开个茶室，想怎么做怎么做，现在就努力存钱。”

平岚“扑哧”一笑，嗔怪地：“快去把衣服穿上。”

齐昊天这才发现浴巾又散开了，一边跳着脚去客厅穿衣服，一边还在说：“豁出去我的美色，博老婆大人一笑。”

平岚说：“我心情不好，不只因为工作上的事情。”她自己走出去，坐在沙发上把美诗和艾慕的事儿说了。

齐昊天听了，皱着眉头：“这个艾慕，我看他一直不老实，没想到窝边草也不放过。再说这个陈美诗，到底怎么想的？喜欢她的那么多，偏偏看上艾慕，那是自己好朋友的老公。”

平岚说：“你高中也喜欢她吧？”

齐昊天挪开身子，嫌弃地看着平岚：“说什么呢？我那个时候审美清奇，就喜欢长得丑的，肿眼泡的傻鱼。”

平岚把靠枕扔向他：“你说谁长得丑，你说谁长得丑？”

齐昊天委屈地：“你那个时候是不好看吧，这不正好说明了，我喜欢的就是你，不管长什么样。”

平岚说：“行，行，反正你都这么没正经。”

齐昊天说：“我很正经啊。”

平岚叹口气：“你说美诗明天会不会告诉楚潇。”

齐昊天说：“这种事儿，纸里包不住火，告诉不告诉，总有一天楚潇自己也能发现。”

平岚说：“以楚潇的脾气，知道了会有什么反应。”

齐昊天想了想：“难说——不过现在想想，隔这么远，美诗没事儿就跑过来。”

平岚说：“我一直以为是因为我和楚潇在这儿。”

齐昊天又说：“唉，我记得有一次我们在他家，赶上艾慕回来，陈美诗迎上去接包，现在想想，可不就是有点什么。”

平岚说：“你呀，事后诸葛亮。”

两个人又商量了一回，终究这样感情的纠葛，除了当事人，再亲密的关系也是无法可施。

第二天平岚去了酒店，美诗一看见她就说：“我还没有想好，平岚，我一夜没睡。我不想失去艾慕，也不想失去楚潇，要不就这样下去吧。”

平岚说：“我还记得，高中的时候，有一次开玩笑，如果我们爱上同一个男人会怎么样，你说，要是那样就一脚把渣男蹬了。”

陈美诗说："可是艾慕不是渣男呀，他对楚潇挺好，家里的钱让她随便花，对孩子好，对家里长辈孝顺，对我也很好。他教我玩滑翔伞，教我潜水，我游泳的时候腿抽筋儿了，他还帮我揉。你根本不知道，从来没有一个男人可以像这样对我好，时时刻刻牵动我的心，让我喜怒哀乐都围绕着他。"

平岚说："你有没有想过，如果楚潇听了这些，心里会怎么样？"

陈美诗说："楚潇高中的时候就说过，她不相信爱情，只想要钱，可是我只想要爱情，我不影响她。"

平岚说："我觉得，所谓的爱情，至少应该专一，否则，即使再让人心动，再让人不舍，也只能叫滥情。"

陈美诗说："我不管这叫什么，这对于我来说就叫爱情，爱情应该是可以超越一切的。再说，我们可以爱父母，爱朋友，爱另一半，爱儿子也爱女儿，爱本来就是可以兼容的，那为什么不可以同时爱两个人，或者同时被两个人爱。我相信不仅仅我爱艾慕，他也是爱我的。"

平岚说："你就是这样一次次说服自己的吗？用你的逻辑，我们抛开所有应该不应该，抛开所有世俗道德，艾慕如果爱你，怎么会让你忍受这样的痛苦和折磨？他如果爱楚潇，怎么会始终都在欺骗她？"

陈美诗说："我不管，就维持原样儿吧，你也别告诉楚潇，我求你啦。"

平岚说："你怎么成了这样儿？"

陈美诗委屈地："真正的朋友，不就是接受最真实的她吗？不管她什么样儿，都能包容和理解。你高中经常受欺负、受嘲笑，我都接受最真实的你，那现在你怎么就……"

平岚说："我不管如何受欺负受嘲笑，我在坚持我认为对的方向，可是你呢……"

陈美诗说："这个世界没有那么多绝对的正确和错误，反正你别告诉楚潇。"

平岚气的一个人走出来，在街上漫无目的地游逛，心里犹豫不决，如果见了楚潇，到底说还是不说。

这样的事情，不知道就算了，一旦知道了，说和不说都是两难，说出来，有点出卖美诗的感觉，楚潇也会受到伤害，搞不好还会离婚分家，让她夫离子散。不说，总是如鲠在喉，好像自己也成了同谋共犯，要是置之不理装不知道，又过不了自己心里这关。

平岚左思右想，掏出手机给艾慕打了电话，约他出来见面。

艾慕颇感意外，爽快地跟她约定了时间地点。

平岚茫然地转了转，早早地就去了约定的咖啡厅，等了没有多久，艾慕也提前到了。

艾慕一看见平岚就说："坐在这儿吗？还是要个包间吧。"

平岚想了想，包间也好，就同意了。

两个人坐在包间里，艾慕还像第一次跟她喝水那样，周到地点了饮品，双手放在桌子上微笑地看着她，两只眼睛自然流露出期待和看起来柔情蜜意的目光。

平岚喝了口水，心里想，艾慕这样的男人，难怪楚潇和陈美诗都喜欢，特别是美诗那样，从小父爱缺失、自己玩心又那么重的。她想到这里不知为什么，又一个念头涌上来——说不定他在外面不只美诗一个。

艾慕看她一直没说话，微笑着："你这个人呀，平时看起来秀秀气气地不爱说话，有什么都想在心里。"

这样的语气，让平岚想兴师问罪的脾气先泄了一半，只有硬着头皮拉下脸："我知道你跟美诗的事儿了。"

艾慕微有吃惊，随即恢复了微笑的脸色，只说了声："嗯。"

平岚倒不知道该怎么质问他，停了一会儿才说："你不能这样。"

艾慕点点头："嗯。"

平岚问他："你想怎么办。"

艾慕把身体靠在椅子的靠背上："任何一个女孩儿我都不想伤害。大学毕业那年，美诗跟男朋友——叫刘子豪吧，分手，心情不好，我作为朋友，陪她去潜水散散心。她爸爸不在了，妈妈又那么远，在你们面前，她好像过得挺开心，其实夜里会一个人大哭，作为我，听见了不能装着听不见。”

平岚说：“可是……”

艾慕笑：“很多事情，没有绝对的正确、错误，但我可以保证，除了当年的初恋，我从来没有主动地追求过哪个女孩儿……”

平岚说：“但你也从来不拒绝。”

艾慕说：“我还没有说完，我从来没有主动地追求过哪个女孩儿，只有一个例外——就是你。”

平岚说：“你在为自己的行为寻找借口，骗人。”

艾慕说：“我没有必要骗你，其实你不喜欢，可以直接拒绝，或者不去滑雪场，没有必要带上楚潇和齐昊天。”

平岚说：“在那种情况下，你没有说过喜欢我，我怎么拒绝？”

艾慕点点头：“对呀，在那种情况下，美诗也没有说过喜欢我，我怎么拒绝？”

平岚目瞪口呆：“你这分明是强词夺理。”

艾慕说：“强词夺理也好，有理有据也罢，我说了，有些事情不是纯粹错误或者正确，我只问你，如果你处在我的角度，会怎么做？”

平岚说：“不陪美诗去潜水，不跟她走得太近，不跟她上床。”

艾慕说：“潜水只是个契机，即使不去，也会有别的契机。一个像美诗那样的女孩，任谁也把持不住，这就是人性，男人的人性，经不起挑战，更经不起挑逗。”

平岚双手抓着头发：“你在为自己的错误找借口——不，你根本没觉得这是错的，你觉得这是再正常不过的事情，你怎么会这样？”

艾慕双手一摊：“是美诗非要跟我在一起的。”

平岚攥紧了拳头：“无耻，你非要把所有的一切都推到女人身上。”

艾慕说：“我只是在陈述事实，你约我出来，难道想听我撒谎?”

平岚连连拍桌子：“那你只说，这个事情怎么解决?”

艾慕一乐：“你不去关心齐昊天，还挺关心我。”

平岚说：“这个时候你还笑得出来，给美诗和楚潇两个人带去痛苦，根源还是在你身上。”

艾慕说：“这个事情就像一个大钟，每个齿轮互相咬合，都在推动着指针的移动，我可以停下来，美诗愿意吗，我和美诗都停下来，这件事情就会到此为止吗?或者说这个社会像一个大钟，每个人都是一枚齿轮，都会被卷进去，平岚你一直觉得自己可以独善其身，其实不一样被卷在其中，跟着旋转吗?这样的事情每天每年，时时刻刻都在发生，每个家庭都可能会面临。你现在可以质问我，也许哪一天，你也得这么去质问齐昊天。”

平岚说：“不可能。”

艾慕还是一笑：“好吧，你说不会就不会。那你想怎么样?”

平岚说：“现在是你要对事情做出解决，不是我想怎么样，我从心里希望，这一切都没有发生过!”

艾慕点点头：“其实这是我的家事，但是我理解你跟美诗和楚潇的感情，可是有些事情，真的无解。说到底，我也不愿意造成今天这样的情况，发生了就是发生了，我也无法停止。”

平岚颓然地向后靠在沙发上，嘴里吐出两个字：“渣男!”

艾慕撇撇嘴：“老同学，我们在社会上那么久，你还是保持着当初的天真。”

平岚语塞，一时竟然不知道说什么才好。

她从咖啡厅出来，心里五味杂陈，闷闷不乐。她信步闲逛，不由自主地又到了楚潇的家里。

楚潇楼上楼下手忙脚乱地跑，陈美诗在沙发上跟艾希一起看动画片。

平岚看到楚潇那副忙乱的样子，吃惊地：“这是怎么了?”

楚潇一边擦着地板，抬头看见光着屁股的老二摇摇晃晃地站在楼梯口，好像就要扑下来。她三步两步奔过去，抱起她送进了楼上的卫生间。

好一会儿才出来，一手抱着老二，一手拿着抹布继续擦地板，嘴里还在跟平岚说：“天热，孩子用尿不湿屁股起疹子，就没给她戴，结果这几天，倒拉了几次在裤子里，今天搞到地板上。阿姨又去买菜，我赶紧收拾了，不然有人回来要踩上，可搞得家里到处臭烘烘的——艾希，你赶紧把电视关了做作业，一会儿我要检查——平岚你知道吧，现在幼儿园也要留作业。美诗，你也别在那跟着看了，你这样他看得更起劲。”

平岚看看美诗，美诗抬头看看她赶紧又低下头。

楚潇用了几张抹布，用完洗也不想洗，直接拿塑料袋系上扔门外去了，又在楼下卫生间洗了手。

平岚勉强笑笑：“你洗手也抱着孩子，可怎么洗。”

楚潇笑：“练出来了，你看看刚才一眼没看见，差点出大事儿。现在正学走路的时候，歪歪扭扭地扶着东西还非得走，大人有一分钟分神，她脑袋就往桌子上磕，要不就往后倒。之前又请过两个保姆，还是不行，一个说带孩子出去散步，趁着我不注意，抱着孩子坐在那打麻将。另一个更逗，我给艾希和艾雅买的奶粉，她每次自己先冲了喝一大杯，再给孩子冲，我倒不心疼奶粉，可是她每次舀了奶粉，还得舔舔勺子，然后随手扔进罐子里，多不卫生啊，这还是美诗那次来发现的，头一个带孩子打麻将的，是邻居告诉我的，要不我都不知道。所以现在还留着原来那个孙姐，只让她做饭收拾屋子，孩子还得我自己带放心。”

平岚勉强笑笑：“哦……肯定自己带放心。”

楚潇给老二换上新裤子，连衣服一起换了，抬头看见她：“你今天怎么了，脸色煞白的。”

陈美诗在楚潇身后又看看平岚。

平岚说：“哦，工作的事情，心情不好。”

楚潇给艾雅换好衣服，把她抱起来，跟平岚说：“我现在羡慕你呀，有齐昊天青梅竹马，还有自己喜欢的工作。”

平岚勉强笑笑：“都失业了。”

楚潇说："失业是为了更好的创业，心里有目标。不像我，每天累得要死，艾慕一点不领情，还觉得我天天在家耍，多舒服呢。"

平岚说："有目标也那么遥远。"

楚潇说："我还跟美诗说呢，在C市定居算了，她做网站，在哪儿不是做，过来能时常给我帮把手。在那边，离我们又远，本来租的房子，又是一个人，无牵无挂的，说来就来了呗——对了，你们昨天到底去哪儿了，晚上她也没有回来住，我问她，这个死女人硬是不说。"

陈美诗又看向平岚，目光闪烁，好像带着点期待又带着点哀求。

平岚低下头："啊，没去哪儿，就看了场电影，散场太晚，在我那住了一夜。"

楚潇还在热辣辣地说着什么，平岚却完全听不清楚，只觉得头晕脑旋，说了一句："哎呀，我想起来还有点事儿。"拿起包就匆匆逃了出去。

22

当天晚上，平岚做梦有无数的齿轮转动，都向着她碾压，正要粉身碎骨的时候，不知怎么，自己也变成了一枚冰冷的齿轮，在既定的轨迹上转动，想逃逃不了，想挣脱也挣脱不了。她大声喊："救命……"

齐昊天被惊醒了，哄孩子似的："有我在，有我在。"

平岚也醒了，趴到齐昊天怀里哭："我好像不认识陈美诗了，也不认识艾慕了，这些还是那么熟悉和亲密的人。那不熟悉、不认识的那么多人，我更不知道真实的样子是什么。我现在不知道怎么去面对这个世界，我觉得害怕。"

齐昊天安慰她："行了，这说明你生活得幸福嘛。"

平岚疑惑："为什么？"

齐昊天说："遇到的都是善良的人，所在的环境也是单纯的环境，每天只想着茶，茶室，其他什么都不用操心，闷头干自己的。所以有一天忽然发现有些事儿跟自己想象的不一样，就觉得受不了。"

平岚说："是吗？"

齐昊天说："就是。"

平岚陷入了沉默，齐昊天以为她睡着了，自己也迷迷糊糊地接着睡，过了半天，平岚忽然打了他一下："说的你好像经过多少似的。"

齐昊天"哧"一笑："我所看见的那些事儿，哪件都比这个惊悚，比这个荒唐，你不要为了这个事情折磨自己了。"

平岚忽然坐起来：“就是的，你还从来没有跟我说过你工作上的事儿。”

齐昊天蒙眬着眼睛：“大半夜的你怎么精神起来了？”

平岚拉他：“不行，你得跟我说说。”

齐昊天说：“哎呀，有什么说的？”

平岚说：“非得说。”

齐昊天闭着眼睛：“以前遇见的案子，男孩和女孩谈了好几年恋爱，因为彩礼谈不拢，男孩就把女孩给杀了。”

平岚说：“啊？！怎么这样？！”

齐昊天说：“行啦，接着睡吧。”

平岚说：“那这个跟你有什么关系？”

齐昊天说：“说了以前遇到的了。现在我刚刚升了检察官，在有些案子里做公诉人，审查起诉和出庭公诉。”

平岚大吃一惊：“啊？你不一直都是检察官吗？”

齐昊天闭着眼睛抬起头：“进了检察院就是检察官呐，以前一直都是书记员，也叫检察官助理。你怎么连老公是做什么的都不知道？我问问你，我参加司法考试你总知道吧？”

平岚说：“啊？！什么时候的事儿，我只知道你要考公务员。”

齐昊天脑袋落回枕头上：“服了你了，你眼里到底有没有我这个老公？”

平岚说：“我工作上太忙了。”

齐昊天说：“好好，这样也好，心大。我看我有些同事的女朋友，遇到加班或者出差，跟审犯人似的审他，本来我们加班就多，把他们给郁闷的，你就从来不那样。”

平岚说：“那有什么好问的，你要真喜欢别的女孩儿，就去呗，要是真心瞒着我干坏事儿，我问了也问不出来……就跟楚潇似的。”

齐昊天说：“行了，还在想，我知道你们三个最好，可是已经发生了，你又能怎么办？”

平岚说：“如果你真的喜欢上别人，我希望你能跟我说实话，咱俩还没有结婚，你仍然是自由人。”

齐昊天一拍脑袋："哎呀，说起结婚，我都忘了。"

平岚说："什么呀?"

齐昊天睡眼惺忪地趿拉着拖鞋，走到一个柜子前，打开柜子，在里边掏了半天，掏出个小盒子扔给平岚，自己又回到床前一头倒下。

平岚打开盒子，一个小小的戒指闪闪发光，平岚问："这是什么?"

齐昊天说："笨蛋，跟你求婚的，我估计你也不会说 no，我明天请个假，咱俩去把结婚证领了。"

平岚拿起枕头往他头上砸："有你这样的吗？自己买的求婚戒指也能忘。我偏说 NO——NO、NO、NO!"

齐昊天一把将她搂在床上："行啦，不要为了别人的错误惩罚自己，美诗的事儿，不是你的错，一点也不是。"

平岚说："可不告诉楚潇，就是我的错，今天还跟她撒谎了。"

齐昊天说："那你就告诉她。"

平岚说："我说不出口，不知道怎么说。"

齐昊天说："那你就暂时先不说。"

平岚睁着眼睛出神，又过了半天，忽然说："希望艾慕自己坦白。"

齐昊天说："你太天真了，这样的事儿，他要自己跟楚潇去说，不是傻嘛。"

平岚说："可是他答应了的，我白天约了他，到后来，他答应跟美诗了断，向楚潇坦白。"

齐昊连连摇头："不是所有男人都像我似的，一言九鼎。"

平岚捶他一拳："这个时候还不忘往自己脸上贴金。"

齐昊天说："不信你后面看。"

平岚长长地叹了口气，躺在枕头上，又沉默很久，不由得感叹："原来你不是检察官。"

齐昊天说："现在是了。"

平岚说："原来你要办那么多奇奇怪怪的案子，见过那么多奇奇怪怪的事儿。”

齐昊天说：“跟我一起进去的一个女孩儿，刚开始戏称自己是‘母检’，现在也说自己是公检了，有一天她抱着一米高的卷宗，在走廊看见我，跟我说‘等我成了女汉子，你要记得，我曾经也是萌萌哒’。”

平岚说：“我现在觉得，连你也不了解了，看不懂身边人，看不懂人性和人心。”

齐昊天搂着她：“别胡思乱想，你本来就笨，想多了把自己绕进去。赶紧睡，明天得领证呢。”

平岚辗转反侧睡不着。

第二天，两个人就去领了结婚证。好在平岚的户口挂在人才中心，办了手续拿出来就行，齐昊天的集体户口也在本地，都不用跑回老家去费事。

领了证出来，齐昊天问她：“还是办个婚礼吧。”

平岚说：“我最不喜欢闹哄哄的，认识不认识的人还得敬酒寒暄，不办。”

齐昊天说：“那请几个好朋友吃顿饭，是那个意思。”

平岚叹了口气：“我现在不想见美诗，不敢见楚潇，请到一起，还得装着若无其事，跟演戏一样，别请了。”

齐昊天说：“你不觉得委屈就行。”

平岚说：“你给我的委屈还少啊？”

齐昊天说：“你觉得委屈也晚了，已经是我的人了。”

平岚说：“嘿嘿嘿，你看你得意的那个样儿。”

齐昊天说：“我咋不得意呢，我齐昊天娶老婆啦……老婆……”

齐昊天抱起平岚在大街上转起圈儿，平岚被转得大叫：“快放下，快放下……”

之前在苦甘喝茶的人，不管赵钱孙李，往往后面也带个“总”字，看着平岚温文尔雅，做事不急不躁却条理分明，都想挖她到自己的公司里——即使不做个什么实际的工作，有这么个气质才女，面子上也好看。

听说她辞职了，那些总先先后后都给她打电话，其中有一个叫田姐的女人，高高瘦瘦，看起来精明干练，也约了平岚见面。

见面以后田姐不绕弯子，直接跟她说："平岚，田姐想请你来帮我。"

平岚对田姐本来有一些了解，就微笑着说："我也很愿意帮田姐一起做事，可是说实话，田姐经营环保材料，我还是想继续做茶。"

田姐笑起来："我知道，你之前就说过，铁了心一辈子跟茶打交道。现在是这么回事儿，我跟几个朋友想一起投资，做一个茶室，你在这方面有经验，还想请你来筹办和运营，这是其中一件。第二件呢，我们有很多酒店资源，好多酒店大堂，有些是没有规划利用起来的，有些原来是咖啡厅的，现在都想做成茶吧，这个就酒店出资，我们帮他们改茶，也是你的强项。第三件是最眼前的一件，我环保材料的展厅，之前做得比较简单，现在我准备重新装修，就搞成中式的茶空间，客户来谈事儿或者选材料，可以在展厅休息喝茶，慢慢谈，慢慢选。"

平岚沉吟不语。

田姐笑："工资你开。"

平岚说："谢谢田姐，这些事情跟我心里想做的，倒是都一致，只是其中随便拿出一件，都需要投入全部精力去做，我是担心同时启动，有点顾不过来。"

田姐说："那就一件一件地做，先把展厅给布置出来。改茶的话，也得哪家酒店有需求，我们才去，不一定什么时候开始。茶室的事情我们几个投资人还要再商量细节，也要晚一些。我再给你派几个人手，有些跑腿儿的活，让他们干就行。"

平岚点点头："行。"

田姐说："明天就上班。"

平岚一头又扎进了工作里，跟装修公司的设计师反复沟通，告诉他自己需要的展厅风格，造型，等等。田姐最后敲定的装修公司虽然名气大，这设计师却不甚高明，沟通起来就格外的费力，往往平岚说到哪儿，他改到哪儿，也是让人无奈。

设计图终于确定了，平岚就在田姐自己的室内环保材料中，选符合风格的，这样一来，整个茶空间既雅致大方，节约成本，无形中又成了生动的公司产品展示。

整体的布局轮廓出来以后，最投精力的还是器具的选择，跟整个风格相符是第一，看起来美观大气端庄是第二，最关键的，要独特，不能是市面上到处看得到的，或者网上一查就有的。这个事情就没有人能帮忙，平岚得自己全国跑，光是景德镇就不知道跑了多少趟，又去宜兴看紫砂，木雕木刻和竹藤编制的器具也选遍了。最后还回到可雕，在白老板那里请了一尊木雕的佛像回来。

展厅做好了，酒店大堂改茶还没有开始。之前满口要做大堂茶吧的朋友，等田姐再去问的时候，却都变了主意，有的说暂时没有预算，有的说咖啡吧生意好起来了，不准备改成茶吧了。

平岚工作上慢慢闲下来，齐昊天却越来越忙，他从检察院出来，进了一家著名的律师事务所，改行做律师。

齐昊天开始经常出差，有时是外地的案件代理，有时是律师事务所日常事务的外派，经常十天半个月不回家。平岚也不介意，全力地支持，常常齐昊天出差几天积攒的衣服鞋袜都拿回家，她一起帮着洗。

她这边跟齐昊天多少年的感情还一如既往的甜，可是朋友间刻意回避的事情，该来的却还是来了。

一日，她正在田姐的展厅给一个重要的客户泡茶，忽然接到了艾慕的电话。

艾慕说：“你赶紧来一下，楚潇疯了。”

平岚扔下手上的事情，按照艾慕发来的地址急匆匆地赶到一家气派的大厦门前，路上给齐昊天打了电话，让他下班以后也赶过去。

这正是艾氏集团的总裁大楼，总裁办在顶层，艾慕所在的公司就在同一座楼里的十八层。

平岚刚刚走出十八层的电梯，就听到楚潇撕心裂肺的嘶吼：

“你们给我滚，都给我滚，老娘今天就没想过活着回去。”

一个中年女人的声音：“都看什么看，回去干活儿。”

平岚往里走，看见一个硕大的办公室里，职员都在自己的座位上探头探脑。有些视线好的，身体端坐在电脑前，眼睛却不由自主地往里瞟。

平岚在众多的目光中快步走进总经理办公室。

林亚琴气得脸色煞白，正指点着艾慕：“你看看你娶的这叫什么人？丢人丢到外太空去了，离婚，必须离，她要孩子就给她，娶更年轻的，再生多少不能生？”

楚潇脸色煞白，听这么说，在桌子上抓起一把美工小刀冲上去就要往林亚琴身上捅，嘴里吼着：“我要死也拉个垫背的，平常受你的糟践今天一起还。”

艾慕眼疾手快地去拦她，自己却被划了个大血口子，楚潇却哈哈大笑了起来。艾慕回手一个巴掌打过去，把她打得愣在原地。

平岚赶紧冲过去，推开艾慕，紧紧搂着楚潇，问她：“你怎么了，你这是在干吗？”

楚潇大笑一阵，眼泪花包起，指着艾慕说：“你花，你在外面花，这么多年我都认了，你在我眼皮子底下，啊?！你是有多坏能做出这种事儿……平岚，你知道他跟谁上床了吗？美诗，陈美诗！你相信吗？我问你相信吗？”

平岚说：“先回家吧，回家去说。”

艾慕一条胳膊还淌着血，旁边一位女孩，应该是他的助理，一边拿纸巾帮他擦着血，一边示意其他人赶紧去药店买纱布。

楚潇推开平岚走了两步，忽然猛地把助理推坐在地上，抬起脚就要去踩她：“你说，你是不是也跟他有一腿？”

艾慕扯得楚潇一个趔趄，捂着胳膊说：“楚潇，你到底想怎么样？马上跟平岚回去，否则后果你自己承担。”

楚潇推开平岚：“什么后果？你说，现在就说清楚。”

平岚说：“我拜托你们都少说两句吧。”

艾慕说：“你要死离这儿远点，要是明天还活着，马上就离婚!”

楚潇冷笑几声：“你这么说，我还不死了！我不离，就不离，我拖死你。”

平岚说：“别说这些，冷静下来，有话好好说。”

平岚连拖带拽地把楚潇拉出去，带到楼下，正遇到齐昊天赶过来。

齐昊天看到楚潇身上有血，赶紧说：“楚潇，你受伤啦，我们带你去医院。”

楚潇低下头，这才发现衣服前襟红了一片，她用袖子一蹭：“没事儿，不是我的。”

平岚带着楚潇去了一家茶楼，看看楚潇的情绪渐渐稳定，就让齐昊天赶回去上班。

23

她还像以往一样泡着茶，楚潇眼泪就“哗啦啦”流下来，抽抽噎噎地：“他犯错，倒让我离婚。其实我早就想过离，可是现在两个孩子……陈美诗我做梦也没有想到能做出这样的事情，我这不是自己引狼入室吗？之前的转款，我就查出来收款人是陈美诗，我都在安慰自己，一定是她缺钱，不好意思让我知道。结果今天找东西，看见他俩的一张照片，我去问陈美诗，她还不承认。我气得去艾慕公司里找他。他倒嫌脸上不好看，让我赶紧回家。我问他到底有没有问题，他低下头不说话，我就知道被我猜中了。当时我就懵了，跟他吵起来。不知道哪个小贱人跑到楼上去打小报告，林亚琴下来了——你看她那个样子，我真恨不得在他们身上戳个十刀二十刀……”

平岚不知道说什么，只能安慰道：“你先冷静一下，你真一冲动做了什么事儿，最后吃亏受苦的是自己，还有两个孩子。”

楚潇说：“那难道我真这么忍下去？我做不到。”

平岚不说话了，楚潇也沉默下去，只有茶壶里的开水发出“咕嘟咕嘟”的声音，蒸汽悄无声息却是奋力地在向上冒。

不知道过了多久，楚潇站起身往外走，平岚赶紧买了单在她身后跟着她，一直跟到大街上。

楚潇站住脚，苦笑一下：“你怕我想不开？”

平岚不由得虚虚扶着她的胳膊，真好像怕她从高处跌落下去。

楚潇说：“那个时候年轻气盛，做事不想后果。结婚这几年，有什么棱角都给磨没了。刚才要不是姓林的那个样子，我也不会拿刀拿枪的，倒显得自己成了个疯婆子。”

平岚搂住她的肩膀：“我担心你。”

楚潇在她手背拍了拍：“我已经想好了，现在要是重新谈恋爱结婚生孩子再从头来一遍，我没有那个精神，也没有那个信心，就算离婚重新找一个，难道就处处顺心吗？再说我早想好了，我不能没有钱。”

平岚说：“那……那你好好跟艾慕谈谈。美诗她……”

楚潇打断：“以后都别跟我提这个名字。你要是跟她好，以后也别再来找我，我就当没有这两个朋友。”

平岚说：“楚潇，你别这样。”

楚潇瞬间又急了：“那你说我该怎么样，点头微笑跟她说，我一点不介意，一点不生气，一点不伤心，一点没问题。咱俩还是好朋友好姐妹，你觉得可能吗？”

平岚说：“也许……她心里也……苦……”

楚潇说：“如果陈美诗睡的是齐昊天，你还会不会这么说?!”

平岚哑口无言，张了张嘴：“楚潇……”

楚潇说：“我说过了，你要是还跟她好，从此以后别来找我。”

楚潇转身走了，平岚愣在原地，呆了半晌，只有向家里走去，心里还是惦记楚潇。

楚潇离开平岚，回到家，麻木而茫然地转了几圈，不知该做些什么，愣愣地抱起女儿艾雅，搂着她眼泪止不住流下来。

艾雅小手摸着妈妈的脸，稚声稚气地：“妈妈，妈妈，陪我玩儿……”

楚潇擦擦眼泪：“你想跟妈妈玩什么？”

艾雅指着地上一摊玩具：“搭积木。”

楚潇把她放到地上，自己也坐到女儿对面，拿起一块圆柱形的积木：“这个来做柱子好不好？”

艾雅说：“好——”

楚潇一根一根地开始搭房子，眼泪不知不觉又流了下来。快要搭好的时候，她“嚯”地把积木全部推倒，抓起来没头没脑地往地板上扔。

楚潇忽然的失控和“噼噼啪啪”刺耳的声音，把艾雅吓得大哭。

楚潇摔够了，扔够了，蹲下身把艾雅抱在怀里，搂着她一起哭起来。

哭完以后，楚潇看看时间，把艾雅放到婴儿车里，推着婴儿车去幼儿园接艾希放学。带着两个孩子回到家，她就忙碌着一边自己胡乱吃了几口饭，一边照顾老二吃饭，之后带着她送艾希去培训班。等培训班下课，她把两个孩子带回家又给他们洗澡洗衣服。

好不容易把两个孩子都哄睡了，楚潇无力地靠在艾雅的小床上，盯着孩子们的小脸，她又一次无声痛哭。

深夜，开门的声音传来，艾慕照常洗漱进房关上了房门。

楚潇擦擦眼泪，揉了揉红肿的眼睛，站起来慢慢地走下楼。她先到卫生间就着冷水冲了把脸，随后茫然地坐在沙发上，打开了电视。就着电视屏幕昏暗的荧光，她看见茶几上一叠纸。

楚潇伸出手，拿起来，纸上醒目的“离婚协议书”几个大字，刺痛了她的眼睛，她没有看里面的条条款款，一通撕得稀烂，往天上一扔，洋洋洒洒的碎纸片像东北漫天的大雪，把她整个给掩埋起来。

当年那个在雪中奔跑笑闹的女孩儿，恍若隔世。

第二天，楚潇接到了陌生的电话，对方开口就说：“楚女士你好，我是艾慕先生的代理律师，我们今天向法院递交了离婚诉讼。他委托我转告楚女士，如果您同意放弃儿女的抚养权，他可以撤销诉讼并且给予丰厚的经济补偿……”

楚潇冲着电话喊：“去你妈的。”

律师还想再说什么，楚潇挂断了电话。她马上又给平岚打电话：“艾慕起诉离婚，我怎么办？”

平岚说：“我给你发一个昊天工作的律师事务所的电话，我们在那边见面，听听他的。”

两个人一起到了齐昊天的律师事务所。事务所位于市中心一栋高档写字楼里，面积七百多平方米，装修得庄重而不失温馨。

平岚一进去先吃了一惊，对着迎来的齐昊天说："你办公环境不错嘛。"

齐昊天拍了她脑袋一下："那还用说，我负责的装修。"

平岚吐吐舌头："挺有眼光。"

齐昊天看见楚潇面容忧愁，顾不得跟平岚多说，直接把她们带进了一间小会议室，开门见山地："楚潇，我听平岚说了你的情况，现在艾慕递交诉讼以后，人民法院收到起诉状或者口头起诉，经过审查，认为符合起诉条件的，通常在七日内立案。大概在立案之日起五日内将起诉状副本发送被告，被告在收到之日起十五日内提出答辩状……"

楚潇说："等等，说那么多，我听不明白。我只想问问，艾希和艾雅判给我的希望大不大。"

齐昊天皱皱眉头："法院通常会从有利于子女身心健康，保障子女的合法权益出发，结合父母双方的抚养能力和抚养条件等具体情况……"

楚潇又一次打断齐昊天的话："意思就是判给钱多的一方？"

齐昊天说："这也未必，通常母亲对孩子的情感也会作为重要的条件。"

楚潇说："那财产呢？"

齐昊天说："如果是夫妻共同财产，一般按照适当照顾女方和子女的原则，平均分割。"

楚潇说："我刚毕业就嫁给他了，也没有收入，不知道哪些属于共同财产？"

齐昊天说："比如房产……"

楚潇说："之前艾慕说，现在的房子是林亚琴那边过账买的。"

齐昊天想了想："你把具体的房屋信息给我，我帮你查一下。"

齐昊天出去，片刻后拿了个笔记本电脑进来，按照楚潇说的信息帮她查询，过了一会儿把电脑推给她："这是房屋的网上备案，产权人是林亚琴。"

楚潇脸色一暗："就是跟我没有关系吧？"

平岚拍拍她的肩膀："别着急，先听听昊天怎么说。"

齐昊天看看平岚："一方父母出资买房，不属于共同财产，何况产权人也不是你们。"

楚潇忽然想起了什么："艾慕说，他在他爸的公司，有股份。"随即又失望下去："但好像结婚前就给他了。"

齐昊天说："当事人以个人财产购买了房产、股票、债券、基金、黄金或古董等财产，在婚姻关系存续期间，因市场行情变化抛售后产生的增值部分，由于这些财产本身仅是个人财产的形态变化，性质上仍为个人所有之财产，抛售后的增值是基于原物交换价值的上升所致，仍应依原物所有权归属为个人所有——也就是说，婚前的股份和这些股份在婚后的增值，法律上还是个人财产，不属于夫妻共同财产。"

平岚说："你别光背那些，你直接说说，有哪些楚潇能争取的。"

齐昊天想了想："银行存款吧，夫妻双方任何一方名下存款原则上都属于夫妻共同财产。分割银行存款最重要的问题不是论证是谁的钱的问题，而是先要把钱固定起来的问题，因为银行存款很容易被转移……"

平岚说："那赶紧想办法固定啊。"

齐昊天说："我可以帮楚潇申请财产保全。"

平岚说："那现在就去！"

楚潇说："等等，我……我之前好像听说，律师费是按……"

平岚说："行了，要什么律师费，他要敢要你律师费，我捶死他。"

齐昊天说："楚潇，咱俩多少年的老同学了，这个你别放在心上，再说老婆大人的命令我要是不听，你看她要捶我呢。只是我擅长的是经济领域，现在诉讼案只是律师事务的一部分，其他企业法律咨询、企业并购，等等，这些也是很重要的工作——离婚案我真不行……"

平岚说："不行也得行，这个事情不准推到别人身上，就你来。"

齐昊天还想说些什么。

楚潇眼泪汪汪地："昊天，这个事情，我只能靠你，不管你擅长什么吧，总比我不认识的强，再说如果是其他律师，怎么也不能让人家白干，是你，我就厚着脸皮求你白帮忙了，你就勉为其难，帮我这一次吧。"

齐昊天沉吟片刻点点头："这个，那好吧……我肯定全力以赴，但是最终结果……你知道……"

楚潇站起来，郑重其事地鞠了一躬："谢谢你，昊天。"

平岚赶紧扶起她："别这样，你这是干吗?!"

齐昊天也说："楚潇，你可折煞我了。"

楚潇说："那我就先回去，后面的事儿全拜托你了。"

齐昊天赶紧说："都这个点儿了，一起吃中午饭吧。"

楚潇说："我现在也吃不下，不知道以后能不能看见艾雅和艾希，我还是回去，趁着……多陪陪孩子。"

平岚安慰她："你别这么说，我们尽力争取。"

楚潇又一次眼泪汪起来："我没有想到，艾慕他做得这么绝，明明是他对不起我，现在倒反咬一口。"

平岚说："那我也不吃饭了，我送楚潇回去。"

楚潇说："不用不用，我没事儿，我一个人能行。"

楚潇坚持一个人走了。

齐昊天搂住平岚的肩膀："走吧，难得老婆大人来视察工作，我可得照顾好。"

平岚打他一下："都什么时候了，还没有正经，楚潇这个事情，你觉得怎么样。"

齐昊天皱着眉头："财产分割有明确的法律条文，现在看来艾慕家里人是很早就有了准备的，早防着儿媳妇离婚分财产了——我尽量在子女的抚养权和抚养费上争取。"

平岚想了一会儿："那能不能向过错方争取赔偿。"

齐昊天说："离婚时一方有法定过错的，可以请求离婚损害赔偿，理由包括重婚、同居、家暴、虐待、遗弃。单纯出轨请求离婚损害赔偿不一定会得到支持。"

平岚推了他一把："你又知道了，不是不擅长嘛。"

齐昊天嘿嘿笑："你老公靠这个吃饭的，各个领域的法律条款不是我们最基本的要求嘛。"

平岚皱着眉头："这么说楚潇还是蛮恼火的。"

齐昊天摸摸平岚的头："清官难断家务事，你又出头管这烫手的事儿，你跟楚潇和美诗都是高中同学、好朋友，跟艾慕又是大学同学，我往法庭上一站，你以后跟艾慕还怎么处？"

平岚说："我不跟他处，明明是他错了，自己不说认错求得楚潇的原谅，还这么绝情，我算看透他了。"

齐昊天摇摇头："有时候男人也要面子，楚潇跑到他公司里那么闹，他肯定脸上挂不住。"

平岚打了齐昊天一把："你到底站哪边儿？"

齐昊天说："不是，我只是客观地看问题。"

平岚说："错了就是错了。这个陈美诗也像消失了一样，楚潇和艾慕现在闹的这样，她倒没影了。"

正说着，平岚电话响起，她看了一眼，正是陈美诗打过来的。

平岚接起电话，听到陈美诗说："平岚。"

平岚没有好气的："楚潇和艾慕闹离婚你知道吧，都要上法庭了你知道吧？"

陈美诗沉默了一会儿，说了声："嗯……"

平岚说："你是不是该做点什么？"

陈美诗不回答，只说："我……我想问你个事儿，我想送一套茶具给人，是有身份的，应该……应该送什么？"

平岚气的："这个时候你问这个，你到底长不长脑子？"

陈美诗说："你要不告诉我，我再问别人。"

平岚无奈："可以送官窑或者汝窑这些古代流传下来的名贵瓷器。"

陈美诗说："哦，谢谢。"

平岚冲着电话吼："你别谢我，你是不是该处理一下他们离婚的事儿，至少跟艾慕一刀两断总可以吧，要不你对得起楚潇吗?"

陈美诗也提高了声音："我跟艾慕是真爱。当初是楚潇奉子逼婚嫁给他的，本来就感情不好，那现在他们要分开，即使没有我还是会分开，说不定这样对两个人都是一种解脱。"

平岚气的："你现在说这些?!"

陈美诗继续说："爱情不是排队买东西，没有先来后到，是真爱就应该被祝福。"

平岚说不出话："你现在……你……"

陈美诗说："你总是站在楚潇那边指责我，有没有替我想过。"

陈美诗挂断电话。

平岚哑口无言，齐昊天见状，赶紧问她："陈美诗说了什么?"

平岚原原本本地把她的话告诉了齐昊天，随后郁闷地说："她还理直气壮，我真不知道她现在怎么变成了这样儿，难道是我错了吗?"

齐昊天说："你又来，你有什么错？别什么都往自己身上想。"

平岚说："哪天急眼了我跟他们全一刀两断，眼不见为净。"

电话再次响起，这次是田姐。

田姐说："平岚呐，你赶紧到公司来一下。"

平岚不知道发生了什么，饭也没有吃两口，匆匆忙忙地走了，齐昊天这边就开始着手楚潇的离婚案。

等平岚到了公司才知道，田姐跟几个股东之前各自拿了资金，放在一个朋友那里，准备一起用来开茶室，结果那个朋友自己卷款跑路，茶室开不成，倒损失一大笔。

平岚陪田姐去报了案，心下明白，酒店改茶没有做成，现在茶室也没有开始就被迫中断，她在公司的意义就不是很大。过了几天，平岚主动提出辞职，再一次离开了。

24

齐昊天帮楚潇申请财产保全，才发现艾慕名下的存款只有三千八百二十块钱。

庭审的时候，艾慕的代理人不仅拿出了现有收入都是艾慕个人财产或父母财产的证据，并且拿出当初楚潇跳楼住院的诊断，邀请了楚潇大闹艾氏集团并且持刀伤人的证人，力证楚潇精神状况不良，子女不宜与其共同生活。

楚潇差点当庭发作。齐昊天一手按在她的手上，把她按下。他提交了艾慕与陈美诗多次开房的记录，两个人多次共同旅行的机票及出入境记录，有理有据地反驳：婚姻存续期间，一直是楚潇在尽力抚养和陪伴两个孩子，她愤怒的行为是由原告的过错所致。齐昊天同时还说，根据法律条款，稳定、持续的两性关系，也可认定为同居，被告方提出子女应由自己抚养的同时，也请求过错赔偿。

双方激烈地答辩，楚潇看着对面的艾慕，眼睛几乎要冒出火来。

最终判决结果是儿子由艾慕抚养，女儿由楚潇抚养，艾慕每月支付抚养费六千元，现有证据不能构成对原告过错的指证，不予赔偿。

庭审结束的时候，楚潇走到艾慕的面前，冲着他惨然一笑："你本事大，我净身出户。"

艾慕目视前方："我会继续争取我女儿的抚养权。"

楚潇握紧拳头，几乎无法按捺。平岚几步从旁听席赶上来，扶住楚潇。

艾慕看看齐昊天，看看面前的平岚："我不生你们的气，我能理解，但是请你们也理解我。"

平岚说："你让我们怎么理解你，你……算了，就当我从来没有认识过你。"

艾慕说："平岚……"

平岚扶着楚潇："我们走！"

陈美诗坐在角落，把这一切看在眼里，默默低下了头。

平岚带着楚潇，跟齐昊天一起走出了法院，楚潇泪如雨下："从学校毕业我就在他身边，吃喝拉撒白天晚上都围着他，多少年了，从来没有想过别的，现在忽然之间好像全世界都没有了，我看着房子也不像房子，树也不像树，地也不像地，像棉花……"

平岚说："你离了他照样能活得好好的。"

楚潇说："我不知道，我没有试过。"

齐昊天看着楚潇的失落："要不你去我们那里住吧。"

楚潇看看平岚，看看齐昊天："我带着艾雅回东北，回我爸那里，C 市我一分钟也不想待下去，一秒钟也不想待下去了。"

平岚还是不放心："你自己带着孩子回去，能行吗?"

楚潇点点头："能行。"

齐昊天问她："你跟你爸说了吗?"

楚潇掏出电话："我现在就说，马上就回去。"

楚潇跟她爸爸通了电话，挂断以后看看平岚："他说马上就去机场等着我。"

平岚和齐昊天一起跟着楚潇回了趟已经不是她家的家，帮着她收拾了一些她和女儿的随身衣物，临出门的时候，楚潇抱起艾雅，用头抵着她的头："宝贝，妈妈带你去看姥爷。"

艾雅稚嫩地喊："爸爸……"

楚潇再一次泪如泉涌，哽咽着："爸爸不去。"

艾雅念叨："哥哥……"

楚潇说："哥哥也不去。"

艾雅不听，还在念："爸爸，哥哥……"

楚潇紧紧搂着她："妈妈带你去看哥哥，我们这就去看他。"

平岚轻轻地喊了一声："楚潇。"

楚潇哭着说："我以后就……我得去看看艾希，哪怕一眼……"

平岚和齐昊天看到这样的情景都有些动容，跟着她去了艾希的幼儿园。

楚潇给老师打电话，说家里有点事儿，请她把艾希送出来一下。

过了一会儿，老师带着艾希走了出来，楚潇一下把他搂在怀里："乖……"

艾希这个时候已经五岁多将近六岁，要上小学的年纪了，看到妈妈这样，就帮妈妈擦眼泪："妈，你怎么啦？"

楚潇说："妈妈眼睛进了沙子。"

艾希说："你骗人。"

楚潇擦擦眼泪："你快上小学了，已经不是小朋友了，以后妈妈不在，你要照顾好自己。"

艾希说："你为什么不在？"

楚潇哽咽地："我……我带着妹妹去看姥爷。"

艾希说："我也去。"

楚潇把他搂得更紧："你跟爸爸在家……乖，啊。"

艾希问："你们什么时候回来？"

楚潇在他脸上亲了又亲："妈妈爱你，永远永远都爱你！"

楚潇站起来想走，艾希一把拉住她："妈，别走……要走也带我一起……"

楚潇又蹲下来，把艾希抱在怀里，过了好一会儿："你真想跟妈妈走吗？"

艾希说："嗯！"

楚潇一手抱起艾雅一手拉着艾希："那走吧，跟妈妈一起走。"

平岚问她："你这是要干吗？"

楚潇在路边伸手拦下一辆出租车，把艾雅和艾希放进去，自己也坐进去，望着平岚："你就当帮我一把，我不能没有孩子。"

平岚看看齐昊天，打开后备箱，把楚潇的行李吃力地放了进去，自己也坐进出租车。

齐昊天说：“法院判决都下来了，你们不能这样。”

平岚说：“把你律师那套收起来，你要不走我们走。”

楚潇赶紧跟出租车司机说：“机场。”

齐昊天看到平岚已经在关车门了，他也拉开副驾驶的车门，自己坐了进去：“你们这样不行。”

楚潇说：“算我求你了，昊天，孩子们从小跟着我长大的，不能没有我，我也不能没有他们。”

艾希扑到妈妈怀里：“妈。”

平岚摸着艾希的头：“那你这么一冲动，艾希上学那些咋办？”

楚潇说：“我直接在那边给他找个小学，一样的。”接着又说：“我从小就没有妈，我不能让我的孩子也没有妈妈。”

平岚好像下了决心：“老话说，‘宁跟要饭的娘，不跟当官的爹。’”

齐昊天说：“艾慕不会就这么算了。”

楚潇说：“我们这么多年，他一次也没有去过我家，再说我爸早把老家房子卖了，现在省会呢，他没那么容易找到我们。我给孩子们条件也不差——司机麻烦开快点。”

几个人到了机场，楚潇立马就去买机票，托运行李，自己带着两个孩子换了登机牌，匆匆忙忙地过安检。

平岚站在安检口，看着她还不放心，一直嘱咐：“路上小心点。”

楚潇头也不顾回：“下了飞机有我爸等着呢。”

齐昊天还在重复：“你们这样不行？”

平岚说：“我反正不愿意看见楚潇失去艾希。”

正说着，艾慕突然赶到，后面还跟着陈美诗。

艾慕四处寻找，看见平岚就问她：“楚潇呢？啊？幼儿园老师给我打电话，说她把儿子带上出租车到机场了，她在哪儿?! ——你赶紧跟我说!”

齐昊天推开他："你放开平岚。"

艾慕一把抓起齐昊天的领子："那你告诉我，他们到底在哪儿?"

齐昊天指指安检口，艾慕就要往里冲，一群机场民警把他拦下，艾慕急的："有人抢我孩子，快把我放了，我去找儿子——警察同志，我真的着急。"又冲着陈美诗喊："去给我买机票办个登机牌，随便哪里的机票都行。"

陈美诗马上要走，平岚拦住她："你放过楚潇一次。"

陈美诗推开平岚，买机票去了。

这边艾慕又掏出手机，给爸爸打电话："爸，我在机场，楚潇把艾希带走了，我被安检拦下了，你快给朋友打个电话。"

没过一会儿，陈美诗拿着两张登机牌赶到，民警也接到了电话，艾慕拿着登机牌，跟美诗一起进了安检口。

平岚干着急，又埋怨齐昊天："你怎么回事儿，你为什么告诉艾慕。"

齐昊天说："你们这么做不合法。"

平岚用力打他："你……你个猪脑子，你个大笨蛋。"

齐昊天把平岚搂在怀里："我再帮楚潇上诉，争取艾希的抚养权，你相信我，我会全力帮她争取的。"

平岚一把推开齐昊天，急的在安检口直转圈。

楚潇在里边也急得像热锅上的蚂蚁，她一边看时间，一边看登机口开放了没有，一会又紧紧搂着两个孩子，生怕被人抢了去。

终于看到登机口有工作人员忙碌了，她"腾"地站起来，抱一个牵一个，赶过去问："我带孩子的，优先登机吧。"

工作人员看看她带的两个孩子："可以优先登机，你先坐在那边等一下，一会登机口开放会有广播通知，快了，别着急。"

楚潇也不坐，只在那站着，有心急的乘客看到她在那里，也站在她身后，慢慢就成了一条长队，楚潇尽量把身子往下缩，心里暗暗祈祷赶紧登机。

艾雅趴在楚潇的怀里睡着了，艾希紧紧牵着她的衣服："妈，我们还回家吗?”

楚潇摸摸他的脑袋:“不回了好吗?”

艾希说:“那爸爸怎么办?”

楚潇正要回答，远远地看见艾慕在人群里四处寻找，她直接蹲下，搂住艾希:“我们跟爸爸玩捉迷藏，不让他找到我们好吗?”

艾希想了想:“可是我想爸爸。”

楚潇看到艾慕的身影晃过人群，向着远处跑去，与此同时广播传来开始登机的播报，她暗暗松了口气，假装抱不住艾雅，半蹲着把登机牌交给工作人员。

正在这个时候，陈美诗的声音响起:“这趟是去东北的航班。”

艾慕闻声转身回来，一眼看见了正在穿过登机口往里飞跑的楚潇，他分开人群，撞开工作人员，用尽全力向里边跑去。

一阵“蹬蹬蹬”的脚步声，楚潇感觉到背后一只大手，抓住了她的挎包，她泪流满面地转过身，“扑通”一声跪在地上:“艾慕，我求你了，孩子给我吧，我什么都不要，抚养费也不要，我只要两个孩子，我求你了，求求你了。”

艾希搂住妈妈的脖子:“妈妈，你快起来，你怎么了?”

艾慕伸手去抱艾希:“乖儿子，跟爸爸回家。”

艾希死死抓着妈妈:“不，我不，我要妈妈，我要妈妈。”

登机的队伍被堵在后面，机场警察已经挤过人群向着艾慕跑来，他恼羞成怒，用尽全力一把将艾希扯过来:“你再这样爸爸生气了。”

楚潇一手搂着惊醒大哭的艾雅，一手用力地扯着艾慕的裤子:“孩子，我的孩子，我求你，求你了……”

艾希大哭起来，向着她伸出手:“妈妈，妈妈，救救我，救救我……”

陈美诗不知道什么时候挤过人群，蹲下身子:“楚潇，法院都判了。”说着去扯楚潇拉着艾慕的手。

艾希大喊:“你放开我妈妈，你放开我妈妈。”

艾慕在陈美诗的帮助下脱身，抱着哭喊的艾希向人群外面挤去。

楚潇绝望地趴在地上，看着艾慕和陈美诗向警察解释着什么，人群从她身边穿梭而过，各种各样的目光投在她的身上，一切的一切都变得遥远而模糊，只有艾雅的哭声和艾希的背影格外的清晰。

挎包在拉扯中掉到地上，里面的奶瓶、湿巾掉落一地。有人把散落在地上的东西装回挎包，递给她。

她茫然地接过来，自己捡起散在地上的三张登机牌，有一张上面写着艾希的名字，格外刺目。

楚潇抱着艾雅站起身，背上挎包，登上了飞机。坐在座位上，她拿着艾希的登机牌，亲了又亲，贴在脸上泪如雨下。

25

艾慕抱着还在哇哇大哭的艾希，与陈美诗走出了安检口，看到还等在安检口的平岚和齐昊天，一句话也没说，跟他们擦身而过。

陈美诗走出去没有多远，伸出手挽住了艾慕的胳膊。

陈美诗跟艾慕走出机场："我来开车吧，你心情不好。"

艾慕把车钥匙交给她，把艾希放进后座，自己也坐了进去。

汽车的颠簸加上刚刚的哭闹，让疲惫的小艾希渐渐闭上了眼睛，靠在艾慕的身上睡着了。

快要到家的时候，陈美诗偏过头："明天我陪你去看看伯父伯母吧，遇到这样的事情，他们心情也不好。"

艾慕揉了揉眼睛，疲惫地："现在这个时候，你不要出现的好。"

陈美诗说："那好，我都听你的。"

陈美诗把车停好，一边熄火一边问："我跟你上去吧。"

艾慕抱起熟睡的艾希走下车，对着陈美诗说："不用，你先回去，车你直接开过去，我开另外那辆。"

陈美诗噘起嘴："那你什么时候来看我？"

艾慕说："看情况。"

陈美诗点点头："那好嘛。"

在电梯里艾希也醒了，刚醒就吵着要妈妈，一直哭进了家门。艾慕哄了一会儿不见效果，干脆把电视打开："你看会儿动画片吧。"

艾希闹着："我不看电视，我要妈妈，要妹妹……"

艾慕耐着性子："都跟你说了，她们离开一段时间。"

艾希说："爸爸，你带我去找她们，我求你了，带我去找妈妈。"

艾慕说："行了，你别哭了。"

艾希不听，仍然哭闹不停，艾慕无法，自己也急起来："再哭，再哭我也不管你了，你自己在那哭吧。"

艾慕把艾希留在客厅，自己上楼去换了件衣服，再下来的时候看到艾希脸上挂着泪，已经被动画片吸引，正坐在沙发上看。

他走下楼，坐到艾希身边，一只手想去搂儿子，艾希往旁边挪了两下。艾慕又坐过去，艾希又挪了两下。

艾慕叹口气："不是爸爸要发脾气，大人们的有些事情，小孩子不懂。"

艾希说："我没有妈妈了……"说着眼泪又流下来。

孙姐不知从哪儿出来，站在旁边："今天晚上吃什么？"

艾慕说："买什么吃什么。"

孙姐还站在那："还没有买——以往都是楚妹子安排，她说两个孩子正在长身体，要营养搭配，你在外面应酬多，回家得有去油腻和滋补的……"

艾慕挥挥手："行了行了，你自己做自己的吧，我跟艾希去外面吃——儿子，你晚上想吃什么，随便选，爸爸带你去。"

艾希一句话不说，站起来上楼进了自己的房间。艾慕无奈，只有跟上去，推开门，看到他正坐在床上，手里拿着一张卡片。

艾慕坐在他身边："这是什么，好漂亮。"

艾希打开卡片："昨天手工课给妹妹做的礼物，还没有拿给她。"

艾慕不知道说什么，过了一会儿："那我们寄给她吧，爸爸小时候都寄信，还贴邮票，可好玩儿了。"

艾希说："能寄吗？"

艾慕赶紧回答："能，当然能。"

艾希说："那你把我寄过去吧。"

艾慕哑口无言，沉默了半天："等你放假，爸爸带你去看妹妹。"

艾希问："现在不行吗？"

艾慕干咳了一声："现在——咳，爸爸还走不开。"

艾希脸色瞬间黯淡下去。

艾慕赶紧说："要不这样，晚上爸爸带你去吃汉堡薯条，小孩子都爱吃，对吧？"

艾希摇摇头："妈妈说那是垃圾食品。"

艾慕说："那……那这样，吃西餐，牛排？"

艾希点点头："我还想要摩天轮的甜点。"

艾慕有点疑惑："那是什么？……好，不管是什么，爸爸给你买。"

父子俩坐在餐厅里，艾慕才知道，所谓的摩天轮甜点，就是有几种甜点，放在一个摩天轮形状的玩具里。

他先拿出一个冰淇淋递给艾希，随后自己也吃起来，吃了一会儿抬起头，看到艾希坐在对面盯着他，艾慕问："怎么了，怎么不吃？"

艾希说："我不会切牛排。"

艾慕说："哦哦，爸爸帮你。"

艾慕拿过艾希的牛排，帮他切得一小块一小块，等都切好了，自己面前的已经冷了。

艾慕本来就没有多少胃口，看看冷牛排，干脆放下刀叉，看着对面的艾希吃。

艾希吃完了，抬起头："我还想吃冰淇淋。"

艾慕说："好啊，再点几球。"

等吃完了饭，艾慕带着艾希走出餐厅，准备穿过一个大商场到地下室去取车。艾慕边走边说："爸爸告诉你，你现在是男子汉了，要学会自己照顾自己，要懂事儿，爸爸以后尽量多抽时间陪你，好不好？"

艾慕没有听到回答，他一回头，哪里还有儿子的影子。艾慕原地转了一圈，随后抬起头，在偌大的商场里用目光四处搜寻艾希，根本就没有看到自己的孩子。他变得焦急起来，沿着原路开始往之前的餐厅跑，餐厅也没有寻见艾希。

艾慕这一惊非同小可，他的大脑一片空白，心里无比慌乱，开始不顾一切地在商场里奔跑，边跑边大喊艾希的名字。

他的举动引起了商场保安人员的注意，保安人员问了情况，马上联系服务台广播找人，同时通知封闭商场各个出口。

艾慕打了报警电话，随后像个没头苍蝇似的乱闯，急的好像眼睛里要冒火，恨不得烧毁一切，让艾希现形。

不知道过了多久，他恍恍惚惚地听到商场广播里在说："请走失小朋友的家长到服务台……"

艾慕几个大步奔下电梯，冲到服务台前。保安人员带着艾希迎面而来："你看看，这是不是你的孩子，我们在儿童电玩城发现了他，一个人正看着别人玩儿。"

艾慕冲着艾希扬起了巴掌，艾希吓得躲到了保安叔叔的身后，只露个小脑袋胆怯地看着爸爸。

保安人员安慰着艾慕："孩子找到了就好，别吓着他。"

艾慕道了谢，之后一把拉出艾希："跟我回家，以后你再敢乱跑，看我打不死你。"

艾希耷拉个脑袋，无精打采地跟着爸爸回了家，一进门径直上楼走进自己的房间，对跟进来的艾慕说："我幼儿园的牙膏用完了，老师说明天记得带过去，我还要橙子口味儿的。"

艾慕疑惑地："橙子口味？牙膏？行，行，我一会儿就出去找找，怎么那么多事儿？"

艾希自己躺在床上："我今天不洗澡了行吗？"

艾慕说："洗澡？对了，还没有洗澡，快起来，洗了澡再睡。"

艾希又爬起来，跟着艾慕走进了卫生间。

艾慕在浴缸里放了水，看着孩子脱了衣服爬进去，自己想起来换洗的衣服没有拿。

他到孩子的卧室，手忙脚乱地找到睡衣，返回卫生间，刚一进去就看见艾希手蹬脚刨的，整个身体都泡在浴缸里挣扎。

艾慕一个大步冲过去，一手把孩子提起来。

艾希一阵猛咳，吐了几口水出来，上气不接下气地：“妈妈说……小孩子在浴缸里……她一步……也不敢走。”

艾慕说：“好好，你这是要把我吓死，快出来吧，洗完了。”

等艾慕把艾希擦干，换好衣服抱到床上，他感觉到了前所未有的疲惫和困顿，整个身上都像散了架似的，平生头一次独自带孩子，他终于领教到了这样的“滋味”。他甚至开始想，那么久楚潇一个人带两个孩子，不知到底是怎样做到的。

看到艾希终于盖好了被子，他长出了一口气。可是还没等他转身，艾希就说：“爸爸，把熊熊给我。”

艾慕四周看看：“谁？”他四处翻了翻：“是什么？”

艾希坐起来：“一只小熊，我每天睡觉都要抱着。”

艾慕说：“哦，哦，我看看。”他在房间里翻了个遍，又喊来孙姐帮着一起找，到处都没有。

艾希大哭起来：“没有熊熊我就不睡觉了。”

艾慕起初还哄他：“爸爸明天给你买只更漂亮的，今天先不抱。”后来就发脾气：“一个男孩子，睡觉还抱什么东西，惯的，都是你妈给你惯的。”

艾希听了，哭得更厉害：“我要妈妈，我要妈妈给我讲故事……”

艾慕气的终于打了艾希两巴掌，艾希哭闹得更加厉害。艾慕没有办法，跟孙姐说：“给楚潇打电话，问问这该死的熊熊到底在哪儿？”

孙姐拨了电话，之后说：“关机。”

艾慕自言自语地：“啊？还在飞机上吗？”他颓然地坐到艾雅的小床上，屁股坐在了什么上面，他从被子底下掏出了一只精致的毛绒小狗。

艾慕递给儿子：“给，这是不是你那个……”

艾希还是哭：“这是艾雅的狗狗，妈妈说这熊熊和狗狗是兄妹俩，专门守护乖孩子……”

艾慕气得把小狗摔到地上："什么乱七八糟的，要睡觉就睡觉，哪儿有那么多事儿，吃饱了撑的，我看你们都是吃饱了撑的。"

艾希自己从小床上走下来，捡起狗狗，搂着又回到床上。

艾慕说："没事儿了吧，没事儿赶紧睡觉。"

艾希说："我搂着她，就当搂着妹妹。"

艾慕鼻子一酸："赶紧睡吧，我还得去给你买那个……橘子口味的牙膏。"

艾希缩到被窝里："橙子口味。"

艾慕无奈："好好。"

艾慕交代了孙姐看好艾希，自己逃跑似的离开了家，他在街上各个便利店里转，到处都找不到艾希说的橙子口味的牙膏，心里越发焦躁。他一直到走得筋疲力尽，就在路边一个马路牙子上席地而坐——平生头一次在路边席地而坐——掏出一支烟抽了起来。

良久，艾慕走回家，他取车去了一家大型的超市，终于找到了牙膏。结账出来的时候，他看到收银台外面有一个玻璃柜台，里边整整齐齐摆放着糖葫芦。

艾慕忽然之间看见一片冰雪晶莹的世界里，楚潇冻得通红的脸蛋，嘴里吐着哈气说："慕哥哥，我想吃糖葫芦。"又看见楚潇从三楼跳下去，之后躺在病床上虚弱地说："再让我发现，死给你看。"脑子里的画面一转，是楚潇趴在地上苦苦哀求："求你了，我什么都不要，只要孩子……"

艾慕一直盯着糖葫芦愣在柜台前面，他一瞬间忽然发现，楚潇是把命交给自己了的，可是他到底做了什么?！做了什么?！

柜台后面的营业员迎上来："先生，买糖葫芦吗?"

艾慕惊醒，猛烈地摇了摇头，又一次逃也似的离开了。

艾慕回到家里，先去艾希的房间，看见孩子抱着毛绒小狗已经睡着了，脸上两道白印子，是泪水滑过留下的痕迹。

艾慕伸出手，在孩子脸上擦了擦，印子还在。他站起身去卫生间，看到墙上挂着两张图案一模一样的帕子，一张粉色，一张蓝色。他拿下蓝色的，用水打湿，回到孩子的房间轻轻地帮他把脸上的泪痕擦干净。再回到卫生间，挂好蓝色的毛巾，想转身的时候他又停了下来，拿下墙上的粉色毛巾。

艾慕看到毛巾上面还沾着一根毛绒绒的头发，他摘下头发，凑到眼前，不由自主地笑起来，笑着笑着，忽然泪水漫上了眼睛。

艾慕又一次回到孩子的房间，他看见艾希蹬了被子，整个身体都露在外面。艾慕拿起被子，帮艾希盖好，手掌掠过孩子的身体，猛然发现艾希的身上滚烫。

艾慕又慌了神，他拿出体温计测了一下，三十九度五，艾慕顾不得多想，抱起孩子打车去了医院，在路上艾希全身抽搐，嘴唇青紫，还开始翻起白眼。艾慕吓得全身发抖，怕孩子咬到舌头，把手指伸进他的嘴里。

这么持续了一会儿，艾慕拿起手机拨通了楚潇的电话号码，“嘟……嘟……”两声之后，电话被挂断。

艾慕颤抖着给楚潇发了信息：“艾希高烧惊厥。”

片刻后电话响起，艾慕接通电话，楚潇厉声质问：“你到底把我儿子怎么啦？”

艾慕说：“不……不知道，忽然……发烧……不像感冒。”

楚潇说：“上午还好好的！你是不是给他乱吃了东西？”

艾慕说：“没……没有啊，吃了牛排……还有……”

楚潇吼：“艾希是过敏体质，不能吃牛奶鸡蛋海鲜冰淇淋……”

艾慕说：“冰淇淋？冰淇淋也不能吃？我……我知道了，我到医院了。”

艾慕挂断电话，抱起艾希冲进医院，告诉医生孩子是过敏引起的高烧。医生检查以后做了治疗，随后让艾希入院观察。

艾慕坐在艾希的病床前，整个人像虚脱了一样，原本整洁的衬衫因为汗水和忙乱变得皱皱巴巴的，头发乱蓬蓬的，刚才被艾希咬伤的手指此时也开始疼起来。

手机短信息提示的声音响了一下，艾慕掏出手机，看到楚潇发来的消息，上面详细地罗列出艾希过敏的食物，末了一句：“要是我儿子有什么不好，我跟你拼命！”

艾慕一声苦笑，想了一会儿，回复了一句："抚养费每月我给打四万吧，要是不够我再加，把我女儿看好。"

过了一会儿，短信息提示音响起，艾慕赶紧打开，一看是陈美诗的，陈美诗说："亲爱的，我好想你。"

艾慕没有回复，握着手机，看着艾希一夜没有合眼。

楚潇给艾慕发了信息以后，搂着已经熟睡的艾雅又哭起来。楚潇的爸爸看着女儿的样子，忧心地问："艾希怎么样啦?"

楚潇说："不知道——我真想知道他怎么样啦。"

楚爸爸说："父母分开，孩子遭罪。都怪那个艾慕，明天爸爸找几个朋友，一起去宰了他，豁出去了。"

楚潇说："爸，说那些没用的干吗?"

楚爸爸一拳打在桌子上："至少废他两条腿。"

楚潇说："以后永远别再跟我提这个人。"

楚爸爸看到女儿憔悴的样子："我是心疼你，爸爸没有照顾好你，让你受了这么大的委屈，现在回来就好。"

楚潇抚摸着艾雅的小脸，眼泪"啪嗒啪嗒"一大颗一大颗地落下来。

楚爸爸心疼，鼻子酸酸地："你现在回家了，好好休息，别想其他的。想出门就带艾雅到处去转转，出国旅游什么的也行，散散心，有什么别憋着，有爸在。"

楚潇拿着纸巾擦着滚滚而下的泪水："爸，还是你好。"

楚爸爸想伸出手拍拍女儿的肩膀，中途又觉得犹豫，还是缩回了手，叹了口气。

后面接连几天楚爸爸都不去上班，公司有什么事就在家遥控指挥，去买个菜买包烟都要楚潇带着艾雅跟他一起去。

楚潇心里明白，直接告诉爸爸："爸，你忙你的去吧，我不会寻死。"

楚爸爸看女儿把话点破，也只有尴尬地笑笑："爸不放心你。"

楚潇说："就算为了小雅，我也不可能那么做。原来我一直以为这个世界上，钱最重要。遇到他以后，我以为爱情重要，可是失去艾希我才知道，我心里最在乎的是什么。”

楚爸爸一颗高悬的心缓缓放下，不由得说：“你能想开就好，要不说为了孩子呢。”

楚潇接着说：“在法庭上，他说我精神不好，侮辱我，在机场我跪下求他，他都那么心硬。我楚潇不相信，离开他我就走不出来了，我还偏要好好活着，有一天让他看看，我楚潇是什么样的女人。”

楚爸爸连连说：“你能这么想，就对了。你还年轻，以后不愁找不到好男人。”

楚潇说：“爸，以后我都不想再靠男人了。”

楚爸爸说：“那也行，爸爸养你。”

楚潇摇头：“翻年我都二十九了，还带个孩子，不能一直靠着你养。”

楚爸爸：“那有什么的，爸爸从小也不能给你个完整的家庭，工作又忙，陪你的时间少，我这心里……一直……”

楚潇说：“我之前就想过，要不我到你公司里，看看能做什么，也算是挣份工资。”

楚爸爸说：“看你说的，爸爸的公司，那不就是你的嘛。你才刚刚……回来，再缓两天，想去的时候，随时都能去。要是去，就帮着我管理，就当老板。就是公司太小，委屈你。”

楚潇说：“爸，看你说的。”

又过了段时间，楚潇联系了一家幼儿园，把艾雅送过去，自己就到爸爸的建材公司开始上班。

这期间艾慕给她打过几次电话，她一律不接。

艾慕无奈，只有打给平岚，平岚只是说：“艾雅挺好的，你别再打扰她们了。”

艾慕挂了电话，直接把手机摔在地上：“打扰?！我打扰她们什么了？我是艾雅她爸，我有探望权，她把我女儿带到那么远，冰天雪地一个破地方，我见都见不着，打个电话问问是应该的。”

他对面的陈美诗把手机捡起来，看看，屏幕四分五裂已经报废了。

陈美诗搂着他的脖子：“别生气了，乖啊，你还有我。”

艾慕拍拍她的手：“我每天上班，有时候回去太晚，艾希得有个人照顾，光是保姆不行，你搬过去吧。”

陈美诗眼睛里闪烁着光：“真的？”

艾慕点点头：“不过，得先跟我去一趟孩子的爷爷家。”

陈美诗说：“嗯，我早就准备了小礼品，正好带过去。”

26

精致幽深的亭台，蜿蜒的小径，青砖灰瓦的大宅。

陈美诗踏着楚潇走过的路，一步一步走进了艾慕的家庭，走到了他父母的身边。

艾国华和林亚琴照例是一副不咸不淡、不冷不热、不远不近的神气，双双坐在太师椅上，轻声谈论着什么。

陈美诗脸上带着笑，微微躬身：“伯父好，伯母好。”

林亚琴正眼儿不看她一眼，照旧跟艾国华说着话，好像全然没有听见。

艾慕勉强笑着：“爸，妈，这是陈美诗。”

林亚琴侧过脸冲着他：“哦，又一个女朋友？”

艾慕脸一红，沉默片刻，还是说：“嗯……”

陈美诗全不介意，自己把手里提着的两个古朴的礼品盒放在旁边一张八仙桌上，一边打开一边慢条斯理地说：“艾慕说伯父和伯母是天底下最有品位、最有涵养的两位前辈，美诗心中早就仰慕，今天初次拜见，略备了点心意，请伯父伯母笑纳。”

一对儿蓝色的瓷瓶摆在了桌上，连艾慕都不知道陈美诗准备的什么，此刻倒觉得她这样贸然地打开，实在是不合礼节，由不得嗔着她：“爸爸妈妈知道了，快收起来。”

陈美诗说：“我托了朋友，找了这对儿官窑霁蓝釉的描金龙凤瓶，虽然是晚清的，难得的是真品，不是市面上那些仿制的。官窑是古代专门给皇家和王府烧制瓷器的窑口，象征着身份的尊贵，龙凤寓意着伯父伯母龙凤呈祥。”

艾国华说：“年纪轻轻，准备这么贵重的礼物干什么？”

陈美诗莞尔一笑：“见贵人不能献俗物。”

林亚琴鼻子里“哼”了一声：“说得好听。”

陈美诗还是笑：“我们晚辈，不会说话，请伯母多指点。艾慕一直说，伯母是女中英豪，在家里温婉慈睦，在外面雷厉风行，再没有一个女人能像您这样，内外兼顾，内外兼修的了，所以虽然一直没有见面，美诗其实仰慕已久。”

林亚琴还是那句话：“说得好听。”语气却改了，嘴角也不由自主地挂了笑。

艾国华站起来：“我去书房处理点手上的事情，你们在这说话。”

陈美诗说：“伯父您忙，别为我们耽误了正事儿。”

艾国华点点头，走了。艾慕看见，也忙跟着父亲过其他房间去了。

林亚琴问：“哪个学校毕业的？”

陈美诗介绍了一下自己的学校，末了补充了一句：“在全国大学里排名前十。”

林亚琴点点头：“父母身体还好吧。”

陈美诗说：“上大学的时候父亲不在了，母亲也离得远，所以看见身边的长辈，就觉得亲切和温暖。”

林亚琴又点点头，忽然盯着她的眼睛：“艾慕结过婚你知道吧。”

陈美诗说：“知道。”随后露出欲言又止的神气。

林亚琴说：“你想说什么？尽管说。”

陈美诗说：“要不说伯母是人中龙凤，一眼就能看穿人的心思。我想说……其实，不是所有人年轻的时候都能懂得爱情，婚姻里也不分什么先来后到，虽然艾慕结过婚，可是现在已经分开了。过去何必提起，此时在一起，才叫正大光明。”

陈美诗的这番话倒是触动了林亚琴的心思，不由自主地：“可是你不能否认他的生命里和他的心里曾经有过另外的女人。”

陈美诗说：“伯母您也说了，是‘曾经’，属于过去的终究会过去，时间会冲淡一切。”

林亚琴脸上露出一丝不易察觉的苦笑，话锋一转：“晚上在家里吃饭吧。”

陈美诗心里明白，这是通过了“审查”的意思，她微笑着点头。

吃饭的时候，艾林也回到了家里。陈美诗从包里拿出了一个精致的小盒，打开以后，里边是一个紫砂茶壶。

陈美诗伸出手说：“这叫西施乳，是模仿西施乳房的形状烧制，最适合女孩。”

艾林不接，翻了个白眼：“还不是拿我们家的钱买的。”

林亚琴看了艾林一眼：“别总是那么任性。”

艾林没有想到，妈妈竟然会批评自己一句，满脸的不高兴：“本来就是，我也不喝茶，要这东西有什么用?”

陈美诗收起了茶壶，脸上又露出笑容：“这确实是我的不对，没有问清楚妹妹喜欢什么，也是，妹妹长得漂亮又能干，什么都不缺……”

艾林鼻子里“哼”了一声。

艾慕在餐厅看见，就打断她们，喊了一声：“妈妈，吃饭了。”

饭桌上，艾国华端起碗，问艾慕：“怎么没有把艾希带过来，他这几天怎么样?”

艾慕说：“还好吧。”

艾国华告诉他：“别因为家里的事儿影响了孩子，他是我的孙子，如果你教不好，我饶不了你。”

艾慕只有唯唯：“放心吧，爸。”

艾林撇撇嘴：“家里属你最能折腾，说在嘴上有什么用，爸妈为你操的心还少吗?”

艾国华冲着艾林说：“别光说别人，多看看自己。”

艾林嘴一撇：“我怎么了，用你的话说，我不就是‘老大不小还独身一人吗’——说了无数遍，我不想找男朋友，我自己什么都不缺，要男人有什么用？你看看艾慕，成家了又怎么样，还不是结了又离，给自己找事儿？”

艾国华一瞪眼睛：“我说一句你顶一百句——亚琴，你看看这孩子，我现在没有管公司里的事情了，她就把我这个爸不放在眼里啦？”

林亚琴说：“哪有——你们两个，一个别说一个，都够让人操心的。”

艾林还小声嘟囔：“是爸说我的，早知道不回家吃饭了。”

艾慕干脆低着头，也不敢端起碗吃饭，只是那么听着。

陈美诗想了想：“伯父伯母，我之前一个校友，现在C市创业办了一个大数据公司，虽然刚刚起步，可是人品样貌都好，他公司里博士硕士占了百分之六十，要是伯父伯母不嫌弃，我介绍给艾林认识。”

艾林气得瞪了陈美诗一眼：“第一次见面说这些，你不是疯了吧，真是狗拿耗子多管闲事。”

艾国华说：“家境无所谓，有钱人家的纨绔子弟多了，听你那么说，挺上进的小伙子，认识一下有什么坏处？亚琴，你觉得呢？”

林亚琴看看陈美诗：“大数据是未来的发展趋势，我改天先去他的公司看看。”

艾林急的：“哎呀，妈……”

艾国华端起碗：“就这么定了，吃饭。”

晚饭后，艾慕和陈美诗走出别墅，艾慕长长地松了口气，陈美诗挽着他的胳膊：“你就那么怕他们？”

艾慕不说话。

陈美诗把头靠在他的肩膀上：“有我呢。”

艾慕拿出一把钥匙：“明天你能自己搬过来吗？”

陈美诗把一双无辜的大眼睛靠近艾慕，楚楚可怜地摇摇头：“不能。”随后不等艾慕回答，就跳起来：“有了，我可以请工人帮忙。”

艾慕笑出来，用手摸摸陈美诗的头：“我争取早点回来。”

第二天，陈美诗就大包小包地搬进了艾慕的家。

之前本来就有多少的夜晚住在这里，她对一切其实都是熟悉的，可是换了个身份，她又觉得一切都是新的、陌生的。

陈美诗里里外外上上下下走了几遍，她冲着楼下的孙姐喊了几声，孙姐应声而出。

陈美诗说："把柜子里之前的衣服都收起来，还有床单被罩，卫生间的洗漱用品。"

孙姐应声忙碌起来，随着她手指的方向跑上跑下，收床单，收衣服，收各种日常用品……收完了在客厅中间堆成一堆。孙姐问："放在哪里？"

陈美诗抬抬下巴："全扔！"

孙姐看着这么庞大的一堆，其中很多还是崭新的，衣服的牌子虽然她不知道，但她知道必定是好的、贵的，她叹口气："你们小年轻，没有过过苦日子，这么好的东西，怎么能扔啊，糟蹋东西。"

陈美诗说："不需要了，就是废物，废物扔掉不可惜。"

孙姐拎起一条裙子："这怎么能是废物呢？啊？这个楚妹子买回来，我只见她穿过一次，还有……"

陈美诗招招手："那你去处理掉，送人也行，总之别让我再看见。"

孙姐说："那我先收在杂物间，下次放假的时候，我带回老家，给家里的姑娘用。谢谢陈妹子啊。"

陈美诗摇摇头："反正都是不要了的，不用谢。别叫我陈妹子，叫太太，艾太太。"

孙姐点点头："谢谢艾太太。"

陈美诗又指着家具："最好换一下家具的布局。"

孙姐面有难色："那些家具很重的，搬不动，今天就算了吧。"

陈美诗若有所思地："其实应该换一套房子。"

孙姐不知道说什么好。

陈美诗好一会才反应过来："哦，那今天就这样吧。"

孙姐就自己把地上摊着的东西一件件细细叠好放好，收起来，之后去买菜。

晚上艾慕果然回来的比平时早，他一进门陈美诗就像只欢乐的金丝雀扑过去，接过艾慕手里的提包，双手搂着他，噘着嘴：“你怎么才回来呀，我等了你一天。”

艾慕先看到家里的一些摆设都发生了变化，刮了一下她的鼻子：“我看你这一天也没有闲着。”

陈美诗嘿嘿笑着：“新气象，新开始，把所有不愉快全扔掉，怎么样，眼前一亮吧。”

艾慕笑笑：“随便你折腾。”

陈美诗说：“我现在是这个家里的女主人，当然随便啦。”

艾慕摇摇头：“好好，艾希呢？”

陈美诗愣住：“艾希？还没有放学。”

艾慕看看手表：“都几点了，怎么会没有放学？”

正说着，孙姐提着菜走进了门。

艾慕问她：“艾希呢？”

孙姐也愣住了：“往常都是楚妹子去接，我只管买菜做家务，前两天不都是你安排人去接的吗？”

艾慕皱皱眉头：“那怎么这个时候还没有做饭？”

孙姐说：“当初来的时候就说好了的，我只管买菜做家务，以往做饭接送孩子都是楚妹子，这几天我看艾希回来吃不上饭，这才做了几天，今天我以为艾太太……她……”

艾慕打断她：“行了行了，今天麻烦你再做一天饭，我去接艾希。”

孙姐答应着进了厨房。

艾慕重新穿好鞋子，拉开门。陈美诗说：“我跟你一起去。”

艾慕犹豫了一下：“行，以后你得接送，去看看。”

陈美诗说：“我知道他幼儿园在哪儿，我以前去过。”

艾慕看了她一眼：“现在艾希上小学了。”

陈美诗吐吐舌头：“就是呀，都忘了。”

两个人匆匆忙忙赶到教室门口，艾希正一个人趴在课桌上做着作业，老师抬起头：“呀，你看谁来了？”

艾希抬头看看，低下头不说话。

艾慕走向前几步：“艾希呀，爸爸来接你了。”

老师微笑着：“艾希爸爸，学校放学的时间是下午四点钟，这都六点多了，我打了几个电话，都没有接通。”

艾慕掏出两部手机，都仔细看了看：“我没有接到学校的电话？”

老师拿出自己的手机，翻出号码：“应该是妈妈的吧，当时报名的时候留的，换了手机吗？这几天都没看见妈妈到校。”

陈美诗尴尬地躲避着老师的目光。

艾希把书“啪”地合在一起：“我妈妈走了。”

艾希把书本都装进书包里，气哼哼地背起就往外走。

艾慕跟老师匆匆忙忙地道了歉，追了出去，陈美诗也亦步亦趋地走出了教室。

艾慕在操场上赶上了艾希，一把拉住他：“对不起，爸爸来晚了。”

艾希一句话也不说，扭头又走，坐进车里也始终沉默。

进了家门，艾希脱了鞋子一屁股坐在沙发上，艾慕和陈美诗随之跟进了门。

艾希瞪大了眼睛，指着陈美诗：“你为什么到我家来？”

艾慕说：“儿子，以后美诗阿姨来照顾你，好不好？”

艾希说：“不好，让她走。”

陈美诗从已经放好的行李里拿出早就准备好的一个漂亮的变形金刚：“这是阿姨买给你的礼物。”

艾希一把将变形金刚推到地上，从沙发上弹起来用头撞向陈美诗：“你走，你走，坏女人，你是个坏女人。”

陈美诗冷不防被撞得连退了几步，险些跌倒在地上。

艾慕把艾希拉开：“你这个孩子，无法无天了，你再这样，爸爸打屁股。”

艾希“呜呜”哭着：“我不让她来，这是我家，为什么让她到我家?”

艾慕扬起手要打他，陈美诗赶紧拉住，她蹲下身子：“我是你妈妈的好朋友，我替她照顾你。”

艾希用尽全身的力气又撞向陈美诗：“撒谎，你打我妈妈，我看见了，是你把我从她怀里抢走的，就是你!”

艾慕一时语塞，停顿了一下，又提高了声音：“小孩子不懂事儿，不要乱说。”

艾希一把抱住爸爸的腿，满脸是泪：“我要妈妈，我要妈妈。”

艾慕心软，抱起了艾希，把他带到楼上，边走边说：“你还有爸爸，爸爸也会照顾好你的，今天迟到是我的错。”

艾希搂着爸爸的脖子，小脸放在他肩膀上，抽抽噎噎的。

陈美诗自己从地上站起来，看着父子俩的背影无可奈何。

吃过了晚饭，陈美诗细心地洗漱、吹头发、贴面膜、做皮肤按摩，一系列的养护以后就上了床。

艾慕走进卧室，看到床单被罩全换了新的，一句话也没有说，只是坐在床边，拉着她的手：“小孩子不懂事，慢慢来。”

陈美诗扑进艾慕的怀里：“有你就够了。”

艾慕抚摸着她的头发：“你……要睡了?”

陈美诗抬起头：“嗯，九点准时美容觉，你知道的。你跟我一起上床。”

艾慕说：“我还有些工作，得加个班。”

陈美诗说：“哎呀，陪我一起吧，工作明天再做，求你了，乖啊。”

艾慕在她脸上亲了一口：“还得辅导艾希的作业。”

陈美诗说：“你那么忙，还有时间辅导孩子作业?”

艾慕笑笑：“所以来问问你这个当年的学霸，要不要培养一下跟孩子的感情?”

陈美诗不高兴地：“我从大学开始九点睡觉，雷打不动。”

艾慕脸色不悦，陈美诗马上说：“不过为了你，我今天，就舍命陪艾希。”

艾慕又笑起来："看你说的，辅导个作业而已。"

艾慕顾自进了书房。陈美诗只有下了楼，来到艾希身边，艾希嫌弃地挪了挪，继续做作业，她也只能在旁边看着，一过九点就困得哈欠连天。

艾希有几道数学题不会，只有空在那。陈美诗看见了，就指着一道说："这个答案是5，这么简单，你不会做？"

艾希瞥了她一眼，把答案填上。

陈美诗又看了一会儿："得了，我帮你做。"

艾希抬起头："真的？"

陈美诗说："嗯。"

陈美诗让艾希去房间睡觉，自己三下五除二把作业做完，伸了个懒腰说："搞定。"

第二天陈美诗起晚了，送艾希上学的路上又走错了路。艾希害怕老师批评，坐在车里不敢走进学校。

陈美诗想了想："那咱们去看电影吧？"

艾希问："真的？"

陈美诗说："当然，我上学的时候也逃过课。"

陈美诗带着艾希去了电影院，出来都快到下午了。她掏出手机，看到艾慕的未接来电，自己赶紧给打过去。

艾慕问："艾希呢？"

陈美诗说："跟我在一起。"

艾慕说："老师打电话说艾希没有上学，怎么回事儿，给你打电话为什么不接。"

陈美诗说："刚才在电影院，手机静音没有听见。"

艾慕说："你带着艾希去看电影？"

陈美诗说："是啊，早上迟到了，他不敢进学校。"

艾慕说："赶紧送到学校去，以后你别接送了。"

艾慕无奈，先安排公司里的人接送了几天，之后紧急请了一个保姆，负责接送孩子和做饭。

到了艾希月考之后，艾慕又被老师请到学校，老师指着艾希的考试卷子：“艾希爸爸呀，你看看这次考试的成绩，这些题目平时作业里都有的，可是全答错了。我知道现在的爸爸妈妈工作都忙，可是也不能忽略了对孩子的陪伴。孩子是好孩子，可是家长也得用心，不能光靠学校老师……”

艾慕回去就问艾希：“这次考试怎么回事儿，老师说这都是平时作业里有的题目。”

艾希低着头：“我不会。”

艾慕说：“我看你作业都是答对了的，为什么考试就不会了？”

艾希说：“平时作业是美诗阿姨帮我做的，她说早点写完早点睡觉。”

艾慕把作业往桌上一扔：“陈美诗！有这么教孩子的吗？”

陈美诗委屈的眼泪花包起：“我已经尽力了，来了以后，我所有的生活习惯都被打乱了，每天作业那么多，一道题一道题讲得讲到什么时候？”

艾慕说：“那你也不能……”

艾慕看到陈美诗眼泪花滑过白嫩的脸庞，他的一腔怒火不知道该向哪里发泄，只有说：“请家教，请家教吧。”

陈美诗破涕为笑。

这以后，她感觉轻松了不少，每天照常睡“美容觉”。可是尽管如此，家里还是常常有大大小小的事情需要她出面，小到每天吃什么菜保姆要来征求她的意见，大到学校家长会或者物业水电缴费之类的，艾希身体不好，常常去医院，这也需要她亲自出马，如此种种。陈美诗自己的生活习惯还是迫不得已需要做出些改变，她平时要去的健身、美容、自驾游等也受到了干扰。年届三十的她，心理上本来觉得自己一直停留在无拘无束的十八岁，这样一来忽然产生了中年大妈的琐碎感。

没有两个月下来，陈美诗就拉着艾慕问他：“你还爱不爱我，爱不爱我？”

艾慕回答：“这还用说？”

陈美诗不答应：“必须说。”

艾慕无奈："爱，当然爱。"

陈美诗说："对呀，我是为了爱情跟你在一起的，不是为了给你当保姆，家里明明有两个阿姨，为什么有些事情还得我来做，我不同意，再说我也不会做那些。"

艾慕劝解："有些事情阿姨做不合适，现在有些网上缴费那些，她们也不会。"

陈美诗拉着他的手："那就再请一个年轻点的处理。"

艾慕无可奈何地点头："可以，你自己看着办吧。"

陈美诗说："还有一个事儿。"

艾慕问她："又怎么啦，那么多事儿。"

陈美诗双手搂着艾慕的脖子，把头靠在他的肩膀上："你每天下班早点回来，多陪陪我嘛。"

艾慕笑起来："就这个事儿？我尽量。"

陈美诗还是黏在艾慕身上："不是，咱俩二人世界的时间太少了，要不……把艾希转学到西斯国际公学读书吧，我打听过，那边的教学质量特别高，老师们也特别负责。"

艾慕愣了一下："西斯？我们之前也去咨询过，学校不错，可是需要孩子寄宿。"

陈美诗说："只是周一到周五住在学校，周末就回来了，正好也锻炼孩子的自理能力和独立性。"

艾慕皱起眉头："我不能把孩子扔出去不管。"

陈美诗噘起嘴："艾希每天回家，你也没有怎么管。"

艾慕拉下脸，推开陈美诗："别的事情我都不强求，你要是想把艾希推出去，我立马找别的女人来。"

陈美诗站起来一跺脚，眼泪瞬间漫上了眼角："对，没有我，你还有别的人。我为了你，每天像个黄脸婆一样，现在你就是这么句话，你让我来，就是为了给你看孩子的。"

艾慕说："我现在不奢望你能给我看孩子，我只希望你能成熟一点，不要我每天这么忙，除了艾希还得看你这个孩子。"

陈美诗抹抹眼泪，走到他身边："那……好嘛，我以后懂事一点好吧。”

艾慕一把将她拉到身边：“行啦，动不动就哭。”

陈美诗破涕为笑：“都是你气的。”

艾慕搂着她：“你最近经常去别墅那边？”

陈美诗点点头：“我还不是为了你。”

艾慕说：“你还是厉害，林亚琴和艾林那样的，都能相处的好，不过跟她们，还是保持距离。聊天的时候该说的说，不该说的就不要提。”

陈美诗不耐烦地：“都聊些家长里短，还有就是上次提起我一个校友开大数据公司，林亚琴对这个业务感兴趣，对这个人也感兴趣，想让艾林去认识一下。”

艾慕说：“你呀，不知道怎么想的，竟然要给艾林介绍男朋友，这些事情你还是别碰，你不了解艾林这个人。”

陈美诗说：“我之前就听楚……就听说跟她们不好相处，如果你天天夹在中间，不是更心烦？你就放心吧，我有分寸，再说那个朋友也不错，说不定真在一起，对艾林也有改变，对你也是好事。”

艾慕不相信：“艾林那个德性，可不是你想的那么容易改变。”

陈美诗笑：“不信咱俩打个赌，我那个校友真的挺优秀。”

艾慕说：“你就那么肯定？他叫什么？”

陈美诗说：“刘子豪。”

27

艾慕不再反对，陈美诗就更加热情地张罗刘子豪与艾林的见面。无奈先是艾林死活不同意，事情搁置了一段时间，等到这事重提，她在父母的高压下勉强答应了，刘子豪又出差外地，刘子豪回来，林亚琴又遇到工作上的羁绊，等几方时间上一致的时候，离陈美诗首次拜见林亚琴，都已经过了小两年。

终于到了事先约好的见面时间，时值春末，别墅区里莺歌燕舞，各种颜色各种形态的鲜花次第争奇，陈美诗踏着鲜花丛中的小径，脚步格外的轻快，心情也觉得轻松。

自从请了保姆、家教，她从烦琐的家庭事务中脱离出来，恢复了早睡早起、健身美容的规律生活，每逢周末还定期拉着艾慕到处游玩。她仿佛回到了十八岁无忧无虑的时光，只不过这时比十八岁还要好，因为经济的宽松让她能够更加地随心所欲，玩的范围更广，玩的花样也可以更多。

她敲开了别墅的房门，亲热地挽着林亚琴和艾林，登上了家里的香车，驶向刘子豪的公司。到了以后，林亚琴的几个下属已经按照安排事先等在那里了，看到她来了，赶紧地与她会合之后一起上了楼。

刘子豪接到林亚琴一行人，热情地带着他们参观了公司。他详细地介绍了大数据的应用和未来发展趋势，林亚琴始终不发一言，只是认真倾听，默默点头。倒是艾林，明显有备而来，提了几个刁钻的问题，都被刘子豪以专业的知识一一解答。

参观结束坐到会议室里，林亚琴开门见山地说：“不瞒刘总说，近几年艾氏珠宝的销量不升反降，我想与刘总达成合作，请你帮我分析用户数据，找到问题所在。”

刘子豪谦和地微笑着：“当然没有问题，其实我们不仅能帮助企业分析用户数据，在产品定位、市场营销、收益管理方面都可以通过数据的收集和分析提供帮助。珠宝行业呢，家族企业比较多，整个行业的信息相对缺乏透明度，我们还可以对行业和用户未来的趋势做出预判，帮助艾氏集团进行未来产品的需求开发。另外，林总叫我子豪就行，美诗跟我是老朋友，她推荐的，不管后面有没有达成合作，我们一样是朋友。”

林亚琴点头：“子豪年纪轻轻，能够把企业做到这样的程度，我也愿意交这个朋友。”

刘子豪微笑：“虽然时下 IT 行业炙手可热，但了解大数据的人并不多，林总能够想到为企业寻求这方面的合作，真的是有着独到的商业眼光和对未来的前瞻性，相信在以后的接触中，我也有许多能从您身上学到的东西。”

林亚琴呵呵笑起来：“好好，今天是初步的了解与接触，至少双方都有着明确的合作意向，你觉得呢，子豪？”

刘子豪说：“当然啊。”

林亚琴把头偏向艾林：“具体的合作细节和各项工作的推进，由你跟子豪对接。”

艾林点点头：“麻烦子豪留一个联系方式。”

刘子豪一拍脑袋：“看我，栋梁，帮我到办公室拿一下名片。”

他的秘书李栋梁站起身去拿了名片，刘子豪一一分发，到了美诗的面前，陈美诗赶紧摆摆手：“我就不用了。”

刘子豪说：“中午我准备了便饭，请林总和各位赏光。”

林亚琴笑着说：“以后还有的是机会，下午集团有个重要的会议，我们得赶回去。”

刘子豪问：“美诗，你呢？”

陈美诗想了想：“我下午没有什么事儿。”

林亚琴站起身：“那你们老同学叙叙旧，你就不用陪着我了。”

陈美诗赶紧说：“好的，妈妈，那我吃了饭回去。”

送走了林亚琴一行，刘子豪看了看手表，笑着对陈美诗说：“走吧，一会儿还有个大惊喜给你。”

陈美诗疑惑地：“什么惊喜?”

刘子豪笑：“我的营销总监这个时候应该下了飞机，会过来跟我们一起吃饭，本来今天的会议她也要参加，临时有事她赶去处理。”

陈美诗给了刘子豪一拳：“你的营销总监跟我有什么关系，我都嫁人了啊，就算有别的想法，我也应该会对你们公司老板有，而不应该是营销总监。”

刘子豪瞬间红了脸，他低下头：“哎呀，不是，见到你就知道了。跟你说，我这个总监，特别牛，她头一次看我们公司一款新产品的资料，就指出来，这里有问题，那里还需要修改一下。”

陈美诗笑笑：“做大数据的，肯定都是专业有技术的，看出来问题也很正常。”

刘子豪摇摇头：“恰恰不是，可以说她对大数据完全不了解，可是她就是能从资料上看出来产品的优势和问题所在，而且很有说服力，短短几个月就帮我开辟了三个新的销售大区。”

陈美诗笑：“还得刘总慧眼识英雄，给他这个位置，才能施展得开。”

刘子豪哈哈大笑：“得了，咱俩就别说这些客套话了。”

陈美诗跟刘子豪一路聊着一路走进了餐厅，坐下以后说起上学时候的同学们——某某出国了，某某发展的好，又有某某竟然被骗进传销，等等。来回来去无外乎往日共同朋友们的现状，都默契地闭口不提两个人曾经的恋爱史。

陈美诗拐着弯地问刘子豪怎么会到C市创业，刘子豪倒是坦率，直接告诉她：“毕业以后我不是在一家网络公司做技术员吗?”

陈美诗一双大眼睛灵巧地闪了几下：“对呀，我记得那个时候你对工作还挺满意的，在深圳吧。”

刘子豪点点头：“就是，毕业以后一直在那家公司，前几年外派到这里了。”

陈美诗惊讶地：“什么？那么巧，我之前也经常住在这边。”

刘子豪说：“你毕业去了江南的嘛。”

陈美诗笑：“辞职了。”

刘子豪说：“哦……我在C市待了两年，觉得挺好，渐渐地人脉资源也建立起来了，心里想着公司再好终究是给老板打工，所以就自己出来单干。现在也是刚起步。”

陈美诗说：“我看着觉得好。听你这么说，我记得之前有一次跟你……跟你借钱，那个时候你是已经来了，还是在深圳呢。”

刘子豪努力回忆了一下：“我都忘了有这回事儿了。”

陈美诗笑：“好好，早知道当初多借点，一块儿不用还了。”

刘子豪大笑：“这么多年的朋友，说这些，有需要随时开口。”

陈美诗说：“现在不用了，当时，因为……因为自己想做个网站。”

刘子豪说：“说起这个，我倒是还记得，我们可以合作，或者我来投资也行。”

陈美诗说：“没有做了。”

刘子豪摇头叹息：“可惜了，可惜了，我看好你之前外卖平台的想法，只是用什么样的方式和方向做，这个比较重要，技术上的难题我认为都能攻克，可是具体实施方面还需要很多的考虑，比如这个终端配送队伍，你之前想请各个小区退休的大爷大妈，这个有待商榷……”

陈美诗打断他：“行了，都说了没有在做了。”

刘子豪充满了惋惜地：“为什么啊？你有才华，又有创意，我一直觉得你会开辟自己的一片天地。”

陈美诗摇摇头：“没有时间。”

刘子豪想了想：“我觉得时间都是挤出来的，只要你想做，总会有时间。”

陈美诗不以为然地撇撇嘴：“当初是觉得好玩儿，现在没有那个兴趣了。我说刘总日理万机，偶尔从工作中脱离出来，也谈谈风月嘛。”

刘子豪讪笑了几下：“我一向都不太懂这些。”

陈美诗说：“那你现在……”

刘子豪爽快地说：“单着呢。”

陈美诗说：“我之前好像听说你谈过两个女朋友都分了，过那么久，也没有遇到合适的？”

刘子豪笑：“这些事情，看缘分，可能还是缘分没到。也可能创业事情太多，没有时间和心思想这些，这不嘛，不知不觉成了大龄单身男中年了。”

陈美诗被逗笑：“应该说钻石王老五。”

刘子豪不由自主地感慨了一句：“得了吧，别讽刺我了。还是你幸福，终于找到了心目中的爱情。”

陈美诗脸一红，低下头喝了口水，随后说：“没想到这几年我们都在C市，互相断了联系都不知道。”

刘子豪说：“就是呢，我是一年以前出差约了你之前的室友吃饭，她告诉我你也在这边。我之前给你打电话约见面，你怎么都不赏个脸。”

陈美诗低下头笑笑：“林亚琴那边不空。”

刘子豪说：“我本来就是工作以外约你这个老同学聊聊。”

陈美诗说：“哦，家里有些事情。”

刘子豪叹了口气：“毕业这么多年，都在一个城市竟然现在才见面，真是……以后要常来往。”

陈美诗说：“嗯，我们可以一起约着出去玩儿，我在一个商场里发现了一种桌球游戏，特别好玩。”

刘子豪想了想：“桌球啊……我还不会。”

两个人就都有点默然，该谈的朋友都谈得差不多了，该叙的旧也叙过了，再谈下去无非仍然是大学时代的一些琐事。

刘子豪发现，陈美诗十几年一点未变，有的时候这种“不变”是好事，比如梦想，另外的时候，这种不变未免使人停留在了原地。刘子豪转念一想，可能男人和女人不一样，男人想拼搏事业，追求目标，女人也许只要找到一个能包容她的男人就够了。

两个人默然相对，正在彼此想着继续聊下去的话题，一个身影走进了餐厅。她手上还拖着行李箱，看样子是刚下飞机。

刘子豪的座位对着正门，他一眼看见，赶紧站起来迎了上去，边走边说："我们没有等你，先吃了啊。"

迎面走来的女孩爽朗地："你就是这样，有累活让我跑，有好吃的就自己吃，要不得啊要不得，回头罚你请两顿。"

陈美诗转过身，听着声音无比熟悉，因为被刘子豪挡住，却看不见来人的真面目。

刘子豪哈哈大笑："我给你加奖金。"

来人也笑："不许反悔啊，我跟你说，这次……"

刘子豪一闪身，陈美诗和楚潇同时看见了对方，楚潇的笑声戛然而止，两秒钟后扭头就走。

刘子豪一头雾水，赶紧跟着楚潇："你怎么了，是美诗呀，到底怎么回事儿？"

楚潇一言不发，加快脚步走出了餐厅，刘子豪还想继续追，回头看看坐在原地的陈美诗，只有转回身坐回了原位。

他丈二和尚摸不着头脑，又问陈美诗："你们怎么了？"

陈美诗低下头："没怎么。"

刘子豪唉声叹气地："我本来想给你们两个一个惊喜，互相跟谁都没有说，谁知道这唱的是哪一出？是不是你们之间有什么误会？"

陈美诗想了想："我还把楚潇当成最好的朋友，不管发生什么，这个不会变，是她翻脸无情。"

刘子豪疑惑地："是吗？这么说是楚潇不对，多少年好朋友，不容易——不过她的脾气就那样，虽然几个月的相处，我也领教了，刚硬、火爆，我回去跟她说说。"

陈美诗说："说什么，已经是这样了。"

刘子豪饭后送走陈美诗就赶快回了公司，他带着疑惑走进了营销总监的办公室。

楚潇整张脸都紧绷着，眉头拧的像刚出锅的麻花，胸前剧烈地一起一伏，看得出来整个人都处于一种无处发泄的愤怒当中。

刘子豪喊了一声："楚潇。"

楚潇眼都没有眨一下。

刘子豪坐在办公室的沙发上，思虑良久，忍不住还是开了口："我不知道你们之间发生了什么，你也没有跟我说过，不过呢，从高中一起走过来的友谊不容易，得饶人处且饶人……"

楚潇夺手将桌上一个陶瓷的笔筒扔到地上，"哐当"一声，瓷片四分五裂，随后她身体扑向前方，"哗啦啦"一阵，把桌上所有的东西都扫到了地上。

她一边失控地捡起地上的文件，猛烈撕扯着，一边大声地怒吼："你不知道发生了什么，就别在这里装好人，你给我滚，滚，否则我立刻辞职，马上离开这里。"

刘子豪惊讶地站起身，不由自主地移动脚步迈出了楚潇的办公室。

这天整个下午，楚潇的办公室都门窗紧闭，百叶窗拉得严严实实的。同事们不知道发生了什么，其间一个文员借口需要签字，想看看她到底怎么样了，却无论如何被楚潇坚拒门外。

到了晚上下班，同事都陆陆续续收拾东西走了。刘子豪有几次踱步到楚潇的门前，又踱步离开。一直到了夜幕降临，华灯已上，刘子豪看看时间，才终于鼓起勇气敲响了门。

楚潇疲惫而沙哑的声音传来："进来吧。"

刘子豪打开门，惊讶地看到整个办公室又整洁如新，好像完全没有发生过之前的事情。他再看楚潇，见她疲惫地瘫坐在地上，整个人头发散乱，脸色青紫，又好像发生了天大的事情。

楚潇虚弱地看了一眼刘子豪，泪如泉涌："别再让我看见陈美诗，好吗？"

刘子豪走到楚潇身边，跟她一起席地而坐："你能不能跟我说说，到底发生了什么……当然，要是不想说就……"

楚潇抹了一把脸上的泪："从小我的妈妈就离开了，我的爸爸也很少在身边，我一直把平岚和陈美诗看作是最亲的亲人，你能够明白被最亲的人欺骗，是一种什么样的感觉吗？”

楚潇把陈美诗背着她跟艾慕偷情的事情原原本本地说了一遍，一直说到机场抢走艾希。

她失声痛哭：“你根本不知道我这两年是怎么过来的，我一边照顾艾雅，一边在我爸爸的公司里做事情，你知道我最大的成绩是什么吗？我把以往爸爸公司的欠款都要回来了，因为我不要命，也不想要命。去了，我就问人家，欠的货款还不还？不还，一刀戳到自己胳膊里，告诉他们，不还我就死在你这里。”

刘子豪还在震惊之中，为了陈美诗所做的事儿，也为了楚潇的经历，他脱口而出：“你……”

楚潇说：“你听我说完。有半年时间，其实我做得挺好，真的挺好，我一直都不知道，我有这个能力，连我自己都吓了一跳，也可能是人被逼到一定的份上，算是咬着牙也想着要争口气，我就是想证明我不靠谁也能过得很好，艾慕每月给我打款，我全给退回去了，用不着他装好人，也用不着他的施舍。刚开始什么都不懂，那些财务报表，我一看眼睛都是花的，那些业务往来，什么接单出货，一概不知道。下面有些员工，看我不懂，也是能糊弄就糊弄，我就每天回家，把孩子哄睡以后，一点点地学，问我爸，问一些靠得住的老员工，逼自己尽快去熟悉公司的业务。我还自己带着工人去给人送货，自己到各个厂家和工地去了解建材上游下游的行情，到后来我爸都想把整个公司交给我了。可是我想艾希，太想太想了，我就带着艾雅回来了。有一段时间，我每天送她去了幼儿园，就到艾希的小学门口转，我知道他在那读书，还是我报的名。有一天，下午放学，我忽然看见艾希出来了，你能明白我的心情吗？啊？我终于看见了我日思夜想的孩子。可是，我刚想冲过去，就看到一个中年妇女去接他，他不想走，那个女人就打了他两下。我正要冲上去揍她一顿，那个女人就带着孩子不见了，我一点办法也没有，我是一个失败的妈妈，失败的女人。”

楚潇把脸埋在双手里，失声痛哭。

刘子豪拍了拍她的肩膀，见她无动于衷，干脆把她的头放在自己的肩上，借她靠着。在他心里，陈美诗一直是那个漂亮、聪明、不断尝试新鲜事物的善良女孩——这么多年难以忘怀的初恋。他无法相信，美诗可以这样对待一个多年好友，甚至不留一丝一毫的情面。

天色全黑下来，楚潇擦干眼泪："这次没有忍住，在全公司面前出丑了。"

刘子豪说："说什么呢，谁还没有点心情不好情绪低落的时候，天天跟打鸡血似的，成了机器战士了。"

楚潇说："我以为已经把自己炼成机器战士了，谁知道今天看到陈美诗，我……"

刘子豪说："你没有做错什么，美诗她……也许有个全新的开始也不是坏事儿，我们都是。"

楚潇用手擦拭着眼泪，刘子豪一回手，从靠着的办公桌上拿下一盒纸巾递给她。

楚潇抽出一张面巾纸，边擦眼泪边说："你会不会怨我，毁你心里的初恋了。"

刘子豪说："怎么说呢，可能男人心里都会有个美好的初恋形象吧，但是这样的形象，只有在记忆的时光里才能保持这份美好，即使你不说什么，也没有人说过什么，再见面，也是物是人非的多。我一个忘年交，年轻的时候是一个小山村的老师，因为爱好文学就经常写了诗歌投稿，一来二去有了名气，有一天，他接到一个女孩的来信，说是他的忠实读者，两个人就开始书信往来，又过了一段时间，那个女孩忽然出现在他的眼前，见了他，也不说别的，一首一首地背他写的诗，一个字不差。"

楚潇："你的这个朋友可真浪漫，黄金万两容易得，知己一个也难求。那他们后来呢？"

刘子豪说："后来因为种种原因没有在一起，十几年后我的朋友又见到那个女孩儿，应该说又见到那个女人——当时她坐在一个乌烟瘴气的麻将馆里，一岁多的儿子就在她脚边布满烟头和痰的地上爬来爬去……”

楚潇说：“怎么会这样？”

刘子豪叹口气：“生活让一切的改变都成为可能。”

楚潇说：“可是，有的时候这样的改变会让人措手不及。”

刘子豪说：“是啊。”

楚潇说：“之前你提到要跟艾氏集团接洽，我没有说什么，甚至一度以为，我能够若无其事地参加会议。今天才知道，我不是一个以公事为重的人，不是一个能淡然一笑不计前嫌的人。我知道从公司的角度来看，跟他们的合作是有利的，可我还是希望不要跟他们再接触，我可以更努力一些，再帮公司多找一些客户。当然，这是纯粹出于我个人的好恶，最终结果怎么样刘总决定。”

刘子豪说：“我考虑考虑好吗？”

楚潇站起来，猛烈地吸着鼻子，开始整理自己的头发：“今天真是……糗大了。”

刘子豪也手撑着地站起来：“平时我们在同事面前，在客户面前，都苦心维护自己的形象，难得真实一回，没有什么不好。”

楚潇说：“这样的话哪天你也真实一回。”

刘子豪摸摸后脑勺：“免了吧。”

楚潇整理好了头发：“所以说啊，你也不用安慰我，我也知道失态了。不过，今天……谢谢你的肩膀……要是没什么事儿，我先走了。”

楚潇拿起包，把刘子豪一个人留在办公室，自己走了出去。她抬头四顾，曾经清晰的世界又变得模糊而茫然，家里请了个保姆照顾艾雅，她倒不用担心女儿的吃睡。楚潇看看时间，想着不如再去找平岚倾诉一下。

28

平岚这个时候已经大着肚子，为了迎接即将到来的新生命，她跟齐昊天商量了一下，拿出积蓄贷款在三环外买了一套两居室。买了房以后，她又想办法租了一个小门面，终于开起了自己一直想做的茶室。

楚潇顺路在婴童店买了一些婴儿衣物，径直到了平岚的茶室。平岚正在收拾茶具桌椅，已经是准备回家的状态了，看到楚潇来了，她干脆端出一套自己珍藏的茶器，重新把水烧上。

楚潇赶紧放下东西："你这肚子这么大，还忙活什么，消停地坐着聊聊不是一样，我来也不是为喝茶。"

平岚笑笑："边喝边聊更好。"

楚潇说："怀着孩子还能喝吗？"

平岚笑说："适当的少喝一点温性茶没有关系，总不像之前那么一直喝就是了，本来就老想上厕所，喝太多更跑得勤。"

楚潇就嗔怪着她："怀孕肯定是这样，我怀老大的时候，还总困，经常觉得疲惫。你就是心大，什么都觉得无所谓，怀孕还开什么茶室，忙也不忙在这几个月，你家齐昊天现在也能养活你。"

平岚说："你每次来都要叨叨几句，早跟你说过，我闲不住。齐昊天又上班又忙房子的装修，我自己在家待着没意思，正好又遇到这个铺子租金合适，地段也不错，本来的装修风格也还好，等生完到哪儿找这样合适的去。要再找个铺子需要重新花钱装的，我们可一点钱也挤不出来了。"

楚潇说："到时候缺多少钱，你直接在我这里拿嘛。"

平岚摇摇头：“你自己供艾雅，花销也够大的。”

楚潇笑：“我挣的够了。”

平岚把泡好的一杯茶推到她面前：“知道你能干，年薪几十万，我是眼馋得很呐。”

楚潇说：“你行了，我去开发山西区，一个人带着行李，一切从零开始，跟客户吃饭，这么大盆子装的酒，一口全干，你以为容易。”

平岚问她：“你老出差，艾雅怎么办嘛。”

楚潇说：“没有办法，请了个保姆，我爸现在也经常过来，帮我照顾照顾。在老家呢，虽然一切都好，我还是想艾希，在这边离他近点……”

楚潇说着说着就沉默下去，脸色也黯淡下来。

平岚安慰她：“你有探望权呐，这么想孩子，不如正大光明去看看。”

楚潇摇摇头：“我这辈子不想再看见艾慕那个嘴脸，何况还有个陈美诗。”

平岚点点头：“她确实是，不应该那么做。”

楚潇说：“我今天看见她了。”

平岚惊讶地张大嘴：“那她……”

楚潇说：“我一句话没说，扭头走了，可是这心情……真是大白天也能撞见鬼，他妈的。”

平岚不知道怎么安慰她，又给她倒了杯茶，楚潇苦笑：“喝茶不能解愁，要不是你大着肚子，我肯定拉你去喝酒。”

平岚说：“借酒浇愁愁更愁。不过你要是实在想去，我现在陪你去，看着你喝。”

楚潇摇摇头：“算了，酒吧人那么多，再挤着你。”

平岚想了想：“去安静点的餐厅，或者干脆买过来喝。”

楚潇说：“知道你讲究，回头嘴上不说，心里嫌弃酒味坏了你的茶香，再在心里骂我一顿。”

平岚说：“看你说的。”

楚潇掏出一根香烟，深深叹了口气，又把烟放了回去。

平岚说：“心情不好，想抽就抽吧。”

楚潇摇摇头：“对胎儿不好，对了，我给她买了两件衣服。”

平岚接过来：“你看你，每次来都买，有艾希、艾雅小时候的，划拉划拉给我就行。”

楚潇又叹了口气：“有也不在我这里，要不可不是都给你留着呢，婴儿车，婴儿床，各种玩具，衣服，都是大牌的东西，一点没坏，还挺新的，现在可全浪费了。”

平岚赶紧说：“得了，我也不用什么大牌，你也不用可惜，小孩的东西用不了多长时间，我随便哪里淘点都是一样。”

平岚知道楚潇看见陈美诗，心里不高兴，赶紧把话题岔开，问她工作，又说些自己以后的打算，说着说着，齐昊天也来了。

楚潇站起来：“这是看老婆这么晚没回家，当护花使者来了，我也得知趣告退了。”

齐昊天赶紧说：“不着忙，你们慢慢聊，要不想我听，我就外面转转再来。”

楚潇说：“那哪儿行，大冷天外面转什么，我还是回去了。”

平岚掏出手机，歉意地笑笑：“没电关机了，都没注意到，你给我打电话没打通吧。”

齐昊天说：“没打，回家看到没人，过来接我女儿。”

平岚给他一拳：“也有可能是儿子。”

齐昊天说：“我非得要个小棉袄。”

楚潇羡慕地：“还是你们好，这么多年恩恩爱爱。”

平岚赶紧说：“谁跟他恩爱，恨不得一脚把他踹老远。”

齐昊天搂着平岚肩膀：“你踹我也跟着你。”

楚潇笑：“你还是管管她，别天天工作工作，万一累着哪头轻哪头重?”

齐昊天说：“我可管不了。”

平岚说：“得了，哪儿有那么娇贵，以前的人怀孕还天天下地干活呢。我妈生我的时候，正赶上夜班，她肚子疼，直接骑个自行车去了医院，车后座还带着她师傅，去了就把我生下来了。”

齐昊天无奈：“现在跟以前不一样。”

楚潇也说：“就是，我怀孕的时候，啥都不干。”说完不由得又情绪低落起来，勉强聊了几句离开了。

齐昊天看着楚潇的背影叹了口气：“哎……”

平岚打了齐昊天一拳：“你说帮她争取艾希的抚养权，艾希在哪儿啊?”

齐昊天无奈：“老婆，我尽力了，你知道的，二审维持原判，像他们的情况通常也会是这样的结果。”

平岚沉默，跟着齐昊天走了一会儿，才说：“像楚潇，上得厅堂，下得厨房，居家的时候把家里搞得井井有条，出来工作就把事业做得风风火火，不知道以后哪个有福气的娶到她。”

齐昊天说：“带着孩子，不好找。”

平岚又给了他一拳：“你这是歧视。”

齐昊天赶紧表明心迹：“我可不是这样的，我爱上的人，就算是个妓女，我也一样会爱她。”

平岚连连用手指点着他：“好好好，你去爱别人吧。”

齐昊天哭笑不得：“我的意思，爱情只跟这个人有关，有没有孩子，什么身份、收入乃至家庭，都不应该作为衡量一个人的标准，或者爱情的附加条件。”

平岚笑：“你还挺有觉悟的。”

齐昊天叹口气：“可惜啊……”

平岚问：“怎么了?”

齐昊天煞有介事地：“现在像我这样的好男人太少了。”

平岚“扑哧”笑出来：“往自己脸上贴金。”

齐昊天说：“开个玩笑啦，只有你们女人，才会去给男人贴上好男人、渣男的标签，大部分都是普普通通的人，有自己的优点，也有缺点，这个世界上，哪有那么绝对的事情。”

平岚挽着他的胳膊：“就你有理，可是就说艾慕，难道还不算渣?”

齐昊天摇摇头：“艾慕我还是不评价了，要不你又跟我急。注意我说的，是‘大部分’男人，都还是为了家庭拼事业，爱老婆疼孩子。”

平岚撇撇嘴：“家里红旗不倒，外面彩旗飘飘，不在少数。”

齐昊天拍拍她的头：“行了行了，我只爱你一个，这不就够了吗？”

平岚说：“肉麻。”说完还是憋不住笑起来。

齐昊天说：“我说你啊，预产期也快到了，何必每天还起早贪黑，就算再有事业心吧，也是当妈的人了。”

平岚说：“那茶室刚开没有多久，刚有些固定的茶客，要是人来了看到关门，以后就再也不来了，再说关门了房租也照交，多划不来。”

齐昊天说：“这个事情，我还是持保留意见。”

平岚笑：“我会认真考虑你的意见。”

齐昊天说：“行了，老婆大人，别的事情都听你的，我也全力支持你的事业，可是这个听我一回啊，你这样咱们孩子在肚子里肯定也有意见。”

平岚想了想：“好吧，我明天去收拾一下，先歇业一段时间。”

第二天平岚又挺个大肚子去茶室打理，把需要封存的暂时封存起来，有些贵重的要带回家保存，她就整理好先放在一边，预备晚上齐昊天帮她搬回去。

临近中午，平岚就觉得饿得不行，她准备先关了门去吃点东西，艾慕却意外地找上门来。

艾慕开门见山地问她：“楚潇回来啦？”

平岚没好气：“跟你有什么关系？”

艾慕说：“我对女儿有探视权。”

平岚说：“法律上的问题，你直接去跟齐昊天说，找我有什么用。”

艾慕皱皱眉头：“平岚……”

平岚拿起一个干净的抹布，开始来来回回地擦拭桌椅，逐客的意思非常明显。

艾慕干站了一会儿，还是说：“平岚，你把楚潇的联系方式给我，我自己跟她说。”

平岚说：“你觉得她会接你电话？”

艾慕说：“昨天美诗说看见她了，把她上班的公司也告诉我了，你要是不帮忙，我只有去楚潇的公司找她。”

平岚一下子生气起来：“找她找她，你现在还找她干什么，对她的伤害还不够大？你还觉得自己做得不够绝？她现在好不容易有了正常的生活，你怎么阴魂不散，还不放过她？”

艾慕也急了：“婚姻的事情永远不会是一个人的问题，你怎么想我不管，可是她不想孩子吗？你跟她说，既然回来了，每周让我见一次艾雅，我也把艾希送到她那。不管大人有什么问题，孩子是无辜的，就算她对我有再多仇恨，也不应该阻止孩子见自己的爸爸……当然，还有妈妈。”

平岚气的：“当初是你把孩子妈妈扫地出门的，现在又来拿孩子说事儿，艾慕，我从来不知道你是一个这样的人。”

艾慕说：“我不是拿孩子说事儿，我就不相信，楚潇不想艾希。我不是来吵架的，你把这话转告楚潇，同意不同意她自己决定。”

平岚撑着桌子坐下，胸口气得剧烈地起伏，肚子也隐隐不适。

艾慕见了她的状态，赶紧四处找了一下，找到水壶，给她倒了杯热水：“你这是怎么了？”

平岚说：“被你气的。”

艾慕到处看了看：“齐昊天呢，没在这里？”

平岚没好气地：“都像你这样的公子哥儿，不用上班的。”

艾慕说：“平岚，你真的对我有误解，不是所有家庭条件好一点的人，都天天吃喝玩乐、轻松生活的。”

平岚说：“我不管，我要出去吃饭了，你自便吧。”

艾慕不放心地：“你现在这样，走得动吗？外面小店里的饭也不干净，我开车带你去吃好的。”

平岚连连摆手：“不用你管。”

艾慕又问："我看你脸色有点不好，我直接送你去医院？"

平岚说："我真没事儿，我拜托你赶紧走吧。"

艾慕想了想："那你把我的话告诉楚潇，算我拜托你了。"

平岚说："好好好。"

艾慕还是有点不放心，看到平岚脸上是坚决的"请你离开"的表情，只有顾自先走了。

平岚这边慢慢地平静下来，自己关了茶室的门，走路回家做了午饭，吃完。她拿起电话，给楚潇打了过去，把艾慕的意思给复述了一遍。

楚潇听了平岚的话，良久不语，末了说："我同意。"

平岚惊得手机差点没有掉下来："你就这么同意啦？他那么对你，以你的脾气，就应该永远不联系不见面，怎么……"

楚潇平静地："等你肚子里的宝宝生出来，就明白了。"

平岚想了想："那你自己跟他联系？"

楚潇说："我不跟他联系，我不想跟他有任何一点瓜葛，你帮我跟他说，每周五我请保姆把艾雅送到他家，同时把艾希接过来，周日再把艾希送回去，把艾雅接回来。"

平岚无奈，想来想去，干脆电话也不打，只是照着楚潇说的，给艾慕发了条短信，片刻后，她接到回信，只有两个字的回复——"谢谢"。

放下电话，平岚在家里四处转了转，拿起书翻翻，没有心思，打开电视看了会儿，也不知所谓，她干脆又出了门，走路去了茶室。

到了下午，平岚觉得肚子一阵一阵的疼，她去了趟卫生间，看见有一点血迹，不敢大意，马上关了店门打车去医院。

等她到医院的时候，齐昊天也火急火燎地赶到，一看见她就惊慌失措地盯着问："怎么了，啊？流血了？肚子疼吗，现在好点没有？急死我了，连闯了几个红灯。"

平岚嗔怪他："没事儿，应该是她等不及要出来了。"

齐昊天急得满头大汗地："离预产期还有十天呢，不到生的日子。”

平岚其实心里也着急，急慌慌地找到医生：“医生，我流血了，还肚子疼，离预产期还有十天呢。”

医生见多不怪地：“羊水破了吗？”

平岚摇摇头。

医生说：“先去听个胎心。”

齐昊天慌地问：“要不要担架，要不要推个车来躺着，要不要现在进手术室？”

医生看看他：“去听听胎心。”

两个人只好缴了费，平岚耐着性子坐在胎心室，房间里各个妈妈肚子里婴儿心跳的声音通过仪器传出来，还夹杂着打印胎心监护图的声音，“咚咚”“哒哒”，有节奏地响成一片，平岚的心反而平静下来，肚子虽然疼，感觉上是缓解了，而且也变得有规律，隔一段时间，疼那么几下。

胎心监护图终于是做完了，医生看了看：“住院吧。”

齐昊天还是着急：“医生，到底怎么样了，快生了吗？什么时候生？”

医生说：“这个说不准，等到每隔五分钟疼一次的时候，孩子就快出来了。”

齐昊天还在问东问西的，倒是平岚，推推他：“别问了，孩子什么时候想出来，医生怎么知道准确的时间，你赶紧把住院手续办了。”

齐昊天赶紧跑上跑下地办手续，按道理这样临时入院都没有床位，连睡走廊都未必有空床，也算是他们的运气好，产科一个房间刚刚腾了一个空位出来，平岚马上住了进去。

到了晚上，宫缩变得一阵紧似一阵，平岚疼得左翻右滚，满眼是泪。医生看了看，宫口只开了不到二指，还得继续等待。

等到终于被推进了产房，里边已经有两位产妇痛得哀嚎阵阵，平岚也顾不得别的，用尽全力也无法减轻锥心刺骨的疼。

好在几个小时以后，孩子顺利降生，平岚筋疲力尽地被挪到急救推车上，每动一下都感觉到身体里的血液汩汩往外流，可是看着怀里小宝宝熟睡的脸，她还是觉得一种甜蜜的情感在心底蔓延。

接下来的一个月，平岚拖着顺产没有恢复的身体，每隔两小时喂奶换尿不湿，没有连续超过三个小时的睡眠，感觉上日子过得糊成一团。齐昊天在夜里平岚起来的时候，也必跟着起来，能帮的都尽力做，可是毕竟白天依然要去上班，想来想去，他把母亲和父亲接了过来，照顾产后的妻儿。

婆婆来了以后，任劳任怨，什么事情都不让平岚动手，平岚算是松了口气，一个月后就回到茶室继续工作。

如此，时间又过了两年多。

宝宝已经两岁多了，平岚和齐昊天也小有了一点积蓄。平岚心里想着，茶室虽然有稳定的收入，毕竟是规模小，销量少，如果能做一个全国知名的茶叶品牌，将自己的茶送进千家万户，那必定会有更大的发展空间和影响力。

平岚知道自己不具备这样的实力，她找到田姐，提出一起来做这件事情，田姐听了她的规划，没有考虑太久便爽快地答应下来。

29

平岚请了个女孩帮她照看茶室，自己开始四处奔走，联系茶园、茶厂，选择了产品，又开始设计产品的包装，等等，每天忙碌到深夜。

婆婆虽然不明白她在做什么，但是感受到了她的辛苦，总是想多分担一些，公公心里却有点不满。

一天，平岚回到家，看到两岁多的女儿坐在沙发上看着动画片，一边吃巧克力一边喝可乐，平岚一步冲上去："我的天呐，齐琪，你这么小，不能吃零食喝可乐，不可以的。"

公公正在陪着齐琪看电视，皱皱眉头："有什么不可以的，孩子想吃就吃嘛。"

平岚说："爸，吃零食喝可乐都对身体不好。"

公公说："又不是天天喝，偶尔一次，能怎么样，昊天小时候零食没少给他吃，不是一样长得好好的，说道咋那么多?"

平岚从齐琪手里把巧克力拿出来："乖啊，妈妈帮你放起来，长大以后才能少吃。"

齐琪正在吃的东西被拿走了，"哇"的一声哭起来，公公拿起平岚放在桌上的巧克力，一把塞回她的手里："吃吧，爷爷同意你吃，这是什么妈妈?"

平岚站在地上，不知道说什么好，恰好婆婆端着菜放上了桌，一迭声地喊开饭。

公公看看墙上的挂钟："这都几点了，才吃饭。"

婆婆说："行了，昊天和平岚都要工作，年轻人忙事业，天天哪能那么准时准点的。”

公公冲着说：“吃饭就得按时，以后每天早上八点，中午十二点，晚上六点，准时吃，做个饭都做不好，自己不会看钟表?”

婆婆说：“早上中午都可以，你看看晚上六点谁下班到家了。”

平岚赶紧说：“妈，爸血糖低，以后要是我和昊天没有回来，你们就先吃，别等我们。”

公公说：“一起吃饭才像个家，我没事儿。”

婆婆就说：“是嘛，我看你就是消停日子过久了，没事儿找事儿。”

平岚看着巧克力吃得满嘴满身的齐琪，一边抽出纸巾给她擦嘴一边说：“妈，我以后也争取早点回来。”

吃了饭以后齐琪还要看动画片，平岚哄着她：“别看了，妈妈给你讲故事。”

平岚拿起故事书，爷爷就把电视打开自己看。齐琪看到电视开了，摇摇摆摆地走过去爬上沙发跟着一起看。

平岚叹了口气，晚上睡觉的时候就跟齐昊天说：“昊天，你跟爸说说，让齐琪少看点电视，这么小，对眼睛也不好。”

齐昊天翻个身：“我都跟他说了，他不听，多说两句他还要跟我急。”

平岚想了想：“那我再跟他说说。”

天亮以后，平岚起了个大早，到茶室那边，在电脑上把吃零食、看电视对孩子的危害都找出来，打印了厚厚一叠，又提上几盒红茶。

回到家平岚把打印件交给公公，说：“爸，你看，这些都是新闻里报道出来的，经过科学研究证明了的……”她把零食、可乐、看电视对孩子的影响一条一条地又说了一遍。

公公翻了翻：“嗯，知道了。”说完自己背着手进房间去了。

这时候齐昊天正从房间里趿拉着拖鞋走出来，看到这样的情景小声问平岚：“你说啦?”

平岚点点头：“我打印出来了。”

齐昊天偷笑："老人就这样，不管什么，只要是电视上看的，新闻里报道的，都相信。他们那么大年纪，千里迢迢来帮我们，有什么你也多包容，有委屈，你就跟我说，别跟他们吵架。"

平岚推了他一把："说什么呢，哪有什么委屈？"

齐昊天一把揽住她："那就好，我看电视上，感觉全天下的婆媳关系都紧张的要死，我担心你。"

平岚捂着嘴笑："有时候观点不同，要放在以前我只能干着急，其实想想，都是为了这个家、这个孩子，我尽量说服他们。"

齐昊天说："老婆还是你厉害，我爸那个脾气，连我都没法儿。"

平岚笑着："晓之以理，动之以情。"

齐昊天一口亲在她的脸上："还是你能干。"

平岚赶紧推他："别让爸妈和孩子看见。"

齐昊天说："看见咋的，你是我老婆。"

正说着婆婆端着煮好的面从厨房走出来，一迭声地喊吃早饭。

吃饭的时候平岚问齐昊天："今天周末，你有没有时间，跟齐琪陪我去趟楚潇家吧？"

齐昊天说："行。"

两个人吃完了早饭，就一起带着女儿到了楚潇家，一进门，先看到艾希和艾雅在一起玩。

平岚说："呀，艾希，都长这么高了，真快，艾雅越来越漂亮了。"

楚潇迎上去："又给我带茶，上次的还没有喝完呢。"

平岚笑："我不是在做品牌吗，现在包装定了，顺便拿给你，还没有大量生产。"

楚潇接过红茶放在一边："你的茶喝着挺好的，可是有销售渠道吗？"

平岚说："现在网络那么发达，我准备主要做网店销售。"

楚潇摇摇头："你之前就跟我说过，我虽然不懂茶，可是看了你的茶和其他茶产品，绿茶糕、茶多酚含片是吧。"

平岚说："还有茶心月饼。"

楚潇说："这些应该都是定价偏高的产品，最好是直接面对消费者。比如你经常跟我说，茶都是没有打农药的有机茶，或者茶多酚可以抗癌，我才知道这东西好。别人在不了解的情况下，很难会选择价格偏高，还没有知名度的产品。现在茶品牌太多了，有知名度的大品牌也很多。"

齐昊天插嘴说："还有你找的合作方，到现在合作方式都没有明确。"

平岚辩解说："田姐又找了几个朋友一起来做，每个人出的钱都不一样。"

齐昊天说："那按出资比例来呀，成立公司明确股权。"

平岚说："那样我又没有出多少钱，我这边都是在对接资源，我的优势是有全国所有茶行业最好的资源，给我们研发产品的是享受国务院特殊津贴的专家，茶厂也有一条龙的设备。"

齐昊天说："说到底出钱不是你，茶园不是你的，茶厂不是你的，茶产品的研发和生产也不是你，宣传营销也不是你……"

楚潇补充了一句："销售渠道也没有建立起来。"

平岚想了想："这个问题不能这么看。"

齐昊天接着说："你现在要是不在协议上把责权利都明确清楚，这么多环节如果有哪个出了问题，这个事情最后都会功亏一篑，搞不好还会有麻烦。"

平岚说："怎么不是我的，都是我在联系，我在对接，我在做这件事情。"

楚潇劝她："我觉得昊天说得有道理。"

齐昊天委屈地："我跟她说了很多次了，每次她都不听。"

平岚说："你们又不了解茶，又不知道我具体怎么做，一来就说不行，现在做事情，不就是资源的对接和整合吗？我现在有这么好的资源。再说茶品牌虽然多，很多都是鱼目混珠，根本没有什么品质，我肯定会做出全国知名品牌的。"

楚潇说："好嘛好嘛，想做的事儿就去做吧，就算彻底失败，只是亏一些钱，还积累了经验。"

齐昊天也就不再说什么，在一旁看着齐琪跟两个哥哥姐姐玩。

过了一会儿，门铃响起，平岚看到楚潇在照顾孩子，自己起身去开了门。

艾慕站在门外："啊，平岚来啦？"

平岚没好气："这又不是你家，我来不来跟你有什么关系？"

艾慕尴尬地干咳两声："两个孩子想去游乐园，我来接他们。"

平岚站在门口，看见艾希和艾雅已经跑了过来，一边一个拉着艾慕喊爸爸，迫不及待地要出去，楚潇也背上了包，讪讪地："你看你来一趟，一起去吧。"

艾慕也赶紧说："一起吧。"

平岚说："不去，我还是回去了。"

楚潇挽着她的胳膊，就把她往外拉，边走边说："你刚才说了，今天没有什么事儿，你不想去孩子想去，别说没用的，开车了吧，你跟着我们的车。"

齐昊天见了，抱起齐琪也跟了上来。

一路上平岚都在车里抱怨："楚潇怎么想的，之前她还说再不想见到艾慕，这倒好，一家人亲亲热热去游乐园，我看不惯，你赶紧掉头，我打电话给她，就说临时有事儿不去了。"

齐昊天开着车："得了，楚潇有楚潇的想法，你也不用非得跟艾慕势如水火，毕竟还是大学同学。你这样掉头就走，不但是跟他僵住了，让楚潇也下不了台。你要实在想走，去待一会儿打了招呼再离开，也不差这么一会儿时间。"

平岚就不说话，坐在后排给齐琪讲故事。

没过多久，几个人到了游乐园一起买票进门，齐昊天抱着齐琪跟艾慕走在前面，楚潇在后面挽着平岚的胳膊。

平岚问她："怎么回事？"

楚潇看着在前面飞来飞去的一双儿女："没那么复杂，为了孩子。"

平岚不信："真的？"

楚潇点点头："本来呢，都按我之前说过的，周末把女儿送过去，儿子接过来，可是艾希说，他想妹妹，想跟妹妹一起玩，吵了好多次。有一天没等保姆去接，艾慕自己就把儿子送过来，说不用艾雅过去了，两个孩子都在我这过周末。”

平岚说：“还算他良心发现。”

楚潇苦笑：“也不全是，他周末有时候要加班，美诗也有点不耐烦。”

平岚说：“这个美诗，怎么回事儿，既然是现在的情况，就应该对孩子多点耐心。”

楚潇说：“也没怎么，应该是抱怨艾慕平时忙，周末还光顾着陪女儿，冷落了她，也不带她出去玩，也不跟她二人世界浪漫浪漫。还是艾希告诉我的。”

平岚说：“三十三四了，还是一颗少女心，跟个几岁的小女孩儿争风吃醋。”

楚潇说：“玩儿心是不减当年。艾慕呢，有时候就过来，说看看他们兄妹俩，我想啊，既然他先做出了让步，我也不一定坚决地把他拒之门外，而且呢，多跟父亲在一起，对孩子们的成长有好处。之前对艾希的伤害挺大的，他本来挺活泼开朗的，就从那时候开始，性格都变了，有时候自己一个人在一边，沉默寡言，我还是担心他。”

平岚点点头：“我说呢。”

楚潇说：“反正我现在也是看开了，自己过得挺好，两个孩子也算在身边，我爸身体也一直挺好的，有些事情，不看过去看眼前。”

平岚问：“那你现在……有没有考虑重新……重新找个男朋友。”

楚潇笑了笑：“怎么说呢，对身边一个人，挺有感觉的，他对我可能……可能也……有这样的感觉吧。”

平岚惊讶地：“你行啊。我还以为……”

楚潇说：“以为我经历过一次婚姻的失败和打击，对爱情和男人都失去了信心，再也不考虑这些了？”

平岚笑笑：“也是，要是那样就不是你楚潇。”

平岚问：“那这个人……他……”

楚潇说：“挺好的，还是有钱。”

平岚惊讶地：“啊?!”

楚潇坦率地说：“在我们这个年纪，经济能力也是衡量一个人上进心和工作能力的标准，现在这个社会，只要自己足够努力，肯定可以有一番作为。如果都三十三四了，还跟大学刚毕业一样没有任何改变，那只能说明努力的程度不够，我不会爱上这样的人。退一万步讲，爱是建立在尊敬的基础上，如果我对他缺乏最基本的尊敬，怎么会爱上他?”

平岚听得连连点头：“对。”

楚潇叹了口气：“不过我还有两个孩子，不知道他怎么想，可是如果他不愿意接受我的孩子们，我只有……说实话吧，这个人是刘子豪。”

平岚惊讶地感叹：“啊?!”

正说着，艾希和艾雅看到旋转木马，就大叫大嚷着要去坐，艾慕就一起买了三张票，看着孩子们进去。齐琪太小，平岚赶紧跟着她一起进去，抱着她上了旋转木马。

齐昊天在外面笑着给她们拍照，艾慕说：“还是你跟平岚好，这么多年，不容易。”

齐昊天收起拍了照的手机：“都是鸡毛蒜皮，有什么各让一步，相互包容就好了。”

艾慕说：“难的就是让一步。”

齐昊天问他：“你跟美诗还好吧。”

艾慕想了想：“说点男人之间的实话，美诗适合做情人，漂亮，会玩、会撒娇，黏人也黏的恰到好处，可是一起生活的话……”

齐昊天说：“既然选择了，也许该看优点。”

艾慕说：“我越来越怀疑我当初的选择。还是不说这个了，有一件事儿我想跟你商量一下。”

齐昊天说：“什么事儿?”

艾慕说："我朋友的一家金融公司，想请一位法律顾问，你感兴趣吗？"

齐昊天说："可以把你朋友约出来聊聊，先相互了解一下情况。"

艾慕说："没问题，那就这么定了，我改天给你打电话约具体见面时间。"

齐昊天说："行。"

齐琪这个时候已经出来了，她看到旁边有人吹泡泡，就摇摇晃晃地去抓，咯咯笑个不停，齐昊天和平岚都赶到她身边，陪她一起抓泡泡。

艾希和艾雅吵着还要坐旋转木马，楚潇给他们买了票以后，又看着他们进去了。

楚潇立在旋转木马的栏杆外，看着平岚一家三口，不由得笑起来，又笑着看自己的一双儿女。

艾慕若无其事地踱步到楚潇身边，站了一会儿，开口道："兄妹俩还是在一起好。"

楚潇不易察觉地把身体向旁边挪了一点："那当然。"

艾慕说："其实……我一直想说——对不起。"

楚潇说："现在何必说这些。"

艾慕有点犹豫地："现在……我的事业上……有一点不同，要是家庭方面……"

楚潇皱皱眉头："你家庭方面跟我有什么关系？这个问题你应该去跟陈美诗探讨。"

楚潇说着转身离开，到出口去接要从旋转木马上下来的儿女。

艾慕愣在原地，没来由地自己干咳了两声。

木马停下，两个孩子从出口跑出来，扑到楚潇怀里，艾雅说："妈妈，太好玩儿了，我还想坐。"

艾希说："妈，你和爸能每周带我们出来吗？"

楚潇摸着艾希的头："妈妈不敢保证，但是只要你开心，妈妈有空就带你和妹妹出来玩。"

艾希搂着妈妈大腿："妈，要不你回家吧，我讨厌陈美诗。"

楚潇说："你都是快要十岁的小伙子了，还像个小孩儿似的撒娇。还有啊，不可以直接称呼大人的名字，要有礼貌。"

艾希撇撇嘴，还想说什么，楚潇说："想玩就带妹妹再去坐，乖啊。"

艾希无奈，牵着妹妹的手跑走了。

艾慕摸摸后脑勺，还想踱过来说些什么，楚潇一转身走到平岚身边跟她说话去了。

等两个孩子从旋转木马上玩够了下来，几个人又往前走，到了专门的幼儿游乐区，那些小火车、旋转飞艇之类的齐琪也能玩，齐昊天让平岚安心跟楚潇聊天，自己带着女儿和艾希、艾雅去坐。

艾慕无趣，走到旁边去打电话。楚潇只跟平岚聊，不时地给孩子们招手，给他们拍照。

再走不多远，四周就全是些惊险的设施，多高的跳楼机，七百二十度环形过山车之类的，空中到处都是尖叫呼喊声，听的人也胆战心惊。平岚觉得有趣，怂恿楚潇："你去坐。"

楚潇摆手："不敢。"

平岚笑："你以前胆子那么大，就爱坐这些。"

楚潇说："你都说了那是以前，现在生活本身都够刺激了，何必在这些地方找心跳，再说年纪越大胆子越小，这些东西真是……不敢上去了。"

平岚逗艾希："你呢？"

艾希连连摇头："等我长大点再上。"

几个人就一起仰头看悬停在高处的跳楼机，忽然地又看见它好像失控了一样往下掉，身后一个声音脆声说："你终于到了，我等你好久。"

齐昊天无意中应声回头，看见陈美诗正迎着一个风度翩翩的男子跑过去，再仔细看，那男子竟然是刘子豪。陈美诗看起来抑制不住心中的紧张和兴奋，还在不停地跟刘子豪说着什么。

齐昊天犹豫片刻，大声说："我们去前面吧，前面能划船。"

平岚说：“要不先找个地方吃午饭？吃了饭接着玩，孩子们也饿了。”

艾慕抢先说：“我知道这旁边有家餐厅不错，这边走。”

几个人转过身，同时看见了陈美诗和刘子豪，与此同时，这两位也看见了他们。

刘子豪先迎上来：“好巧啊，楚潇——昊天，平岚，你们也在，还有三位小朋友，太好了，我能加入你们吗？”

艾希仰起脸：“你是谁？”

刘子豪蹲下身子：“我是你妈妈的好朋友，也是公司的同事。”

楚潇说：“是妈妈的老板。”

艾希不相信地：“真的吗？”

刘子豪呵呵笑着：“是好朋友，你有空也可以到妈妈的公司里去玩儿。”

艾雅说：“我也要去。”

刘子豪说：“好好，欢迎，欢迎。”

刘子豪站起来，看到一张英俊的陌生面孔，心里也八九分猜到了，可还是问：“这位是……”

齐昊天赶紧介绍：“这位是艾慕。”

刘子豪说：“哦……久仰久仰。”

齐昊天又跟艾慕介绍：“他叫刘子豪，陈美诗的大学同学。”

艾慕看看还站在远处的陈美诗，伸出手：“你好。”

楚潇说：“平岚，我先回去了。”

平岚听她这么说，就说：“那我们也回家吧。”

艾希和艾雅听到说要走，都不同意，一边一个拉着妈妈的手，软磨硬泡要继续玩儿。

刘子豪说：“因为遇见我了，你们都要走，我就那么不受欢迎？”

齐昊天说：“不是不是，我们刚刚说到要去吃饭。”

刘子豪说：“那正好，一起吧，我请。”

楚潇瞪了刘子豪一眼，转身就走，两个孩子赶紧跟上，在妈妈身边一边跑一边央求下午接着玩儿。

刘子豪也赶紧几步跟上去：“你生气啦？”

楚潇说：“我告诉过你今天要到这儿，你是故意的，故意带着她来气我是吧？”

刘子豪说：“不是，美诗给我打电话，约我见面。”

楚潇说：“在哪儿见不好？”

刘子豪说：“在哪儿见都不好！不如到这儿来大家一起。”

楚潇说：“好一个‘大家一起’，你还嫌我不够烦？”

刘子豪说：“不是，之前一次美诗约我，结果她说……”

楚潇站住：“空虚寂寞冷还想再续前缘？”

刘子豪说：“也没有明说。”

楚潇回过头，看到平岚一家三口还在原地，她大声喊：“平岚，走啊。”

平岚抱起齐琪，拉着齐昊天赶紧跟过去。

艾慕看看一边的陈美诗，看看另一边的楚潇，转过身也向着楚潇走过去。

刘子豪冲着陈美诗喊：“美诗，这边。”

楚潇说：“你让她来的，你就跟着她走啊，跟着我算怎么回事儿，跟着我又喊上她，你存心气我吧？”

刘子豪说：“既然碰上了，一起吃个饭。”

远处的陈美诗几步赶上艾慕：“你跟我说在公司加班，结果一家人和睦团圆。”

艾慕拉下脸：“你跟老同学甜甜蜜蜜地逛游乐园，倒先来质问我？”

陈美诗毫不示弱地：“你这话什么意思，是你说没有时间陪我的，我找个朋友出来走走怎么了，怎么你说的那么难听，甜蜜也没有你甜蜜。”

艾慕气得看了她一眼，抬起腿赶到前面跟齐昊天聊天去了。

平岚抱着齐琪，时间久了未免有些疲惫，脚步放缓渐渐地跟陈美诗走成了一排。

陈美诗伸出手摸了摸齐琪的小脸儿：“孩子都这么大了。”

平岚说：“是啊，两岁多了。”

陈美诗笑出了声儿：“真好玩儿，我真的不能想象你成为妈妈的样子。”

平岚说：“等有一天，你也会成为妈妈的。”

陈美诗摇了摇头：“我不想。”

平岚不解：“你正式搬到艾慕那也三四年了，既然是现在的情况，你们都没有想过？”

陈美诗眼睛看着前面，平静地：“之前有过，被我给……打了。”

平岚惊讶地张大了嘴：“艾慕他是怎么搞的？”

陈美诗说：“他不知道。”

平岚瞠目结舌地：“你怎么能？……怎么想的？”

陈美诗说：“年轻的时候觉得生个小孩儿是挺简单的事情，跟艾希生活了一段时间，我觉得不是那样。我还没有玩够儿，不确定能养好小孩儿。”

平岚无比惊讶地：“天呐，这是一个生命，上天给我们的天使，怎么在你的嘴里，成了可有可无的‘小孩儿’？!”

陈美诗说：“那还能怎么说呢。不过……你别告诉艾慕。”

平岚看着她：“这么大的事儿，你都能瞒着，你们是夫妻，夫妻之间至于这样吗？”

陈美诗说：“也不算夫妻，应该是爱人吧——相爱的两个人——如果哪天不相爱了，就各自追求自己的幸福，或者说男朋友也行。”

平岚说：“结了婚就是夫妻啊，彼此除了爱情，还有一份承诺。”

陈美诗又摇摇头：“没有领结婚证，不算结婚——不过呢，就算领了，也只是一张纸而已，我不想被这张纸强加给自己什么承诺。”

平岚不知道说什么，只好沉默。

几个人走进一家看起来很有格调的中餐厅，彼此落座。楚潇全当陈美诗是空气，自己一边吃一边专注地照顾着两个孩子吃东西，艾慕看她一个人顾着两个孩子，就喊艾雅：“小雅，到爸爸这边来，跟爸爸一起吃。”

艾雅说：“我不，我要挨着妈妈，我要妈妈喂。”

艾慕说：“你看齐琪妹妹都自己吃，你那么大了——这样，你要是自己吃饭，下午爸爸给你买玩具。”

艾雅眉头一皱：“哼，别给我讲什么条件。”

刘子豪被逗笑了，看着艾雅说：“我觉得你特别棒，肯定能自己的事情自己做。”

艾希放下筷子，端起艾雅的碗：“哥哥喂你吧，不过哥哥不在的时候，你得照顾自己。”

艾雅点点头：“那我也喂你。”

兄妹两个你一口我一口的一半像是吃饭，一半倒像是做起了游戏。

刘子豪看着两个孩子：“哎呀，看他们甜的，真是幸福。”

楚潇说：“你是没有看到他们打起来的样子。”

艾慕忽然又一次感叹：“兄妹两个还是在一起好。”

楚潇看了他一眼，没有说话。

吃了午饭，几个朋友又带着孩子们去游乐园，结果整个下午，最忙碌的反而是陈美诗，她从一个设施上下来又上另一个设施，一会买棉花糖，一会又去套圈，玩得不亦乐乎、旁若无人。

刘子豪不由自主地对站在身边的艾慕感叹：“这么多年，她真是一点没变。”

艾慕说：“离她远点。”

刘子豪说：“美诗吗？你误会了，我……”

艾慕说：“不是，离楚潇远点。”

刘子豪一愣，随后笑起来：“之前楚潇受到了伤害，现在你说这句话是不是有点奇怪，我真是不懂你们有钱人家的少爷，这些感情游戏好玩是吗？还是你忽然发现自己的孩子需要个称职的妈？就算你有什么想法，不是应该先……我是说你现在跟美诗之间，你们还在一起，你来跟我说离楚潇远点，不觉得可笑吗?”

艾慕说：“我的家事不劳你费心，最近艾林经常相约的人，就是你吧，你先把自己的事情处理好，再去笑别人。”

刘子豪说：“我知道处理我的事情，也很清楚自己想要的是什么，这些也不劳你费心。”

正针锋相对之时，齐昊天搂着平岚和齐琪走过来。

齐昊天说：“孩子没有睡午觉，这会儿困得不行，我们先回去了。”

平岚说：“我跟楚潇打过招呼了，你们帮我跟美诗说一声，这半天也没看见她的影子。”

艾慕点头：“好，我改天单独约昊天。”

齐昊天说：“行啊——对了子豪，上次我们一起吃饭那个同学，他说改天再聚聚，你也来啊。”

刘子豪笑：“他那个量，上次把我喝的差点没找到家。”

齐昊天说：“这次少喝点，回头我把时间地点发给你。”

平岚在旁边说：“你两个倒好，自从联系上了，比我和楚潇见的还多。”

齐昊天说：“应该的嘛，当年去青山，我跟子豪还睡在一起呢。”

又说笑一会儿，平岚和齐昊天带着孩子告辞先走了。

30

这一天慢慢地过去，太阳向着山下沉落。陈美诗挽起艾慕的手："亲爱的，我们回家吧。"

艾慕看看还在奔跑追逐的两个孩子，抽出手："你先回去，我把孩子们送过去就来。"

陈美诗噘起嘴："你就把我扔在这儿？"

刘子豪看着远处的楚潇："我开了车的，你们先回去，我送他们。"

艾慕皱着眉头："不劳你费心。"

陈美诗一跺脚，上前挽着刘子豪的胳膊："子豪，那你送我得了，我打车来的。"

艾慕的脸色更差。刘子豪赶紧推辞，往外抽胳膊，同时冲着远处陪伴孩子们的楚潇喊："楚潇，我送你回去吧。"

楚潇说："好啊。"

刘子豪脱身几步奔了过去，跟楚潇肩并肩地在夕阳中漫步。楚潇似乎冲着艾希和艾雅喊了什么，兄妹两个转过身，一齐向着艾慕挥手，隐隐约约传来"爸爸再见"的呼声。

艾慕也赶紧招手："艾希呀，爸爸明天晚上来接你。"

陈美诗不满地："眼珠子都要掉下来了，那么舍不得，跟着去算了。"

艾慕放下手，转过身瞪着她："那是我的儿子、我的女儿，舍不得是应该的，跟着去也是应该的。"

陈美诗一瞬间眼泪花在眼睛里打转："那我算你的什么，你有没有考虑过我的感受，这几个月一到周末就往那边跑，你还知道有我陈美诗的存在吗?”

艾慕大吼：“我往那边跑是为什么，啊?！是你说艾希在家里影响到你了，艾雅来过周末又影响你了，让你哪儿都去不了，只能在家带孩子。我现在让艾希跟妹妹一起过周末，你又嫌我往那边跑，你到底想怎么样?！我实话跟你说，我已经一再地忍让你了，你再这样子瞎胡闹，别怪我无情无义。”

陈美诗说：“怎么成了我胡闹，平时你忙，周末我想跟你过点二人世界，错了吗?你想要个老婆还是看孩子的老妈子?你跟楚潇都离婚了，还隔三岔五地见面，别给我拿看孩子当借口，想复合你就直接说。”

艾慕冲着她大吼：“这是你说的!”

陈美诗也吼起来：“是我说的，去呀，回头草那么好吃你就去吃，我陈美诗，从来就没有缺过男人，少了你一个，有十个在排队等着!”

艾慕扬起手，顺势就想往下拍。陈美诗迎着他抬起头，直盯着他。艾慕放下手，转身走了。

他向着楚潇和两个孩子离开的方向追过去，没有多远，看到母子三人的背影跟着刘子豪走出了游乐园，在一个户外的停车场里进了刘子豪的车。

艾慕想了想，折回身到地下停车场取了自己的车，一路奔着楚潇家开过去。

楚潇这个时候，正坐在刘子豪的车上：“你能找到我家吗，我给你导航。”

刘子豪说：“这个时候了，要不先吃个晚饭再回去?”

楚潇想了想：“行啊，这可是你说的，别后悔。”

刘子豪笑：“后悔什么?”

楚潇说：“难得刘大总破费，我得选个贵的。”

刘子豪说：“我知道一家空中餐厅，环境不错，还有儿童乐园。”

艾雅在车后座拍手："儿童乐园……"

楚潇回过头："玩一天了，还想着玩。"

刘子豪说："那咱们就出发……"

刘子豪发动了汽车，楚潇看着窗外掠过的行道树，仿佛无意似的说："你呀，去哪儿不好，非得把她带到这儿。你知道，有些事情，可以原谅，有些事情，是过了多久也不能原谅的。"

刘子豪说："我知道。上次美诗约我，说现在过得不快乐，想想还是当初跟我在一起的时候最开心。她说，如果可能，还想回到当初……"

楚潇说："这个陈美诗……那你呢，你怎么想的？"

刘子豪说："什么怎么想的？当初的美好回忆，还是不去破坏的好，现在呢，也可以还是朋友，可是有些界限……你知道。今天我接到电话也是考虑过的，她说出来走走，直接拒绝肯定不合适，毕竟仍然是那么多年的朋友，出来单独相处也不合适……"

楚潇说："你还挺会考虑的，那你有没有考虑到今天我的处境。"

刘子豪说："有啊，我以为你会转身就走，没想到还能耐着性子一起吃了饭。"

楚潇说："那如果我转身就走呢。"

刘子豪说："追上去呗，如果哭，我又借你肩膀。"

楚潇给了他一拳："你就那么想看我出糗。"

刘子豪说："不是，就算你转身就走，至少我是把美诗带到艾慕身边了嘛，有些话，不用说得太清楚。"

楚潇说："不仗义，至少对我来说。"

刘子豪说："那我赔礼道歉，随便你处置。"

楚潇笑："行了吧，我可不敢处置你，回头在公司里给我穿小鞋儿。"

刘子豪也笑："现在公司一半的营业额在你手上，借我几个胆儿吧。"

两个人说着笑着到了空中餐厅的楼下。楚潇回过头，发现艾雅躺在后座，枕着哥哥的腿睡着了，艾希也靠着座椅后背迷迷糊糊地进入了梦乡。

楚潇伸出手想去叫醒两个孩子，刘子豪说："算了，等他们睡一会儿。"

楚潇想了想："也好，玩一天累坏了。"

刘子豪找了个地方，把车停在路边。他跟楚潇两个人坐在车里，一时间陷入了沉默。

天已经全黑下来，路灯忽然次第亮起，街边的一些店招也发出朦胧变幻的光芒。

刘子豪坐在黑暗中，微微咳了一下。

楚潇向窗外偏过头，看外面的街景，又低下头，仿佛自言自语地："真是，大晚上地让你在这里枯坐。"

刘子豪说："没有啊，现在天天瞎忙，难得安静地待一会儿，何况身边还有个美女相伴。"

楚潇轻声叹口气："就算年轻的时候还可看，现在也应该是，中年美女，半老徐娘了。"

刘子豪说："现在也年轻。"

楚潇说："得了吧，经常在外面，开会也好，饭局也好，男人们都没有怎么把我当女人看，说话也不会有回避。之前有几个在谈论泡妞，其中谁说了一句，女人过了三十就'没搞'。"

刘子豪说："那是'他们'嘛。娶妻生活，还是要遇到志同道合有共同语言的，要不一辈子那么长，怎么相处下去?"

楚潇说："只有你才这么想。"

刘子豪看着楚潇："我这么想不就够了吗?"

楚潇说："好像多久以前，艾慕也说过这样的话，结果……"

刘子豪说："我想我能够给你不一样的结果。"

楚潇看着刘子豪，两个人的脸色被梦幻的灯火照亮，看不清楚彼此的表情，这么相对了片刻，楚潇探过身子，吻住了刘子豪。

车后座传来一声"妈"。

楚潇回过头，看到艾希在看着她，楚潇说："哎呀，什么时候醒的，那把妹妹也喊醒，停好车一起上去吧。”

刘子豪把车停好，带着母子三人上楼，点菜安排吃的，都井井有条。吃完饭以后又把他们送回住处。

到了小区的门外，楚潇对两个孩子说：“艾希，你带着妹妹先回去，直接回家，别乱跑啊。”

艾希答应着牵着艾雅的手进了小区。

楚潇对刘子豪说：“今天……谢谢你啊。”

刘子豪说：“说什么呢，头一次听到你说‘谢谢’，简直太意外了，不怪我就好了，干吗谢呀。”

楚潇哈哈地笑起来：“哈哈哈，吓你一跳吧，装一下淑女而已，连这个机会都不给，兄弟你也太不够意思了。”

刘子豪说：“兄什么弟兄弟。”说着一步跨过去抱住楚潇，两个人又吻在了一起。

一直等在小区门外的艾慕把这些看在眼里，他掏出一根烟，点燃，吸了几口，随后一个人在路上漫无目的地暴走。走累了，他干脆进了一家酒吧，喝得烂醉以后打电话约了一个女人开房睡了一觉。

第二天醒来，他发现时间已经是下午两点多，两个手机上都有无数个未接来电，有陈美诗打来的，林亚琴打来的，爸爸打来的，也有公司下属打来的。

艾慕把手机一关，揉着剧烈疼痛的头，又倒在床上。闭目养神了一会儿，他再睁开眼睛，才发现一个女人正弯腰对着镜子画口红。

艾慕指了指沙发：“把我裤子拿来。”

女人直起身，把裤子扔给艾慕，艾慕掏出钱包，从里边掏出一沓人民币，也没看有多少，直接递了过去。

女人接过钱，什么也没说，提上自己的包出门走了。

艾慕又躺了一会儿，打开手机给齐昊天打了个电话，约他在会所的一个包间里见面。

齐昊天如约而至。

艾慕也不寒暄，自己先自灌了几杯酒，放下酒杯就感叹：“窝囊啊，窝囊，在公司看那个女人的脸色，在家看我爸脸色，等回了自己家，才他妈发现，根本就不像个家。”

齐昊天只好安慰：“家家有本难念的经。”

艾慕苦笑：“我还是羡慕你，跟平岚青梅竹马，相濡以沫。”

齐昊天也不喝酒，只抿了口茶：“我之前就说过，相互理解吧，居家过日子，都是小事儿，只要不是原则问题，都不是问题。”

艾慕说：“难得平岚也能这么想，现在的女人们，又想要男人的钱，又想要男人的爱情，要是既有钱又有爱情，又想要男人的时间。”

齐昊天摇摇头：“我看我以前的女同学也好，现在的女同事也好，很多都是跟着爱人从零开始，相互扶持，不物质、不浮躁，通情达理。”

艾慕从鼻子里哼了两声：“就说楚潇吧，当初去查了我家的工商注册信息，如果我是个穷光蛋，她还能跟我在一起？”

齐昊天说：“那都是多久以前年轻时候的事情了。”

艾慕叹了口气：“要不是陈美诗说，我还不知道。可是现在呢，不管当初她出于什么目的吧，我想跟她复合，毕竟，她是我两个孩子的妈妈。”

齐昊天一口水喷了出来：“什么?!”

艾慕又重复了一遍：“我想跟楚潇复婚。”

齐昊天说：“那……那你要是有这样的想法，就直接去跟她说。”

艾慕摇摇头：“我现在还不明白她的态度，有些事情，不能操之过急，毕竟……毕竟我当时……平岚现在对我也有看法，所以我只能请你帮我试探试探。”

齐昊天想了想：“这不合适。”

艾慕说：“合适，算我请你帮忙了。”

齐昊天连连摆手：“算我请你帮忙了好不好，我拜托你想好再说，楚潇是个好女孩，陈美诗呢……行为处事就好像没有长大，想要什么不想要什么，都想得很简单，不考虑后果，其实心底里并不坏——这可能跟家庭的影响有一些关系，可是你这样，对得起谁呀?”

艾慕苦笑：“我在尽力地为家庭负责任，为我的孩子们负责任，说实话，以我这样的条件，可以说身边没有缺少过女人。前段时间，公司里一个小姑娘，忽然给我一个电子邮箱地址和一个密码，我点进去一看，全是她给我写的情书，两百多封，人家是动了真情的。我身边的朋友们，四十多五十多娶个二十岁的小女孩，很正常，我才三十多，可我没有那么做，我想的是怎样对我的孩子们是最好的。”

齐昊天：“这么说你还很伟大。”

艾慕摇摇头：“我真心地想给艾希和艾雅一个健康的家庭，在破碎家庭里长大的小孩儿，那种感受……之前要不是楚潇做得太过分了，闹到公司去动刀动枪，我也不会……”

齐昊天说：“我劝你还是冷静下来，到后面不管想法如何，自己处理好，我肯定不会帮你这个忙。”

艾慕把手里的酒一饮而尽，眼睛红红地：“那算了，我们还是吃饭，还有那个金融公司的朋友，我联系过了，下周三你有时间吗？一起碰个头。”

齐昊天说：“工作上没有问题，那就周三会面。”

两个人又吃了一会儿，齐昊天就先告辞了。

艾慕自己坐了一坐，喝了几杯闷酒，拿起西装外套摇摇晃晃地走出了会所。站在门口，艾慕茫然四顾，最后走向自己的坐骑。

坐进车里，他发动汽车，按下车窗，掏出打火机，点燃一根香烟，深深地吸了一口。又坐了一会儿，他把烟屁股扔出窗外，一踩油门，汽车呼啸着冲了出去。

午夜的 C 市街头，虽然没有了白天的拥挤，却依然是车水马龙，车头灯接着前面的车尾灯，为夜色勾勒出闪光的痕迹。艾慕开着车，不顾一切地在街上狂奔，无数次将油门一踩到底，全然不顾身后不时传来的尖锐的表示抗议和不满的鸣笛声。

不知道飞奔了多久，艾慕一个急刹车，掉转车头向着家的方向奔去，进入停车场的时候撞飞了起落杆，停进车位的时候撞掉了后视镜，车头也被削掉了一大块。

31

艾慕趔趄着上楼打开门，看到沙发上坐着陈美诗、林亚琴和艾林母女，陈美诗的眼睛又红又肿，林亚琴脸若寒霜。

一看见艾慕回来了，陈美诗眼泪又流了下来，委委屈屈地：“你去哪了，我到处找你。”

艾林翻着白眼：“公司里一摊子事儿，你倒好，人没有出现，电话也不接，倒会躲清闲。”

林亚琴身子动都没有动，眼睛望着原来的方向，一点不看艾慕，只说：“古人说，齐家治国平天下，连个家事都处理不好，还能做什么大事儿？”

艾林小声嘟囔：“窝囊废一个。”

陈美诗赶紧说：“妈，您别生气，他回来就好，昨天我们有点小争执，我跟他好好说说。”

艾慕一脚踹到一个玻璃的小茶几上，茶几“哐啷啷”碎了一地，艾慕指着陈美诗说：“妈？她是你哪门子的妈，自己的妈你管好了吗，这么喊你不恶心？”

林亚琴脸色变得铁青，全身因为愤怒而微微发抖，她“嚯”地站起来：“明天到公司，给我递交个情况说明，为什么无故离岗，我要召开董事会议，评估一下你的精神状态，看你是否胜任目前的职位——艾林，我们走。”

艾慕指着林亚琴吼：“离岗？离什么岗，昨天是周六，今天是周日，我过个周末还不能有点自由支配的时间？！”

林亚琴说：“我们这个行业，有什么周末周中，你去几家门店看看，人家都在抓紧时间工作，你倒好，躲起来喝成这个样子。”

林亚琴路过艾慕的时候，艾慕猛地伸出手，抓起了她的衣领：“你?！……你别欺人太甚。”

瘦小的林亚琴在高大的艾慕手里，像风中的一只瘦鸟，双脚几乎脱离了地面。艾林起初被吓得尖叫一声，随后用手里的包拼命地向艾慕身上拍打，想以这样的方法迫使他松手。

林亚琴却与近在咫尺的艾慕直视着，依然面无表情的冰冷。艾慕松开了双手，她整了整衣领，打开门：“美诗，以后有什么委屈尽管来找我，你就是我的媳妇，我就是你的妈。”

房门“砰”的一声被关闭，艾慕跌坐在地上，手无力地杵着身体，陈美诗惊慌失措地跑过来：“你的手，哎呀，流血了。”

艾慕举起手，发现手被地上的碎玻璃割了个大口子，鲜血直流，陈美诗抱起他的手要查看情况，艾慕猛地一扬胳膊，把她推得一个趔趄跌倒在地上。

陈美诗眼泪汪汪地：“我给你打电话，一直打不通，我担心你，所以……所以就给妈打了电话。”

艾慕站起来：“正经的连个结婚证都没有领，她怎么就成了你妈，你是准备嫁给我，还是准备嫁给她?”

陈美诗说：“那是你一直说忙，没有时间——没有时间领证，没有时间办婚礼，现在还成了我的错?”

艾慕拎起外套一抖，站起来往外就走。

陈美诗说：“你现在又是去哪里?”

艾慕说：“回家。”

凌晨两点多，楚潇在睡梦中被惊醒，在疾风骤雨般的门铃声中，她披了件外套，凑在猫眼上看了一下。

楚潇一边开门一边问：“这么晚才来接艾希?”

艾慕说：“不是。”

楚潇看到艾慕一身的血，赶紧问：“你这是怎么了?”

艾慕说：“没事儿。”

楚潇说：“那这血?”

艾慕说：“我手上的，被玻璃划了一下，对了，你这有没有医用纱布。”

楚潇说：“你等等。”

楚潇赶紧找出了医药箱，一边用医用棉签给艾慕擦血一边说：“这不行，得去医院，有玻璃碴子进去了，我给你简单擦擦，你还是连夜去挂个急诊吧……”

艾慕忽然一把抓住了楚潇的手：“你回来吧。”

楚潇抽出手：“不可能！”

艾慕说：“看在孩子的面上。”

楚潇收起医药箱：“在法庭上你有没有看在孩子的面上？在机场我跪在地上求你的时候，你有没有看在孩子的面上？你跟我最好的朋友走到一起的时候，有没有看在孩子的面上？你让孩子妈妈净身出户的时候，有没有看在孩子的面上？！……”

艾慕站起来，一把抱住楚潇：“我错了，我错了，你想怎么惩罚我都行。”

楚潇用全力推开他：“你到底想干什么？！”

艾慕一只手扶住桌子：“不是我让你净身出户，是林亚琴那个女人，把一切都控制在手里——现在不一样了，我已经做了准备，很快就可以自己做决定，到时候家里的钱都归你管……”

楚潇打断他：“行了，我知道你有钱，有钱你就可以对别人呼来喝去，挥手就走，招手即回吗？你把我楚潇，当成了什么？”

艾慕说：“当成了我爱的人。”

楚潇冷笑两声：“是呀，我是你爱的人，陈美诗是你爱的人，所有跟你在一起过的女人都是你爱的人，你这么多情‘博爱’的人，在这里跟我谈爱，不觉得可笑？”

艾慕说：“刘子豪那个小子就可以跟你谈爱吗？他一直跟艾林牵扯不清，我看见你们在一起了。”

楚潇说：“看见又怎么样，我跟谁在一起，跟你没有任何的关系，你走吧。”

艾慕还想再说什么，看看楚潇坚决的脸色，只有沉默着离开了。

楚潇看看时间，凌晨三点多。她走进厨房，把一个水壶放在炉灶上烧水，看着黑暗里氤氲的热气，她的眼泪啪嗒啪嗒地掉下来，随即，眼睛里的“小雨”变成了“倾盆大雨”，楚潇跌坐在地上失声痛哭，任凭水壶发出尖利的啸叫。

不知过了多久，楚潇站起来，颤抖着提起几乎被烧干了的水，用仅剩的一点水给自己泡了杯茶，她双手捂着茶杯，看着窗外的曙光一点一点地透进来。

不知道从什么时候开始，艾希站在了厨房的门口，他犹豫良久，还是喊了声“妈”。

楚潇的目光从窗外挪到了艾希身上，她惊讶地问：“你怎么在这里？”

艾希说：“我醒了。”

楚潇说：“快回去，再睡一会儿，到时间妈妈喊你。”

艾希不动。楚潇赶紧起来，把茶杯放在一边，几步赶过去，把艾希搂在怀里：“你怎么了？”

艾希双手搂住了妈妈的脖子，把头靠在妈妈的肩膀上：“我希望你跟爸爸在一起……”

楚潇愣住：“什么？大人有些事情……”

艾希没等妈妈说完，自己抢先说：“妈，我希望你跟爸爸在一起，我能有一个完整的家。可是……我更希望你能快乐，如果跟刘叔叔在一起让你更快乐，我……我也愿意。”

楚潇惊讶地直起身子，双手扶着艾希的肩膀看着他：“这些事情……谁教你的？”

艾希说：“没有人教我，我自己是这么觉得。”

楚潇一把将他又抱进怀里：“别想那么多，安心读书，你只要相信，妈妈会把身边的事情处理好。”

艾希说：“妈，我相信你。”

楚潇想把艾希抱到床上，用了两次力气都徒劳，楚潇感叹：“妈妈都不知道，你长这么大了……长得这么高这么重，妈妈都抱不动了，能自己上床吗?”

艾希点点头，伸出手帮妈妈擦掉脸上的泪痕：“妈妈你别难过，我爱你，我支持你。”

艾希转身走了，楚潇欣慰地笑，随即泪水又在笑容中漫上了眼睛。

她赶紧擦了擦，又看看时间，走进浴室洗了个澡。之后楚潇做好了早餐，叫孩子们起床吃过早饭，又送他们去了各自的学校。

走进公司的时候，楚潇看起来一如往常，但是刘子豪还是发现了一些异样。他若无其事地踱步到营销总监的办公室，靠在门框上问：“昨天没有睡好?”

楚潇走过来把他拉进去，关上门，一边准备一天的工作一边说：“就你眼睛辣，还非得让全公司知道。”

刘子豪笑：“关心你。”

楚潇说：“关心我? 还不是关心我的状况能不能继续给你挣钱。”

刘子豪哈哈大笑：“说我眼睛辣，你听听自己的嘴有多辣，我在你眼里，就这么唯利是图不近人情?”

刘子豪说着走过来抱住楚潇。

楚潇推他：“哎呀，一句玩笑你看你——一会有人进来看见。”

刘子豪说：“现在看见和以后看见，早晚的事儿。”

楚潇说：“得了吧，刘大总心血来潮，我以后还得做人呢。”

刘子豪跳起来：“什么叫心血来潮?”

楚潇说：“谁知道你还恋着哪家的千金?”

刘子豪满头雾水：“这话说的。”

楚潇苦笑：“那说点别的……昨天艾慕去了我那。”

刘子豪抬起头：“他去干吗?”

楚潇说：“想复合。”

刘子豪一拳打在墙上：“靠！你怎么回答的。”

楚潇说：“我……”

话没有说完，一阵敲门声打断了两人的交谈，刘子豪拉开门，总裁助理栋梁站在门外：“刘总，艾氏集团的小艾总来了，我让她在你的办公室里等你。”

刘子豪说：“怎么又来？”

栋梁说：“是不是上次的合作没有达成，他们还抱有希望，想通过进一步的接触改变你的想法。”

刘子豪说：“啊，这样啊，你先过去。”

栋梁自去招待艾林。楚潇说：“看看，说千金这家的千金就到了。”

刘子豪恍然大悟：“你说她呀，我懂了，准是艾慕跟你说了什么。”

楚潇直言不讳地：“不用谁说，长了眼睛都看得出来，艾林这是喜欢上你了。”

刘子豪摇摇头：“不至于，也没有什么私人的接触，之前的碰面都为了工作。”

楚潇冷笑：“在你眼里是为了工作，人家可认为也算是私人接触，难得有人能入了她的法眼，刘大总魅力可见一斑呐。”

刘子豪摇摇头：“你这是夸我，还是损我。”

楚潇说：“夸呢，快过去吧。”

刘子豪笑：“你心里真这么想的？”

楚潇说：“我想的什么不重要，重要的是刘大总你怎么想的。”

刘子豪揽住楚潇的腰：“我想的你还不知道。”

楚潇推开刘子豪：“这艾家的人呐……真是，欺负我一个不够，还想把我身边的兄弟姐妹都拐走了不成？”

艾林的身影从门外闪进来，毫不客气地冲着楚潇说：“什么兄弟姐妹，自己一个打工的，半斤八两掂量不清楚，封你个总监，还真以为自己有脸了。”说着大大方方地上前去挽刘子豪的胳膊：“我今天挑明了，就是喜欢子豪，看得惯看不惯也不用你在背后说三道四的，说白了你就是我们家一条扫地出门的可怜狗……”

刘子豪一步让开了艾林伸过来的手，正要说话，却看见楚潇抄起桌上的一个金属摆件，作势要往艾林头上拍。

刘子豪眼疾手快一下子握住了她的手，艾林吓得往刘子豪身后躲，嘴里骂人的话却没有停，反而越加说的不堪。

楚潇厉声对刘子豪说："你放开。"

刘子豪一回身拦腰抱住楚潇，冲着艾林喊："赶紧走。"

艾林不屑地翻翻白眼，一转身出了楚潇的办公室。

楚潇犹自气得浑身颤抖，嘴里嚷嚷："我今天杀了她，老子一命抵一命，你放开。"

刘子豪干脆把她抱在怀里："行了行了，多大年纪了，要打要杀的，遇到事情还这么解决，等我去跟她说。"

楚潇气的："你去说，你还不是跟她一条藤上的，艾氏集团的乘龙快婿，恭喜你啊。"

刘子豪反倒笑了："这话说的。"

楚潇说："怎么，说到你心坎儿上了？"

刘子豪拿下她手里的摆件放回办公桌："这我要不拦着，还不出人命，这样，我去追上艾林，把该说的话说清楚，回来咱们聊。"

刘子豪离开公司，一直追到楼下停车场出口，正遇上艾林开车出来，刘子豪招了招手，艾林打开双闪，往前开了点在开阔的地方把车靠边停下了。

刘子豪走过去，艾林熄火下车，大大方方地："子豪，我们结婚吧，以你的才能，以后整个艾氏集团都是我们的，等爸爸百年以后，集团董事长非你莫属，你也不用急着回答，想好了给我打电话。"

32

艾林也不多说，微微一笑回身钻进了车里，她看了看时间，直接去了公司。

这一天风平浪静，艾林下了班接上林亚琴回家，一路上听着妈妈的嘱咐。进了家门，一家人一如往常地吃晚饭，饭后爸爸妈妈照例的手牵着手出门去散步，虽然两位都上了年纪，可是出门牵手、出差相互拥抱吻别这些小甜蜜，一点不输热恋中的情侣，在私人的环境里，两人还互称对方“亲爱的”，经常相互写情书。

散步回来，林亚琴照例走进书房，着手这一天公司里需要处理的待办事项，这个时候艾国华也会跟进去，询问这一天的情况，对一些重要的事项发表自己的意见。

艾国华九十年代初的时候还只是C市周边县城市场里摆摊卖小饰品的小贩，因为会选样式，价格便宜，倒也吸引了不少年轻时髦的女孩子专门去他那购买。那个时候，每天收摊以后他会在菜市场顺便买好菜提回家，当时的妻子——艾慕的母亲会洗菜做饭，然后两个人就在十几平方米的简陋出租屋里吃饭。

积攒了一些钱以后，艾国华没有急着扩张，而是一边让妻子继续去市场守摊，一边自己下苦功夫认了个师傅跟人学会了珠宝加工，这之后他带着妻子来到C市，在最繁华的步行街上租了个铺面，进了一小部分质量一般的珍珠、翡翠、原钻，自己在店里加工了之后售卖，每天仍然是节衣缩食，肉菜都很少买，把赚回来的钱全部又用在购买原料和租金上。

这个时候他去银行办事的时候遇到了银行职员林亚琴，两个人一来二去情愫渐生。林亚琴动用关系帮艾国华办理了大笔银行贷款，艾国华用这笔钱把自己租的和相邻两家铺面一起买了下来，扩大店面的同时从货源上做出了根本的改变。艾国华又在林亚琴的建议下，花重金聘请了行业里知名的珠宝加工师和珠宝设计师，招了青春靓丽的销售人员专门在柜台前向顾客推介产品。再后来林亚琴辞去了银行工作的铁饭碗，专门负责管理，艾国华离开三尺操作台，到外面去扩展销路。两个人珠联璧合，很快让原来的手工作坊脱胎换骨，成长为从原料到终端一条龙的现代化珠宝企业。进入二十一世纪，林亚琴通过自己的手腕，把以两个人的名字命名的亚华公司运作上市，又通过数次收购并购实现了艾氏集团的整体上市，这之后，集团除了主营珠宝业务以外，还扩展了房产、金融等领域，规模像吹气球般日益扩大。到了近几年，艾国华的身体每况愈下，遭遇了一次突发性的心梗之后，他便彻底转为幕后，虽然名义上仍然是集团董事长，实际上整个公司的管理运营都是林亚琴在独立操持。

两个人散步以后在书房里像往常一样聊着公司的情况，艾林没有敲门径直走了进去。

艾国华嗔她："越大越没有规矩，敲门都忘了。"

艾林噘起嘴："爸，我想找本书一时忘了，要说没有规矩，艾慕才真是过分，他动手打了妈妈。"

艾国华拉下脸："什么?!"

林亚琴说："告诉过你不要多嘴。"

艾国华看看林亚琴："亚琴，你就是有什么都一个人扛着，我马上打电话把他喊过来。"

林亚琴说："算了，一点小事儿。"

艾林说："什么小事儿，前一天他玩失踪，所有人的电话不接，妈妈好心去他那看看，他不但动了手，还把自己家给砸个稀烂……"

这个时候电话已经接通，艾国华对电话那边的艾慕说："你马上到我这来。"

艾林还在说着艾慕的种种，艾国华越听越气，嘴里说："这个大逆不道的不孝子，今天敢跟自己的母亲动手，明天是不是对我也要拳脚相加，什么东西?！谁给他的胆量?”

林亚琴劝：“他也是跟美诗闹了矛盾，心情不好。”

艾国华说：“心情不好就能胡来?”

艾林赶紧说：“他哪是光在家里胡来，最近公司里的业务他也是一塌糊涂，要我说应该罢免他的职务。”

林亚琴嗔怪艾林：“你呀，也是不小的人了，说起来也是几家公司的老总，说话还这么不经大脑。小孩子动了脾气，跟妈妈闹别扭，谁家都有这样的事儿，哪里为了这么点事儿就影响到工作上了。”

艾林说：“我就是实话实说。”

林亚琴若有所思地：“不过年轻人呢，到基层去锻炼锻炼，增加自己的历练和累积，也是好的。艾慕一毕业就直接走上管理岗位，有了管理经验以后，再下去沉淀一段时间，可能会事半功倍，对个人能力的提升还是很有帮助，这个时候增加自己的重量，以后才能挑起更大的担子。”

艾国华听着母女二人的意见，沉吟良久：“等他来了，我让他跟你们好好道个歉，不过目前的情况来看，公事私事分开说，工作上面没有大的失误，职务不宜变动。”

艾林撇撇嘴，还想说什么，被妈妈制止了。

又过了一会儿，艾慕匆匆赶到，刚一进门，艾国华就厉声说：“跪下。”

艾慕吃了一惊，看了看屋子里的人，艾国华又说了一句：“跪下，跟你妈道歉。”

艾慕双膝一弯，跪在林亚琴面前：“妈，儿子喝了酒，没有管住自己的脾气，对不起，请您原谅。”

艾国华没有想到艾慕是这样的态度，一腔怒火反而不知道向着什么方向发泄。

林亚琴赶紧说：“快起来吧，不要小题大做，妈也是为你和美诗的事情，可能说话也着急了点。”

艾国华问：“什么事情？”

艾林说：“他跟陈美诗一直还是同居关系，现在闹分手。”

林亚琴说：“那孩子我看还好，跟我和小林都聊得来，你现在的情况，该成家就成家吧。”

艾国华拉下脸：“你妈说得对，你们现在这样，名不正言不顺，该办的手续去办了。”

艾慕说：“爸……”

艾国华一声断喝：“行了，就这么定了。以后你要是再对你妈大不敬，我绝不会像今天这样轻饶你。”

艾慕看看林亚琴，又看看艾林，低下头不吭声。

艾国华接着说了他几句，看他态度始终还好，又见他低眉顺眼的，手也受了伤被纱布包着，心下想着就这么一个儿子，小的时候跟着自己吃苦，长大点跟亲妈一起被抛弃在家，多久见不到一次爸爸，不免有了三分自责五分内疚，他也知道亚琴母女对艾慕一直有些不满，未必是艾慕一个人无缘无故地忤逆这位后母。他再看看眼前的女儿，心里不由得又一次深深叹了口气，心想艾慕虽然有些任性使气，可是跟自己疼大爱大的艾林相比，却是小巫见大巫，这艾林也真是被惯坏了，不知道再过些年，到底是儿子还是女儿更能体谅自己，也或者，两个都靠不住。思及此，艾国华心头又涌上了一丝凄凉，赶紧地让艾慕走了。

艾慕离开以后，艾国华上楼去洗澡，艾林忍不住抱怨：“爸就是偏心，妈你就能忍住这口气？艾慕那么嚣张不治治以后更翻天了。”

林亚琴沉默了片刻，叹口气：“他就是对他们母子余情未了，我们付出再多，到最后恐怕也是为他人做嫁衣，这样吧……你派人私下去查一下艾慕的公司，我容了他这么多年，他不但不知感恩，还翻脸不认人，既然公事私事分开说，我们就看看他是不是真没有大的失误。”

艾林问：“如果查出问题，爸爸还是不同意拿掉他呢？”

林亚琴说：“那个时候，你爸爸不同意也得同意。”

艾林说："好。不过妈，我也想说一句，他自己的家事，等他自己闹腾去吧，你干吗那么护着陈美诗？"

林亚琴摇摇头："难得遇到这样从心里跟咱们两个一起的，艾慕在家里有什么她也实打实地都告诉我。要是换一个，天天看着来气就算了，万一遇到个刁钻的，在背后给他出主意使坏，更多事。艾慕毕竟是你爸的亲儿子，就算这次职务上把他罢免了，血缘上割不断，集团也有股份在他手上，以后的事儿也难说。"

艾林说："我明白了，不管从事业还是生活上，我们都要把他控制住。"

林亚琴说："今天艾慕一来真跪下了，连我也没有想到。"

艾林说："他还不是怕丢掉现在的位置，也是拼了，看着都假，这个窝囊废。"

艾国华的脚步声传来，两个人就停了口，只说些别的。

林亚琴因为不喜欢黑暗，每到晚上，要求别墅所有房间的灯都打开。从外面看，这栋别墅加上灯光的渲染，少了些白天的古朴，多了些金碧辉煌的感觉，也多了些朝堂宫殿般的威仪之感。

艾慕就是从这让他压抑了多年的宫殿里走到了户外的黑暗中，他几把扯下自己的领带，几个大步走向自己的坐骑——撞坏的已经派人送修，这是他的另外一辆，在常人眼里也是辆豪车——一扬手把领带扔了进去，随后他人也一屁股坐进驾驶位。

艾慕一溜烟地开到了平岚家的楼下，把电话打给齐昊天，开门见山地说："昊天，明说了吧，那家金融公司不是我朋友的，是我自己的，现在我要发起四十亿的要约收购，需要一位律师，有没有兴趣，有就下楼我们谈谈，我就在楼下。"

齐昊天问："你为什么找到我，你们集团有法律顾问的。"

艾慕说："我不能邀请跟我们集团有合作或者有来往的。"

齐昊天说："为什么？"

艾慕回答："因为这次我要收购艾氏集团。"

齐昊天放下电话，对身边的妻子说："是艾慕打来的，说在我们家楼下，我下去一趟。”

平岚拉住齐昊天：“这么晚，他有什么事儿，不会又让我们给他当说客吧。”

齐昊天说：“不是，这次是工作上的，你早点休息。”

平岚看齐昊天一脸严肃，也就不再多说什么，看着他下了楼，心里还是不免有些说不清楚的忧虑，也只能一边陪伴齐琪，一边做手上的工作。

这段时间她在做的茶产品包装出了问题，需要重新制作，虽然是制作方原因，不需要再投入费用，但是势必会影响到产品上市的时间。平岚留神想了会儿，忽然耳边又响起之前齐昊天和楚潇说的话，心里莫名其妙的一阵打鼓。平岚想，虽然产品不同，但是不能否认，楚潇是销售上的能手，而齐昊天在法律上也颇有建树，他们两个最亲近的人提出的问题，那就应该是真正存在的问题。想到这里，她不免更加的心烦意乱。

这个时候，楚潇的电话打进来。

楚潇说：“我郁闷，想跟你说说话。”

平岚颇为诧异：“怎么啦?”

楚潇说：“昨天我跟刘子豪……应该算明确了关系吧。”

平岚说：“你行啊，恭喜。”

楚潇说：“可是今天……他……跟艾林走了。”

电话里传来轻微的啜泣的声音，平岚知道，如果楚潇甩刀，那就是一件虽然有点严重、但是她还能够处理的事情，可是如果哭了，那对她来说就是无法把握的情况，看来楚潇此时心里正在忍受着煎熬。

平岚赶紧说：“别哭别哭，你是宇宙无敌的楚潇啊，怎么像个小女孩似的哭鼻子。”

楚潇被逗笑，但还带着哭腔说：“小女孩的时候都没有这样。”

平岚想了想：“到底怎么回事儿，你慢慢说。”

楚潇说：“我也不知道怎么回事儿，今天艾林到了公司，挑明说爱上他了，他说下楼跟她交代清楚就找我聊，结果就那么下去了，一天都没有回来。”

平岚安慰她：“说不定有其他公务事耽误了。”

楚潇说：“就算有公务事，也应该给个电话。”

平岚说：“那你给他打个电话，或者发个微信问问。”

楚潇说：“他要是在乎我的感受，就应该自己有个解释。如果他真的跟艾林走了，我问他，不是自讨没趣吗？”

平岚说：“我觉得刘子豪压根儿就不是左右摇摆的人，你还是别多心。”

楚潇长叹一声：“我现在才明白，女人不管到了什么样的年纪，在什么样的位置，有多少钱，都需要爱和被爱，只是有很多的女人，受了太多的伤以后，不敢再去爱了。”

平岚说：“你年轻的时候说只想要钱。”

楚潇苦笑：“你也说了，那是年轻的时候，那个时候，只想着在我妈面前争一口气，有很多很多的钱。可是经过了这么多的事儿，还是觉得身边需要个真心相爱的人，之前你问过我，对艾慕，是爱他的钱，还是爱他的人，我说不清楚。但是那个时候虽然有钱，但我的生活真可以说一塌糊涂。现在我很清楚地知道，我爱的是子豪这个人，跟物质没有关系。原来我没有一天不觉得怀疑，不觉得委屈的，现在只觉得踏实——虽然辛苦，可是真的踏实。我现在觉得，那些说着只想要钱不需要爱的女人，其实都是假话，说只想要爱不在乎钱的，可能也终究会败给现实。爱情和面包，谁能真正把它们分得开呢……”

平岚说：“好好，你悟道了。”

楚潇说：“我还没有说完，爱情和面包，都不能少，可是这面包，得是自己挣的，这关乎爱情里的尊严，靠别人给予面包的爱情，能够好多久呢？”

平岚想了想：“你想说的是势均力敌的爱情，女人自己挣到面包，不只是经济上的收获，也关乎思想的进步和精神的成长。”

楚潇说："嗯。再说即使心中那份爱情破灭了，我还可以带着面包继续去寻找。在现在这样的世界里，把自己和周围都想清楚一点好。我现在能做的只有等待。"

平岚挂断电话以后，又想起自己的产品，已经做到了这一步，有再多的问题也无法回头了，还是只有等待，跟楚潇一起等待。

33

这一个夜晚无人能够安睡，每个人都在忧戚之中辗转反侧，而最为烦躁不安的，就是艾慕。

艾慕在准备使出自己的一招。为了这一招，他其实已经暗自布局了不止十年，可以说从他正式走进艾氏集团的那一天起就在酝酿。他先是铤而走险挪用了自己担任法人的子公司的一笔款项，用这笔款重新注册了一家名为善贾金融的公司，并安排早就物色好的一位值得信任的朋友做善贾金融的法人代表。善贾金融专门为需要资金的企业提供贷款，其中最大的客户恰恰是艾慕自己的公司。一来二去艾慕不但填补了之前挪用的款项，还通过结识的一些人脉为善贾金融找到了更大的客户。有了一定的资金量以后，艾慕盯上了艾林手中的股份。

在整个艾氏集团，艾国华和林亚琴各自占有百分之二十的股份，艾林占有百分之十二，艾慕自己占百分之六，其他的是企业元老和中小股东持有。

三年以前，艾慕派人引诱艾林迷上了赌博，之后艾林为了偿还巨额赌债，瞒着父母出售了手里百分之五的股份。

艾慕又开始为了自己的计划募集资金，其实在两个月前已经万事俱备，但他迟迟没有动手的原因，是因为这实在是一个险招。爸爸和林亚琴母女的手上，仍然握着艾氏集团百分之四十七的股份，有多少股东能够赞成善贾金融的收购，艾慕心里实实在在没底。这一招稍有不慎，满盘皆输，甚至连他本来所能挣的和继承的，都有可能全数化为乌有。

如今艾慕心里清楚，他和林亚琴已经撕破了脸，他不出手，林亚琴也绝不会善罢甘休。再说他也受够了林亚琴母女的颐指气使、高高在上，他被她们夺走了本该属于自己的一切，被她们从工作到生活到家庭牢牢控制。他甚至想过，如果没有林亚琴，他真正的爸爸和妈妈还会是其乐融融、他会有一个健康和完整的家庭；如果没有林亚琴，他会是艾氏集团唯一的继承人，不用像现在这样战战兢兢地生活工作；如果没有林亚琴，他跟楚潇之间少了矛盾与不快，也许不用像现在这样妻离子散……他受够了，所以哪怕是粉身碎骨，他也要奋而一击。

艾慕没有回家，他把事情说清楚，又带着齐昊天去善贾金融把相关的资料拿到。这之后，他就一个人坐在车里一根接一根地抽烟，坐而待旦。

与此同时，别墅里的林亚琴也没有睡着，她看着身边熟睡的艾国华，心里再一次泛起了无数次曾经泛起的疑问——这个男人到底属不属于她。虽然同床共枕了将近三十年，虽然两个人常常比初恋小情侣更甜蜜，但是林亚琴始终觉得家里还生活着另一个女人，这个女人的名字在很久以前就不被提起，但她还清晰地记得，她叫慕小兰。

林亚琴跟艾国华生活在一起三四年的时候，艾国华都没有跟慕小兰办理离婚手续，还时不时地回去看看。哪怕办了离婚手续以后，慕小兰还时不时地找上门来，有的时候是要东西，有的时候什么也不要，就是为了吵一架。而艾国华对慕小兰是有求必应，要房给房，要车给车，要钱给钱，吵架，他就闷头听着。好不容易慕小兰几乎不来了，艾慕又出现在这个家庭里。

林亚琴是个叱咤商场的女强人，但首先她是个女人，她爱艾国华，可是这份有人分享的爱，让她无所适从。她没有安全感，跟艾国华再甜蜜也不能让心里的患得患失稍有减轻。她恨不得让艾慕离她十万八千里，又不想遂了他的意让他出国留学，她想艾慕永远不来，自己忍不住又想去看看他到底在干些什么。总之，在自己的眼中钉面前，她得做出良母的样子，但如果他真过得好，她是不能忍受的。内心深处的压抑和矛盾，让她体现出来就成为一种更加霸道的强权和一种过分较真的凌厉。

天亮了，艾慕扔掉手里的烟屁股，他先去了善贾金融调兵遣将，随后照常到艾氏集团上班。

艾慕刚刚坐到办公室的椅子上，艾林就带着几位西装革履的男士走了进去。

艾林说："为了集团发展需要，现在要进行内部审计。"

艾慕微微一笑，按下桌上电话的呼叫键，对随后进来的下属说："详细提供一切需要的资料，好好招待贵客。"

下属带着艾林一行人离开。艾慕掏出手机，直接打给齐昊天："三天以后我要正式对外宣布，在这之前需要你提交详细的法律方案，包括各种相关的文件合同，等等。"

齐昊天在电话里说："我昨天才接到这个事情，三天的时间太紧了，几乎不可能，我还需要做尽职调查……"

艾慕说："不可能也得可能！双方企业的详细资料我都已经提供给你了，还需要哪些我随时补充，各个相关人员的联系方式我昨天也交给你了，你随时跟他们联系……"

齐昊天说："可是按照相关法律，发起要约收购需要向证券管理机构进行申报。"

艾慕说："所有前期该进行的程序我都已经做完了，记住，只有三天时间，怎么样?"

齐昊天停顿了一会儿："好吧。"

艾慕挂断电话，靠在老板椅上思索着还需要马上做出的安排……

与此同时，楚潇也走进了自己的公司，她因为连续几天没有睡好，有些头昏脑涨的感觉。

她一边喝着上班路上顺便买上来的咖啡，一边关注着外面的动静，直到咖啡喝完，刘子豪都没有出现。楚潇苦笑一下，开始专注手上的工作，片刻后一抬头，却看见刘子豪倚在门框上。

刘子豪头发凌乱，乌黑着眼圈，似笑非笑地看着她。

楚潇说："哟，刘大总这是被谁抓去做女婿了，折腾得不轻啊。"

刘子豪说："看我这样，你还有心情挖苦。"

楚潇笑："不趁你这副模样的时候好好说几句，等你精神了，我就说不过你了。"

刘子豪说："得了吧，我跟你说正经的。"

楚潇说："我也没跟你不正经。"

刘子豪关上门，走到楚潇对面的椅子上坐下："你说我吧，一个湖南农村出来的娃，千辛万苦考上个好大学，毕了业从技术宅做起，一步一步有了今天这样的小成绩，能养活自己，还能养活这公司里二三十个兄弟，算可以了吧。"

楚潇问："你怎么说起这些？"

刘子豪叹口气："哎……你说吧，比如我们这个公司是个小曲奇，现在一个美女走过来，哐当扔过来一个六层大蛋糕，跟我说，只要一句话，这些就都能是我的。"

楚潇皱皱眉头："艾林到底怎么说的？"

刘子豪不理，还在继续说着："你说，我的努力有意义吗？我小半辈子的努力，小半辈子的奋斗，我一直想做得更好，结果别人一句话，把这些全秒成渣呀。"

楚潇问："那你到底怎么回答她的？"

刘子豪还沉浸在自己的思绪里："都说条条大路通罗马，可是有人就出生在罗马，真他妈的，哎……对不起啊，我今天负能量了。"

楚潇想了想："也许这个世界上不止一个罗马城，每个人心里都有个罗马。在有些人的心里，罗马代表着很多的钱，有的人心里，罗马是个幸福的家，在作家的眼里，也许罗马是诺贝尔文学奖，在数学家的眼里，也许罗马就是一道很难攻破的数学题……有的时候，走自己的路，抵达自己心里的罗马，也挺好。再说就算只有一个罗马城，有人还出生在那里，那又怎么样，所有人的人生终点都是一样的，可是在这个过程中，我们靠自己的努力和付出所获得和积累的东西，不一定就是生在罗马城里的人能够拥有的。”

刘子豪认真听着，抬起头问她：“你这么想？”

楚潇说：“现在是这么想的。”

刘子豪点点头：“说实话，我昨天比较生气，在她艾林的眼里，一切都是钱能买到的吗？我刘子豪是商场里的货物吗？还整个艾氏集团都是我的，我真想当场说你给老子滚远点。”

楚潇说：“这确实是那个女人表白的方式，在她眼里，一切问题都是钱能够解决的。那你怎么说的？”

刘子豪叹口气：“能怎么说，只有说感谢艾总的垂青，我已经心有所属了。”

楚潇说：“算是留了面子给她，不过错失了六层大蛋糕，也有点可惜吧，啊？”

刘子豪把身体仰到椅背：“哎呀……免费蛋糕看起来香啊，吃起来指不定什么味儿呢。”

楚潇说：“行，那咱们还是继续做咱们的曲奇，要是没有别的，刘大总是不是可以离开，让我安心工作了，一大堆事儿呢。”

刘子豪笑：“你看哪有你这样的，直接赶自己老板走。”

楚潇说：“我这才是为老板负责的态度。”

刘子豪说：“那看来我得谢谢你。”

楚潇说：“咱兄弟不言谢。”

刘子豪站起来弹了她一个“脑瓜崩”，嘴里说：“又是‘兄弟’，我不做点什么，你改不了吗？”

楚潇说：“那你想做什么？”

刘子豪摸摸后脑勺：“很明显啊，谈个恋爱啥的？”

楚潇“扑哧”一笑：“你当我还是二十岁出头的小姑娘啊，轻轻松松谈个恋爱再玩个分手。”

刘子豪说：“也是，那我们就不分手。”

楚潇说：“我有两个孩子。”

刘子豪说：“那多好，我就喜欢孩子。”

楚潇问：“真的吗？”

刘子豪说："要不这样，咱们干脆恋爱也别谈了。"

楚潇说："直接分手？"

刘子豪说："直接结婚。"

楚潇说："虽然咱俩经常开玩笑，这玩笑开大了啊。"

刘子豪笑："谁跟你开玩笑，咱们认识不是一年两年，相处也不是一天两天的了。"

楚潇说："你要真敢娶，我就真敢嫁。"

三天以后。

善贾金融正式宣布对艾氏集团发出要约收购，此时艾林也已经发现艾慕是善贾金融的实际控制人。林亚琴拿着艾林交给她的资料，雷霆震怒，马上还击。多年来一层虚假的温情脉脉的母子面纱被彻底撕破，两个人在商场上开始了一场激烈的争斗。

楚潇与刘子豪领了结婚证，以一种所有人都没有想到的速度"闪婚"。闪婚以后没过多久，刘子豪就跟艾希和艾雅打成一片。

楚潇惊讶地问他怎么做到的，刘子豪说："跟孩子相处就跟公司里的人相处一样，只有一条——别把人当傻子。平等尊重的交流，有什么坦诚地沟通，还有就是你发自内心的喜欢或者讨厌，别人都能感受得到。"

齐昊天的父亲和母亲同时生病住院，齐昊天又在紧张忙碌的工作中，平岚开始工作上、家里、医院和学校几头跑，没有几天就已经焦头烂额。谁知道出院以后，齐昊天的父亲坚持要回老家，说是落叶归根、"死也要死在老家的土地上"，很快收拾行李带着老伴一起离开了。

平岚开始一个人工作带孩子照顾家，在当代所有女性都在努力奔波的事情之间奔波。

接下来的时间，所有人都在不停地忙碌，忙事业，忙家庭，忙孩子，谁都没有发现，陈美诗不见了。

艾慕的收购正处于白热化阶段，他以高于艾氏集团正常股价的五倍价格发起要约，几天内就吸引了大批股东接受要约，一周时间，加上艾慕本身持有的股份，善贾金融持有艾氏集团的股份已经达到了百分之四十二，可这之后林亚琴向整个集团下达了死命令——有任何人敢卖出手里的哪怕一只艾氏集团股票，立马走人——收购陷入胶着。

艾慕开始了前所未有的烦躁，他在善贾金融公司旁边的五星级酒店开了一个长期套房，每天只在公司里忙碌，困了就去酒店打个盹，一醒来马上又赶到公司，关注收购的进展，根本无暇回家。

陈美诗在C市本就没有什么朋友，与平岚也几乎断了联系，所以她的消失，就像大海里一滴水的蒸发，无声无息。

最后还是一个周末，艾希去楚潇家的时候无意中提起："陈美诗走了以后，我觉得家里空气都变香了。"

楚潇手上正在削着一个苹果，不经意地问了一句："哦，她上哪儿了？"

艾希正在跟艾雅一起看动画片，眼睛也没有眨："我爸把她赶走了。"

楚潇说："是吗？"

艾希说："有一天我看到我爸发了很大的脾气，后来就没有看见陈美诗了。"

楚潇抬起头，四处寻找刘子豪，这才发现他正在往厨房端碗，楚潇不由得笑起来："跟你说了放在那，等我给他俩削了水果就来收。"

刘子豪说："都一样嘛，你坐那陪陪孩子。"

楚潇把苹果分成两半，去掉核，分给两个孩子一人一半，自己赶紧跟进厨房，看到刘子豪已经把围裙系在腰上了。

楚潇又笑起来："你等着啊，我找找手机哪儿去了。"

刘子豪说："你刚才放在饭桌上，我给你挪到书桌那边了。"

楚潇笑着去取了手机，冲着刘子豪就"咔嚓"几下，刘子豪问她："你干吗呢？"

楚潇说："我拍下来，给公司的人看看我们刘大总这个形象。"

刘子豪一手举起勺，一手举起铲子："你拍吧，我不怕毁形象。”

楚潇哈哈大笑：“你小心那勺儿上的洗涤灵流到胳膊上，快放下，我来吧。”

楚潇收起手机，不由分说从他身上解下围裙，把他一把推开，自己开始麻利地收拾。

刘子豪也不走，站在旁边：“上得厅堂，下得厨房，不行，我得亲一口。”

刘子豪走过去在她脸上亲了一下，楚潇满脸通红，像个十八九岁害羞的小姑娘。

楚潇说：“行了，给你说个事儿啊，我刚才听艾希说，艾慕把陈美诗赶走了。”

刘子豪就不说话。

楚潇洗了一会儿，忽然抬起头：“哎呀，是你的初恋，我都忘了——我没有别的意思。”

刘子豪说：“那她那么对你，我也不能说什么。”

楚潇继续洗着碗，隔一会儿又抬起头：“其实我想说吧，她一个人能到哪儿去？”

刘子豪说：“是呀，前两年我恍惚听到同学说，她妈妈也去世了。”

楚潇停下手里的活，拿起手机给平岚打电话。

楚潇把艾希的话大概复述了，之后说：“你空了跟她联系一下。”

平岚放下电话，翻了半天才翻到陈美诗的电话，打过去又显示对方关机。平岚跟齐昊天说：“可能是她换了手机号，我太久没有跟她联系了，你这几天不是天天跟艾慕在一起吗，你问问到底怎么回事儿？”

第二天上班的时候，齐昊天抽空就问了艾慕，艾慕吃了一惊：“我是跟她吵过一架，也提出了分手，但我没有把她赶走。”

艾慕想了想，马上给陈美诗打了个电话，结果也显示关机。

齐昊天不免有点担忧，劝艾慕：“要不晚上回去看看吧。”

艾慕烦躁地走了几个来回："明天就是收购的截止日期，到现在还是只有百分之四十二的股份，这个时候，她还给我玩失踪，我不能就这么功亏一篑，功亏一篑呀！"

齐昊天说："现在你已经是艾氏集团最大的股东了……"

艾慕打断他的话："我想要的不是最大的股东，你不了解林亚琴那个母老虎，这次我是打了她个措手不及，一旦收购失败，她会想尽各种办法反击、报复，你不明白……"

艾慕走出办公室，到卫生间里用冷水洗了把脸，回去以后对齐昊天说："我不能走，我派人到家里去看看。"

齐昊天说："那我让平岚去。"

艾慕点点头，让齐昊天离开一下。齐昊天一走，他就跌坐在老板椅里，他觉得头要炸开了，整个世界变得遥远而模糊，一切的一切都像是扭曲的万花筒一样向着他涌来。

艾慕想起小的时候过春节，家家户户团圆，他却跟母亲抱在一起痛哭。他想起有一次放学回家，他看到妈妈坐在二十几层楼高高的窗台上，双腿挂在楼外，扭头冲着他微笑，他吓得冲过去跪在地上，求妈妈不要抛弃他。他想起楚潇的脸蛋冻得通红，吃着糖葫芦跟他一起看冰灯。他想起楚潇跪在地上，求他别带走艾希。

艾慕泪流满面，他感觉有一支枪筒对着他的太阳穴，那一种毫秒之间即将失去生命的恐惧与压力让他几乎窒息过去。他甚至想到了真的去找一支枪来结束自己，结束这么多年的屈辱和这一切必须面对的东西。

艾慕甚至不由自主地站了起来，向着敞开的窗户走去，他向下看了看，地面可笑的扭曲而遥远。他想，一旦扑向大地，自己必然变得如飞鸟般自由与平静。

办公室的门被撞开，一个模糊的身影跑来，向他说着什么，艾慕双眼迷离，双耳昏聩，完全搞不清楚他想表达什么。

来人敲着桌子，大声地吼了无数遍，艾慕这才慢慢听清楚，来人说的是："有人一次性出售了百分之九的股份，有人一次性出售了百分之九的股份。"

万花筒忽然之间又变回了这间屋子本来的样子，艾慕“嚯”地转过身，揪住这人的衣领：“你说什么，你再说一遍。”

对方又重复了一遍：“艾总，有人一次性出售了百分之九的股份，我们持有艾氏集团的股份，达到了百分之五十一！”

艾慕松开手，开始哈哈大笑，随后变成狂笑，随后变得癫狂的痴笑……艾慕不知笑了多久，他猛然停了下来。

34

接下来的几天，平岚四处寻找陈美诗。她去了艾慕的家，孙姐说，陈美诗离开有一个月了，走的时候只有一句话——我走了，别找我。

平岚问她：“你怎么不跟人说啊?”

孙姐委屈地：“我也不知道跟谁说啊，艾总天天也没有回家。”

平岚先去派出所报了案，又先后联系了高中同学，通过刘子豪联系了大学同学。最后连楚潇都看不下去了，帮着她寻找陈美诗以前的同事，结果都一无所获。

在这几天里，艾慕雷厉风行，他召开董事会，免除林亚琴总经理职务，免除艾林在艾氏集团担任的一切职务，免除了一批林亚琴的得力干将，提拔和调来了自己一直以来暗中所培植的力量。人事任免的群体性变化，一时之间在艾氏集团造成了巨大的震动。

可是艾慕毫不在乎，他需要的不是稳定过渡，他需要的是一洗前耻。

艾慕在实施着心里已经盘算了千百遍的计划的时候，陈美诗也自己回来了。

平岚问她：“你到哪儿去了?”

陈美诗说：“来一场说走就走的旅行啊。”

平岚问：“手机为什么关机?”

陈美诗说：“没有开通国际漫游，当然打不通。”

平岚气的：“你知道不知道，我们找你要找疯了！还以为你想不开，或者……或者被……”

陈美诗说："先奸后杀？哈哈哈。"

平岚不可思议地："你还笑得出来！"

陈美诗说："你那么久不跟我联系，再加上艾慕的事儿，我心情不好，当然就出去玩儿啊。你不知道，我先去了迪拜和马尔代夫，落地签比较方便，在那一边玩一边办了申根国签证，哇塞，马代太美了……不过欧洲就比较悲催，都说布拉格是童话世界，其实是暗黑童话——我坐地铁，买的往返票，一出去就被一个老头拦住，跟我说往返票三十分钟内有效，超时要罚款八百克朗，我不同意，他就找了个警察，结果那个警察之野蛮，我只有交，取钱的时候老头马上改口说罚一千六百克朗，五百多人民币……我坐出租车，三四公里，司机跟我要六百美金，去警察局，警察说我上了司机的车，代表认可他的价格，到底又被敲诈了四千多人民币……老城和查理大桥人山人海，黄金巷不到一百米，本来想多待几天，两天我就直接去了斯洛伐克，我跟你说……"

平岚打断她："你以后想怎么办？"

陈美诗歪着脑袋："什么怎么办？该咋办咋办。我回来以后跟艾慕谈了一次，他坚持分手，那就分吧。实话说吧，我在旅行的路上，又遇到了自己的爱情——一个法国人，浪漫——我相信这一次是真正的爱情。"

平岚问："以后你怎么生活呢？"

陈美诗想了想："生活上也没有什么，艾慕送了我一套房、一辆车，我准备全卖了跟现在的男朋友去环游世界，何必为了房啊车啊这些东西束缚自己……"

平岚说："你天天这么玩，就不为了五年十年以后考虑。"

陈美诗说："那太遥远了，谁知道五年十年以后，这个世界是什么样儿，反正我钱花完了的时候，就重新找份工作呗。"

平岚无奈，只好说："你消失的这段时间，楚潇也很为你担忧，你要不要去看看她。"

陈美诗一愣："她？……只要她愿意，我当然愿意。"

平岚去找到楚潇，提出三个人聚一聚。

楚潇沉默良久："我想想吧。"

艾慕把一切理顺之后，再次去了别墅。

他像往常一样按响门铃，走进去以后，径直走到正在客厅沙发上看电视的林亚琴面前，恭恭敬敬喊了一声："林姨。"

林亚琴站起来上楼去了。

艾慕一转身，艾国华站在他的身后，艾慕喊了一声："爸。"

艾国华点点头："今天的太阳好，跟我去外面走走吧。"

艾慕跟艾国华漫步在垂柳绿树之间，自己一言不发。

艾国华叹了口气："爸爸年轻的时候太拼了，很多身体上的问题，都是那个时候留下的，要不六十多还这么年轻，不至于像这样天天待在家里。"

艾慕不知道爸爸想跟他说些什么，继续保持沉默。

艾国华停下脚步，上上下下打量着他，艾慕说："爸，你看什么？"

艾国华一笑："我看你行啊，出息了，一招致命，我看亚琴，一时半会走不出来。"

艾慕说："爸，我……你要怎么惩罚，尽管说吧。"

艾国华说："惩罚？我惩罚你干吗？最后那百分之九的股份，我不是送给你了吗？"

艾慕大吃一惊："什么？爸，那是……你……不可能！"

艾国华摇摇头："我要考虑的，是集团未来的发展，亚琴虽然做得好，毕竟年纪已经在那里了。艾林呐，可能是小时候太受宠了，一腔子的大小姐脾气，口无遮拦，胸无城府，又迷恋上了赌博，不堪大任。你呢，着实地让我惊讶了一回。"

艾国华接着说："七年还是八年以前，你挪用了那么大一笔款，那时我还在集团坐镇，你没有把我这个爸放在眼里呀，我当时差点想把你送进监狱……"

艾慕这一吓非同小可，他惊讶地张大了嘴听着。

艾国华说："后来我知道了资金的去向，想看看你到底要做什么。结果你年纪轻轻，大学毕业没有多久，竟然又搞起了一个公司。”

艾慕说：“爸……你……”

艾国华说：“你放心，爸重提这些，不是想震慑——或者叫威胁你吧，我只是想说，我知道你犯过错误，也受了不少委屈，但是再怎么样，你是我的儿子，不管过程如何，艾氏集团是到了我儿子的手上，现在的结果，是我愿意看到的。”

艾慕说：“那艾林她们？……”

艾国华说：“她们还有股份，你把集团做好了，对她们也没有坏处，何况，我跟亚琴的名下，还有些物业、楼盘，还有些事情给她们做，你只管把爸爸创立的艾氏集团做好，未来是我的，是她的，终究还是你们这些有实力的年轻人的，看不到这些，是不行的。”

艾慕说：“爸……我没有想到……”

艾国华点点头：“我必须得承认，你有管理和运作方面的天赋，也有现在年轻人很少有的忍耐，公事上，我对你有信心。我心头唯一解不开的，就是你和艾林的终身大事呀，两个都让人操心。”

艾慕说：“爸，我会处理好的。”

林亚琴站在别墅楼上的阳台，看见远处父子俩隐隐约约的身影，若有所思。艾林走进来，随着妈妈的视线也看见了他们。

艾林说：“妈，我们怎么办？”说着眼泪流了下来。

林亚琴像小时候一样把艾林搂在怀里：“你要记住，夫妻本来是两个不相干的个体走在了一起，哪怕生活的再久，终究还是各自独立。所谓爱情，不过是最初心动的那一秒。可是子女不一样，哪怕再多的矛盾、再多的冤仇，血缘是割不断的……”

林亚琴话锋一转：“我一直以为他是只寄人篱下的癞皮狗，谁知道是个心怀叵测的狼崽子。你知道是谁帮了这只饿狼吗？”

艾林摇摇头。

林亚琴冷笑一声：“是你爸爸，我的老公。”

艾林惊讶地张大了嘴。

林亚琴说：“是我小看了他，根本就没有把他放在眼里，我听说一家没来由的公司提交了要约收购的申请，也只是嗤之以鼻。这次，我们输，就输在了太轻敌，可是没有关系，艾氏集团还在，妈妈的影响力还在，你还是你爸爸的女儿，战争刚刚开始。”

艾林说：“妈，我相信你。”

林亚琴看着自己的孩子：“不，我相信你，是你和他之间的战争，妈妈会全力帮助你，让你重新走回艾氏集团，走到艾国华的位置。”

此时，户外的艾国华与艾慕也回转了身，向着别墅走来，这是一栋豪华的房子，也是一个家，可是家里的人们，却有着自己的打算。

这一场风波看似悄然的平息，表面之下，却依然暗流涌动。

时间缓缓地过去，像一条平静的河流，渐渐地淹没了曾经的亲情、友情、爱情，将所有的人冲刷与磨砺。当人们在时间的河流里行走了很久很久以后，再回头，常常忘记了来时的路和曾经的故事。

平岚的茶产品终于投入市场，但是因为宣传和销售的不足，反响平平，很快就被淹没在了商海大潮中，她所苦心联系的“资源”——做茶叶生产的还在做着自己的茶叶生产，做包装设计的还在做自己的包装设计——其实与她并不存在太过紧密的连接。田姐反过来安慰她：“这本来就是一种投资，投资就有亏有赚，这次亏的钱，就当是花钱买教训吧。”

平岚这个时候冷静下来，她发现自己一直期望通过平台、通过资源来实现事业的上升，而真正能让她飞跃的，实际上只有一步一个脚印，把自己做成平台、把自己锤炼成他人眼里的“资源”。

她一方面继续经营着自己的茶室，一方面照顾着孩子和家庭。

有时候，平岚会感慨：“我觉得我已经非常努力了，可是经过了这么多年，还是停留在一种中间的状态——收入既没有让自己觉得拮据，也没有多么的丰厚；既没有单身，也没有走进过几次的婚姻；既没有丁克，也没有很多的孩子——还是掉进人堆里都找不到的一个人。”

齐昊天就搂着她的肩膀：“在这个世界上，绝大部分的人都是这样的中间状态，都是这样的平凡人，我们这辈子即使付出了全部的努力，可能也无法世界闻名或者富可敌国，可是我们依然在这样的状态和这样的生活里努力着，谁能说这不是一种幸福呢。”

平岚把头靠在齐昊天的肩膀上：“也许是这样。”

齐昊天说：“行啦，本来就是这样。”

有一次齐昊天端了个保温壶回家，兴冲冲地对平岚说：“老婆，你辛苦了，我给你带了汤回来喝。”

平岚问：“买的呀。”

齐昊天说：“我们所一个美女做的，说她用了三十六种滋补食材，熬了一个晚上。”

平岚笑：“人家挺用心啊，这意思挺明显。”

齐昊天也笑：“现在这些年轻的女孩，其实有时候心里想的什么，挺容易被看出来的。可是她们没有经历过那些——就是我们经历的那些，所以她们不懂爱情。”

平岚说：“也许人家想要的不是爱情，是一夜情。”

齐昊天抱住平岚：“可我们想要的，是爱情。”

平岚说：“嗯，我相信你，在这个世界上，如果连身边的人都不能够信任，还能够信任谁呢？”

楚潇跟刘子豪结婚以后算是伉俪情深，不管事业还是家庭都相互扶持。

有一次艾慕约了楚潇见面，沉默良久，才开口：“我觉得兄妹俩还是生活在一起的好。”

楚潇问：“你这是什么意思？”

艾慕说：“我放弃艾希的抚养权吧。”

楚潇冷笑：“你怕他影响你新家庭的生活。”

艾慕说：“这样做对所有人都好。”

楚潇说：“好吧，不管是什么原因，我还是谢谢你，艾希现在上初中，压力更大了，跟我们一起生活，子豪还可以辅导他。”

艾慕又沉默良久："所以说这样对谁都好——其实……其实从跟你离婚的那一刻开始，我就后悔了。不过现在……现在说这些……"

楚潇说："我现在生活得很好，你也已经有了新的妻儿。"

艾慕说："对呀，我太太她，年轻，漂亮，也很崇拜我。"

楚潇说："还给你生了一对儿双胞胎。"

艾慕点点头："可是我的心里总觉得……算了，还是不说了。"

楚潇说："是呀，都过去了，我跟美诗，约了见面。"

艾慕说："她现在怎么样？"

楚潇说："没变。"

陈美诗又去了几个国家旅行，没有多久她就嫌外面的紫外线太强烈，晒黑了皮肤，而停止了自己的脚步，在后来的两个小男朋友身上花完了"分手费"以后，她陷入窘境，虽然找了份工作，可是每月三千多的工资，还不够支付吃住，好在她自己始终都能乐在其中。

尾　声

当三个女人重新走到一起的时候，楚潇说：“我还没有原谅你。”

陈美诗说：“我知道。”

平岚把一瓶白酒放在桌上：“得了，那些事情，别提了，你们陪我一醉方休吧，就像高中一样。”

楚潇说：“好，就像那时候一样。”

陈美诗拿起白酒就咕咚咕咚地往嘴里灌，放下酒瓶，她看着楚潇说：“对不起……”随后又喝，然后又说：“对不起，对不起，对不起……”

楚潇说：“你个死女人。”

陈美诗说：“我们终究都离开了他，可我还是想寻找自己的爱情。”

平岚说：“不伤害别人的爱情。”

楚潇笑：“美诗呀，先把面包解决了吧。”

陈美诗说：“你还是你。”

楚潇说：“不一样，我现在相信爱情。”

平岚说：“对呀，从十八岁到三十八岁，我们总会有一些不一样。”

陈美诗说：“嘘……女人不要暴露自己的年龄，我们就是十八，来，敬我们的十八岁！”

楚潇说：“你也还是你。”

陈美诗问：“以后我们还能见面吗？”

楚潇说："看情况吧，公司里一摊子的事儿，两个孩子也够让人头疼，我跟子豪准备再生一个。"

平岚说："就是啊，太忙了，现在真是太忙了。"

陈美诗端起酒杯："那我们还是喝酒吧。"

三个永远十八岁的女孩，各自拿着手里的酒，笑成一团，哭成一团，醉成一团。

……

东北小县城里，有一条小河，河上架着一座不起眼的小铁桥，三个年轻的姑娘手挽着手从桥上走过，亲热地聊着，她们的话题里，没有男人，没有爱情，没有生活的磨难，没有一切，只关乎时间和自己在时间里的不变与改变。

天空开始下雪，大雪纷飞中，她们下了桥，向着各自的方向走去，甚至，忘记了道别。

渐渐的，风雪里只剩下三个模糊的背影，各自远去……